KÖNIGLICHER SPIELER

KYLIE GILMORE

Übersetzt von
ANNA DRAGO

1

Der Pakt

Vor dreizehn Jahren

Adrian

„Ich wette, du bist zu feige, gegen mich bis zu dem großen Felsen zu schwimmen!" Der große Fels ist viel weiter draußen, als wir normalerweise schwimmen. Ich ziehe mein T-Shirt aus und werfe es in den Sand. Ich hab sie am Haken. Sara Travers kann einer Wette nicht widerstehen.

Sie steht in ihrem blauen Tankini auf, stemmt die Hände in die Hüften und schiebt dabei das Top ein Stück hoch. „Hättest du wohl gern, Adrian!"

Ich starre auf ihren glatt gebräunten Bauch und bekomme dieses *Gefühl*. Ich habe es den ganzen Sommer über bemerkt, wenn sich ihr Top hob. Es ist seltsam, weil es der gleiche Bauch und die gleiche Krümmung ihres unteren Rückens ist, die ich letzten Sommer und all die Sommer zuvor gesehen habe. Es muss bedeuten, dass ich bereit bin für eine Freundin wie meine älteren Brüder. Ich bin zwölf Jahre alt, praktisch ein Teenager, und da ich der Jüngste bin, habe ich immer hart gearbeitet, um mit meinen vier älteren Brüdern Schritt zu halten. Oscar hat mir gesagt, es sei einfach, eine Freundin zu finden. *Sobald sie hören, dass du ein Prinz bist, werfen sie sich dir praktisch an den Hals.*

Sie marschiert auf mich zu, ihr langes blondes Haar schwingt in einem hohen Pferdeschwanz, ihre grünen Augen blitzen. „Ich wette, das Rennen gewinne ich, Knalltüte!"

Andererseits kenne ich sie vielleicht schon zu lange, als dass das Prinz-Ding was bewirken könnte. Sara, mein Zwilling Silvia und ich haben seit unserem achten Lebensjahr jeden Sommer zusammen verbracht. Saras Vater stammt aus Frankreich und besucht Villroy seit seiner Kindheit. Deshalb mieten sie hier jedes Jahr ein Ferienhaus. Ihre Mutter ist Amerikanerin, deshalb leben sie in New York City.

Ich grinse. „Dann lass uns wetten. Wenn ich gewinne, gibst du mir für den Rest der Woche deine Kekse." Ihre Mutter backt Schokoladenkekse und packt sie an Strandtagen in Saras Lunchbox. Solche Kekse bekommen wir im Palast nie. Sara teilt normalerweise nur eine winzige Krume mit mir.

Sie rümpft die Nase, und mir fallen ihre Sommersprossen auf. Sie hat genau sieben Sommersprossen, meine Glückszahl. „Wenn ich gewinne, fahre ich für den Rest der Woche auf dem Vordersitz."

Normalerweise bekomme ich den Vordersitz des Autos, weil ich mit eins fünfundsiebzig der Größte bin. Silvia, Sara und Saras kleine Schwester Chloe sitzen auf dem Rücksitz. Unser Fahrer/Bodyguard holt sie ab und bringt sie wieder zu ihrem Haus zurück. Es gibt ein zweites Auto mit einem weiteren Bodyguard und Silvias Zofe Marie, die *nicht* zum Babysitten dabei ist. Marie behält Chloe im Auge, die eine fünfjährige, kleine Terroristin ist.

„Hi-yah!", schreit Chloe laut und trampelt die Sandburg nieder, die Silvia mit ihr die letzte Stunde gebaut hat.

„Chloe!", ruft Silvia und hebt sie hoch.

„Ich bin Godzilla!", kreischt Chloe und tritt wild um sich. Das Band ihres Pferdeschwanzes muss den Halt verloren haben, denn alles, was ich sehe, ist ein wild fliegender Mop blonder Haare.

Sara schüttelt den Kopf. „Ich habe dir gesagt, dass sie die Burg niedertrampeln würde."

Silvia setzt Chloe ab, die sich wieder daran macht, die Sandburg mit wilden Tritten und Handkantenschlägen zu zerstören. Silvia seufzt. „Und dabei habe ich sogar einen Wassergraben darumgezogen."

„Willst du mit mir und Adrian schwimmen?", fragt Sara. „Der Sieger bekommt den Beifahrersitz."

„Ich lese lieber", sagt Silvia und setzt sich unter den großen weißen Canvaspavillon. Ihr dunkelbraunes Haar fällt auf ihre Schultern anstatt zu dem ordentlichen Knoten gesteckt zu sein, auf den unsere Mutter besteht. In letzter Zeit hat Silvia „persönliche Modeentscheidungen" außerhalb des Palasts getroffen. Ich sag nichts. Als Zwillinge stehen wir uns näher als beste Freunde.

Wir sind am Strand am Nordufer, der wegen all der Fische großartig ist. Jeder könnte hierherkommen, da es sich um einen öffentlichen Strand handelt, doch die meisten Leute fahren zu den Stränden auf der Südseite, die näher am Hafen liegen, wo die öffentliche Fähre ankommt.

„Komm", sage ich zu Sara und gehe in Richtung Wasser.

„Denkst du nicht, dass Silvia zu viel liest?", flüstert Sara, sobald wir ein Stück weit weg sind. „Ich lese nur an Regentagen und während der Schule, wenn ich muss."

Ich zucke mit der Schulter. Meine Zwillingsschwester war schon immer eine Leseratte. Ich mag Mathe lieber - für mich ergeben Zahlen immer einen Sinn.

Wir waten bis zu den Knien ins Wasser, und die Wellen plätschern um uns herum. Sara dreht sich zu mir um, ein Blitzen im Auge. Sie glaubt, gewinnen zu können. „Bei drei."

Ich nicke.

Sie kneift die Augen zusammen und blickt in Richtung unseres Ziels, den großen schwarzen Felsen. „Eins."

Ich gehe in die Knie, bereit, unter die Wellen zu tauchen.

„Zwei." Und *Platsch*! Sie hechtet auf zwei los!

Ich tauche hinter ihr her und schwimme so schnell ich kann, um sie einzuholen. Ich hätte wissen sollen, dass sie schummeln würde. Sie will genauso unbedingt gewinnen wie ich.

Ich schaffe es mit Leichtigkeit, sie zu überholen. Meine Arme und Beine sind länger, und meine Schultern sind breiter und stärker, seit ich einen Wachstumsschub hatte. Ich werde langsamer und lasse sie neben mir herschwimmen, damit sie das Gefühl hat, eine Chance zu haben. Ich werde in letzter Minute einen Spurt hinlegen. Mädchen hassen es, wenn man mit zu viel Abstand gewinnt. Meine Zwillingsschwester hat mir das beigebracht.

Ich schwimme und halte sie im Blick. Moment noch ... Moment noch ... jetzt! Ich ziehe an ihr vorbei und hole mir den Sieg. Ich warte darauf, dass sie ihren Kopf hebt und ihre Niederlage bemerkt, bevor ich die Hände in die Luft reiße. „Ich hab gewonnen, kleine Betrügerin!"

Sie schwimmt auf der Stelle. „Deine Arme sind länger. Es wäre kein faires Rennen, wenn ich keinen Vorsprung hätte."

„Mmmm, ich kann es kaum erwarten, all diese Kekse zu essen. Mach dir keine Sorgen, ich gebe dir einen Halben."

„Freu dich nur. Ich kann zu Hause immer welche essen."

Daran hatte ich nicht gedacht. Es ist kein so großer Sieg, wie ich gehofft habe. „Und wenn schon! Ein Sieg ist ein Sieg."

Wir lassen uns schweigend ein bisschen auf dem Rücken treiben. Sie ist nicht wie ihre kleine Schwester, die immer plappern muss. Gott sei Dank.

Nach einer Weile richtet sie sich wieder auf und tritt Wasser. Ich mache es genauso. Ich will sie gerade fragen, ob sie ein Wettschwimmen zurück ans Ufer will, als sie sagt: „Ich denke, meine Eltern werden sich scheiden lassen."

Das ist ein Schock. Immer, wenn ihre Eltern zu uns an den Strand kommen, scheinen sie so glücklich zu sein, scherzen und halten Händchen. „Wie kommst du darauf?"

„Sie streiten in letzter Zeit viel."

„Worüber?"

Sie presst ihre Lippen aufeinander. „Mein Vater will seinen Job kündigen und eine eigene Firma gründen. Meine Mutter sagt, es sei keine gute Zeit dazu."

„So schlimm hört sich das nicht an. Sie vertragen sich sicher bald wieder. Sie halten immer noch Händchen, oder?"

„Nicht wirklich."

„Oh." Ich weiß nicht, was ich sagen soll. Ich hoffe, sie irrt sich. „Ich bin sicher, alles wird gut."

„Das weißt du nicht."

Ich ändere die Taktik. „Ich *wette*, alles wird gut. Bis zum nächsten Sommer ist alles wieder normal. Ich gebe dir meine Drachenkarten, wenn ich die Wette verliere, doch ich bin mir sicher, dass ich sie nicht verlieren werde." Es ist mein bestes Spielkartenset mit detaillierten Drachenillustrationen auf der Rückseite, von dem ich weiß, dass sie es liebt.

Sie versucht zu lächeln, schafft es aber nicht. „Willst du ein Wettschwimmen zurück? Doppelt oder nichts?"

Ich grinse. „Ich gebe dir sogar einen Vorsprung von drei Sekunden."

Ihre grünen Augen leuchten. „Los!"

Ich sehe sie schwimmen und zähle extra langsam.

„Ah!" Sie schießt plötzlich aufrecht aus dem Wasser und geht dann wie ein Stein unter.

Ich schwimme zu ihr, und sie taucht wieder auf. „Mein Knöchel! Es tut so weh." Sie beginnt wieder zu sinken.

Ich packe sie am Arm und halte sie über Wasser. „Dreh dich auf den Rücken. Was ist passiert?"

„Ich glaube, ich hab ihn an einem Felsen aufgeschlitzt." Sie hebt ihren Knöchel über das Wasser und Blut läuft aus einem langen Schnitt. Das sieht wirklich böse aus. „O mein Gott! Ich werde ausbluten, umgeben von Haien, die mein Bein fressen werden, und dann werde ich ertrinken!"

Ich denke schon daran, wie ich sie ans Ufer bringen kann, bevor sie zu viel Blut verliert. „Niemand wird dich fressen. Wir haben keine Haie hier."

„Doch, habt ihr! Haie gibt es überall!"

„Versuch, auf dem Rücken zu schwimmen, ohne das Bein zu bewegen. Ich schwimme langsam mit dir zurück."

„Ich hab Angst", schnieft sie mit leiser Stimme.

„Ich zieh dich." Ich lege einen Arm um ihre Mitte und bin bereit, sie ans Ufer zu ziehen.

„Nein, ich schaffe das schon. Sprich einfach weiter mit mir, okay? Lenk mich ab."

Also tue ich das. Ich schwimme mit meinem Kopf über Wasser und sage ihr, wie sehr ich nächstes Jahr auf eine Schule auf dem Festland gehen möchte, um bessere Mathe-lehrer zu bekommen, dass ich nach Cambridge gehen möchte, die beste Uni für Mathe, und dass ich Statistik lernen will, damit ich immer die besten Quoten weiß und alle beim Poker schlagen kann. Mein Vater hat mir und meinen Brüdern jeweils zum siebten Geburtstag beigebracht, Poker zu spielen, weil er der Meinung war, dass es eine gute Art sei, gleichzeitig Zahlen und Menschenkenntnis zu erlernen. Ich denke, er wollte einfach nur ein Spiel haben, bei dem wir alle Spaß haben. Es war eigentlich eine Vater-Sohn-Sache, doch ich habe es auch meiner Zwillingsschwester und Sara beigebracht, damit sie mit mir spielen können.

„Du musst mir all deine besten Pokertricks beibringen", sagt sie schwach.

Panik schießt durch mich hindurch. Sie klingt nie schwach. Ich fürchte, sie hat zu viel Blut verloren. „Wir sind fast da."

Endlich erreichen wir Wasser, das seicht genug ist, um stehen zu können. Ich hebe sie hoch und trage sie zum Strand.

„Hilfe!", schreie ich.

Mein Bodyguard, Thomas, kommt sofort und nimmt sie mir ab. Sie starrt mich über seine Schulter an, und ihre Augen flehen mich an, bei ihr zu bleiben. Mein Blick fällt auf ihren Knöchel, aus dem immer noch Blut tropft, und ich renne zum Pavillon, um mein T-Shirt zu holen. Ich schüttle es aus, drehe es um und wickle es dann um ihren Knöchel, um die Blutung zu stoppen. Sie stößt einen erstickten Laut aus, als ich sie berühre. Blut beginnt durch das T-Shirt zu sickern.

„Oh!", ruft Marie, unsere Zofe, entsetzt, als sich alle um Sara scharen. „Das muss genäht werden."

„Genäht?", keucht Sara. „Nein-o-o! Bitte nicht!"

Thomas eilt mit ihr in seinen Armen zum Auto.

„Ich werde ihre Mutter holen", sagt Marie. „Auf geht's, alle zusammen, wir holen Saras Mutter ab und treffen sie in der Klinik."

„Adrian!", schreit Sara.

Ich renne zu ihr. „Schon gut. Es wird schon nicht so schlimm werden."

Ihre Augen sind so groß, dass ich das Weiße um ihre

Iriden sehen kann. „Ich will keine Nadel in meinem Knöchel!"

„Wenn es sein muss, muss es sein", sage ich. „Das wird schon wieder."

„Lass mich nicht allein", flüstert sie.

„Werde ich nicht."

Ich klettere mit ihr auf den Rücksitz. Thomas und Marie unterhalten sich kurz darüber, ob Marie mit uns fahren soll, um Druck auf Saras Knöchel auszuüben, doch Sara sagt, dass sie das selbst kann. Sie will nicht, dass jemand ihre Verletzung berührt. Im nächsten Moment fahren wir los, nur ich und Sara auf dem Rücksitz, während Thomas fährt. Die anderen folgen im zweiten Auto. Sara sieht wirklich blass aus.

Ich gebe mein Bestes, um sie aufzumuntern. „Oscar ist am Arm genäht worden, und es war cool. Hat ausgesehen wie Frankenstein."

„Ich will nicht wie Frankenstein aussehen!", jammert sie.

Ich zucke zusammen. „Nicht Frankenstein. Einfach cool. Und es hat nicht einmal wehgetan. Sie haben zuerst seinen Arm betäubt."

„Das haben sie?"

„Ja."

„Wie mit einer speziellen Creme?"

Ich überlege, was ich sagen soll. Oscar meinte, es war eine riesige Nadel. Schließlich sage ich: „Sie können keine Creme auf eine offene Wunde schmieren. Sie geben dir nur kurz eine Spritze, dann ist alles gut."

Sie packt meine Hand und drückt sie fest.

Ich starre geradeaus. Ich habe noch nie zuvor einem Mädchen die Hand gehalten. Es tut irgendwie weh.

„Sprich weiter", sagt sie.

„Worüber?"

„Egal. Ich mag nur den Klang deiner Stimme."

Sie ist jetzt tiefer. Ich senke sie in eine noch tiefere Tonlage. „Erinnerst du dich, als Chloe zwei Jahre alt war und immer ihre Schwimmwindel runtergerissen hat und in die Wellen gewatschelt ist?"

Sie lacht ein wenig. „Ja. Meine Eltern hatten es so satt, sie sicher und sauber zu halten."

„Und dann hat sie einen Sonnenbrand am Hintern bekommen." Ich lache. „Das hätte ihr eine Lehre sein sollen, doch sie wollte einfach nicht aufhören." Ich werfe einen verstohlenen Blick zu Sara und sehe, dass sie entspannter aussieht, also mache ich mit den Chloe-Geschichten weiter. Es gibt viele davon, und rückblickend sind sie alle ziemlich lustig. Damals haben wir drei Älteren Chloe jedoch nur für eine Nervensäge gehalten, die von den wirklichen Plänen für den Tag ablenkte.

Kurze Zeit später erreichen wir die Klinik und Sara wird schnell hineingebracht. Ihre Mutter ist auch schon da. Ich darf nicht mit ihr ins Behandlungszimmer, also folge ich Thomas zurück zum Auto und hoffe, dass es ihr da drin gut geht.

Es ist der letzte Tag vor Saras Abreise. Wir haben die letzten drei Wochen damit verbracht, Poker zu spielen, entweder im Pavillon am Strand oder bei schlechtem Wetter im Salon des Palasts. Das ist mein Lieblingszimmer, weil es mit einem Ledersofa am entspanntesten ist. Sara hätte wieder schwimmen gehen können, nachdem die Fäden abgefallen waren, doch sie wollte nicht wieder ins Wasser. Ich denke, sie hat jetzt Angst davor. Sie will nur Poker spielen. Wir spielen um Monopoly-Geld, aber die Einsätze fühlen sich echt an. Wir sind beide ehrgeizig und lieben es zu gewinnen. Manchmal spielt Silvia mit uns oder einer meiner Brüder, aber meistens sind es nur Sara und ich. Wir spielen mit meinen Drachenkarten, und ich habe vor, sie ihr als Geschenk zu geben. Sie bestaunt sie immer, und dort, woher sie kommt, gibt es solche Sets nicht. Ich warte nur auf den perfekten Moment.

Silvia steckt ihren Kopf in den Pavillon. „Chloe will wieder Fahrrad fahren. Kommt ihr?"

„Wir sind mitten in einem Spiel", sagt Sara, ohne den Blick von ihren Karten zu nehmen.

„Bist du nicht angeblich *meine* beste Freundin?", bemerkt Silvia gereizt.

Ich blicke auf und Silvia starrt mich an. „Sil, sie ist *unsere* Freundin. Was ist schon dabei? Sie will nicht Fahrrad fahren."

„Sara", sagt Silvia durch die Zähne. „Kann ich draußen mit dir sprechen?"

Sara steht auf, drückt ihre Karten an ihren Körper, damit ich sie nicht sehen kann, und folgt Silvia vor den Pavillon. Ich kann sie immer noch hören. Der Pavillon ist aus Canvas und hat keine richtigen Wände.

„Ich dachte, du wärst meine beste Freundin", klagt Silvia.

„Ich *bin* deine beste Freundin", sagt Sara. „Ich will einfach nicht Fahrrad fahren. Mein Knöchel heilt immer noch."

„Dein Knöchel ist vollkommen in Ordnung", blafft Silvia. „Du bist vorhin gefahren. Warum gibst du nicht einfach zu, dass du Adrian *magst*-magst?"

Interessant. Das habe ich auch bereits vermutet. Seit ich Sara nach ihrer Knöchelverletzung geholfen habe, sieht sie mich an, als wäre ich ihr Held. Ich habe sie in gewisser Weise gerettet und ihr dabei geholfen, einen kühlen Kopf zu bewahren und sicher aus dem Wasser zu kommen. Vielleicht ist sie bereit für einen Freund. Ich bin definitiv bereit für eine Freundin. Das einzige Problem ist, dass ich sie ein Jahr lang nicht sehen werde.

„Tue ich nicht", protestiert Sara hitzig.

„Doch, das tust du. Hast du jemals was von *Sisters before Misters* gehört?"

„Nein."

„Das heißt, du lässt deine Freundinnen nicht fallen, nur weil du einen Jungen *magst*-magst."

„Ich *mag*-mag ihn nicht!"

„Warum verbringst du dann deine ganze Zeit mit ihm?"

„Wir laden dich immer ein, mit uns zu spielen."

Silvia schnaubt. „Ich mag Poker nicht. Es ist langweilig."

„Ist es nicht. Man kann groß gewinnen. Es macht eine Menge Spaß!"

„Spielgeld gewinnen? Wie toll."

Schweigen. Sehr langes Schweigen. Gerade als ich denke, dass sie gegangen sind, spricht meine Schwester weiter.

„Wie du willst", sagt Silvia. „Dann viel Spaß bei deinem dummen Spiel mit deinem *Freund*."

„Werd ich haben!", ruft Sara ihr hinterher. „Und er ist nicht mein *Freund*!"

Als sie zurück in den Pavillon kommt, sind ihre Wangen gerötet, als sie sich wieder setzt. „Ich weiß nicht, was ihr Problem ist."

„Das ist so ein Zwillingsding. Sie will, dass Mädchen mehr Zeit mit ihr verbringen als mit ihrem Zwillingsbruder, aber manchmal ist der Zwillingsbruder eben eine Art Held." Ich grinse, und sie lacht.

Wir spielen weiter. Es wird ruhig, nachdem alle anderen mit dem Fahrrad verschwinden.

Wir spielen mehrere Hände, bis Sara den Pot gewinnt. Sie ist so glücklich, dass sie aufhört, ihr Spielgeld zu zählen, bevor sie es an sich drückt, ein riesiges, strahlendes Lächeln im Gesicht.

Ich lächle zurück, obwohl ich verloren habe. Ich mag es wirklich, sie so glücklich zu sehen.

Unsere Blicke begegnen sich für einen langen Moment, dann wende ich meine Aufmerksamkeit wieder auf die Karten. Ich bin mir ziemlich sicher, dass sie mich *mag*-mag. Ich schiebe die Karten zu einem ordentlichen Stapel zusammen und räuspere mich. „Hier." Ich halte sie ihr entgegen. „Ein Geschenk anlässlich deines letzten Tages hier."

Sie lässt das Spielgeld sinken und starrt die Karten und dann mich an. „Die sind so schön, aber ich kann deine Karten nicht nehmen. Sie sind was ganz Besonderes. Du hast gesagt, du hast sie zu Weihnachten bekommen."

„Deshalb möchte ich, dass du sie hast. Du weißt, dass sie etwas Besonderes sind, und wirst gut auf sie aufpassen." Ich drücke sie ihr in die Hand, und ihre Finger schließen sich um sie.

„Danke." Sie holt tief Luft. „Du *bist* mein Held, Adrian. Als ich mir den Knöchel aufgeschlitzt habe, hätte ich von Haien gefressen werden, in meiner Panik ertrinken oder am

Strand ausbluten können, doch du hast mich gerettet. Du hast mir durch eine echte Panik geholfen, also danke nochmal."

Meine Brust weitet sich vor Stolz. Ich liebe es, ein Held zu sein. Als Jüngster in der Familie hatte ich noch nie die Chance, einer zu sein. „Bitte."

Sie sieht mich unter ihren Wimpern hervor an, und mein Herz pocht lauter. „Wenn ich groß bin, will ich dich heiraten."

Ich reiße die Augen auf. Heiraten? Ich dachte, dass sie vielleicht vor ihrer Abreise für einen Tag lang meine Freundin sein würde. Aber *heiraten*?

Sie beugt sich vor. „Wenn wir heiraten wären, könnten wir jeden Abend Poker spielen."

Das besiegelt es für mich. Jeden Abend Poker? Immer her mit den Karten. Sie ist die ideale Gegnerin und steht genauso auf das Spiel wie ich.

„Deal", sage ich.

„Großartig! Lass uns einen Pakt schließen."

„Einen Pakt." Das klingt ernster als ein Versprechen. „Wie sollen wir den Deal besiegeln? Ein Blutschwur?"

Sie schaudert. „Nein." Sie legt die Drachenkarten auf die glattgestrichene Spielfläche im Sand zwischen uns und fächert sie auf. „Wenn wir fünfundzwanzig sind, werden wir heiraten. Das gibt uns Zeit, die Uni zu beenden und gute Jobs zu finden."

Das ist dreizehn Jahre in der Zukunft, quasi unser Alter mal zwei. „Das klingt so weit weg. Bist du sicher, dass du mich nicht vergessen wirst?" Ich mache Scherze. Wir kennen uns viel zu lange, um einander jemals zu vergessen.

Sie nickt kurz und nimmt mich offensichtlich ernst. „Deshalb nehmen wir jeweils ein Paar, Zweien und Fünfen, um uns an das Alter zu erinnern, Herzen und Diamanten, repräsentiert durch die Karo-Karten. Wenn wir uns dann wiedersehen, haben wir einen passenden Satz von Zweien und Fünfen – zwei Herzen, zwei Diamanten, genau wie bei einer Hochzeit."

„Jungs tragen keine Diamanten. Ich besorge dir einen Ring mit zwei Diamanten."

„Okay", sagt sie leise.

Sie nimmt jeweils Herz- und Karo-Zwei für sich und gibt mir Herz- und Karo-Fünf. „Du bekommst die höheren Karten, weil du älter bist." Mein Geburtstag ist fünf Monate vor ihrem. Sie hält ihre Karten hoch. „Jetzt haben wir beide ein Paar, aber zusammen ergeben sie die magische Kombination von fünfundzwanzig."

Sie ist so smart. Und ihre grünen Augen funkeln. Und sie hat sieben Sommersprossen auf der Nase, meine Glückszahl.

„Zwei und fünf zusammen macht sieben", sage ich. „Das ist meine Glückszahl. Vielleicht hast du auch viel Glück, weil du sieben Sommersprossen auf der Nase hast."

Sie verbirgt ihre Nase hinter ihrer Hand. „Ich hasse meine Sommersprossen."

„Ich nicht." Ich ziehe ihre Hand von ihrem Gesicht weg. Sie ist so hübsch, dass ich mich näher an sie beuge, und dann weiß ich, was ich wirklich will. „Ich wette, du bist zu feige, mich zu küssen."

Ihr Mund öffnet sich überrascht, doch sie erholt sich schnell. „Ich wette, *du* bist zu feige, *mich* zu küssen."

„Bin ich nicht."

Sie benetzt sich die Lippen. „Dann beweis es."

„Du musst näherkommen."

Sie schiebt die Karten aus dem Weg und kniet auf unserer Spielfläche. Ich gehe auch auf die Knie, das Kartenpaar rutscht mir vor Aufregung aus der Hand. Mein Herz rast.

„Ich bin noch nie geküsst worden", flüstert sie.

Ich auch nicht, aber ich bin ihr Held und muss es bleiben. „Mach dir keine Sorgen, ich weiß, was ich tue." Ich habe meinem ältesten Bruder Gabriel nachspioniert. Der Trick ist, dass du das Gesicht des Mädchens halten musst, damit du ihre Lippen nicht verfehlst. „Mach die Augen zu." Das ist der andere wichtige Teil.

Sie ist so nah, dass ich ihre atemlose Reaktion warm über meinen Lippen spüren kann. „Warum?"

„So geht das nun mal."

Sie sieht mir in die Augen und das Blut rauscht durch meine Adern.

„Ich möchte dich dabei sehen."

Ich halte ihr Gesicht mit beiden Händen, überrascht, wie weich ihre Haut ist. Unsere Blicke begegnen sich aus nächster Nähe. Ich kann nicht blinzeln, das Grün ihrer Augen hypnotisiert mich. Und schließlich senke ich meine Lippen auf ihre und bin schockiert über den Ruck, der bei der Berührung durch mich hindurch schießt.

Ich lasse meine Hände sinken und richte mich auf. Ich möchte wissen, ob es ihr genauso gut gefallen hat wie mir, doch ich kann sie nicht fragen. Stattdessen studiere ich ihren Gesichtsausdruck, der sehr nachdenklich aussieht. Ihre Wangen sind gerötet. Ich bin mir nicht sicher, ob sie so verlegen oder glücklich ist wie ich.

Und dann lächelt sie und ich kann wieder atmen.

Sie sammelt die Drachenkarten abzüglich meiner Fünfen ein und steckt sie in ihren Rucksack. Dann steht sie auf und schwingt den Rucksack mit ernster Miene über die Schulter. „Ich werde dich definitiv heiraten, Adrian Rourke."

Dann geht sie.

Ich strahle. Ich muss ein fantastischer Küsser sein.

Moment. Wohin ist sie gegangen? Ich verlasse den Pavillon. Ihr Rucksack liegt im Sand und sie planscht im seichten Wasser. Ich ziehe mein T-Shirt aus und schließe mich ihr an, froh, dass sie keine Angst mehr vor dem Wasser hat.

Sie spritzt mich lachend nass, und ich spritze zurück. Sie taucht unter einer Welle durch, und ich folge ihr und schwimme mit ihr hinaus in ruhigeres Wasser.

Sie ist meine Freundin, meine erste Freundin, mein erster Kuss. Ich werde mich immer an diesen Tag erinnern und unseren Pakt einhalten, denn genau das ist es, was Helden tun.

$$2$$

Gegenwart

Adrian

Die Eröffnung und Führung eines erfolgreichen Casinos erfordert drei Dinge: Verstand, Geld und Kundenbeziehungen. Ich kümmere mich um alle drei. Ich möchte nur der Verstand sein, mit den Zahlen jonglieren und den Rest jemand anderem überlassen. Das ist meine Stärke. Ich habe zwei stille Partner, die auch das Geld repräsentieren – meine Schwester Emma und ihr Ehemann, Rockstar Jackson Walker. Ich habe ein Drittel der Anlaufkosten selbst investiert; sie haben die anderen zwei Drittel beigesteuert. Sie sind beide Musiker und leben im nahegelegenen Frankreich. Sie treten regelmäßig hier auf, doch sie interessieren sich nicht für den Tagesbetrieb des Casinos und überlassen die Entscheidungen mir. Ich weiß, es klingt ideal, doch einen Monat nach der Eröffnung unseres Casinos, des Villroy Palace Casino, wünsche ich mir bereits, ich hätte jemanden, der mir einen Teil der schweren Last von den Schultern nimmt. Ich bin nicht gegen harte Arbeit. Ich bin gegen Arbeit rund um die Uhr, insbesondere wenn es um Kundenbeziehungen und Personalmanagement geht. Als jüngster von sieben Geschwistern bin ich Menschenmengen gewohnt. Ich bin es nur nicht gewohnt, dass diese Menge immer etwas von mir will.

Ich betrete die Lobby des Casinos um halb elf Uhr morgens, eine halbe Stunde, bevor wir öffnen, und lächle vor mich hin. Ich mag die Art und Weise, wie sich das Casino entwickelt hat. Es war meine Idee, ein Casino als Ergänzung zu unserem Day Spa zu eröffnen, das seit einem Jahr in Betrieb ist. Ich bin ein professioneller Spieler. Monte Carlo war meine zweite Heimat für High-Stakes-Poker, und jetzt hat Villroy eine eigene Version von Monte Carlo — ein kleines, aber luxuriöses Casino, das High Roller anziehen soll.

Das Foyer erinnert an das Island Bliss Spa nebenan. Die passende Akzentwand hat einen rieselnden Wasserfall, der Fliesenboden ist weißer Marmor und die Wände sind auch weiß. Die Luft duftet wie im Spa nach Lavendel. Die Idee war, die Entspannung der Spa-Besucher zu verlängern, wenn sie hierherkommen. Wo sich im Spa ein Empfang befinden würde, haben wir eine fantasievolle Glasskulptur von einem Drachen auf einem runden, tiefroten Teppich mit einem Astmuster, ein Hinweis auf Yggdrasil, den Weltbaum, und eine Anspielung auf das Wikingererbe der Rourkes. Ich habe Drachen immer gemocht, und sie sind ein fester Bestandteil der Wikinger-Mythologie. An den Wänden hängen Wikingerschilde, Schwerter und Wandteppiche mit alten Kampfsymbolen. Wir stammen von einem rebellischen Wikinger-Stamm ab, der als besonders wild galt. Wikinger waren für ihre Risikobereitschaft bekannt, deshalb mag ich den subtilen Anstoß für unsere Kunden, auch mit ihrem Glücksspiel ein Risiko einzugehen. Ohne Risiko und den damit verbundenen Nervenkitzel würde Spielen einfach keinen Spaß machen. Ich habe nie des Geldes wegen gespielt. Für mich geht es immer um den Adrenalinstoß.

Die Spielbereiche sind nur durch zwei Torbögen auf beiden Seiten der Drachenskulptur sichtbar. Das Casino selbst ist in einem eleganten Stil aus dem 19. Jahrhundert eingerichtet, ähnlich dem Amalienpalast, in dem die königliche Familie, einschließlich mir, lebt. Ich trete durch den Torbogen in den Hauptspielbereich mit einer Decke, die so bemalt ist, dass sie wie der Himmel aussieht und subtil von hinten beleuchtet ist. Die Wände sind mit meergrüner Seidentapete mit Blattgold beschlagen und die Spieltische sind aus Mahagoni, umgeben von roten Samtstühlen. Von der hinteren Wand, die eine einzige große Fensterfront ist, hat man einen spektakulären Blick auf das Meer. Wir halten Spieler hier nicht im Dunkeln. Ein Raum mit Spielautomaten befindet sich links in einer Ecke, der Kassierer in der Mitte und mein Büro rechts. Im Obergeschoss befinden sich die privaten High-Roller-Lounges, ein kleiner Veranstaltungsraum für Künstler, der gleichzeitig als privater Spielraum genutzt werden kann, und ein gehobenes Fischrestaurant mit Bar. Bei schönem Wetter wird die Dachterrasse für Konzerte und exklusive High-Stakes-Spiele genutzt.

Ich lasse die lebhaften Aktivitäten auf mich wirken, während ich mich auf den Weg zu meinem Büro mache. Dealer stellen sich an den Tischen auf. Jemand vom Reinigungspersonal macht noch einen letzten Rundgang. Die Sicherheitsleute stehen vor den Fenstern beisammen. So weit, so gut.

„Guten Morgen, Denis", rufe ich dem Mann mittleren Alters zu, der sich am Blackjacktisch in der Nähe meines Büros vorbereitet.

Er strafft seine Haltung und deutet eine Verbeugung an. „Guten Morgen, Hoheit."

Das ist ein weiteres Problem. Die meisten Mitarbeiter kuschen vor meinem Titel – Prinz Adrian Rourke, zu Ihren Diensten – und das macht es schwieriger, Probleme auf den Punkt zu bringen. Sie wollen mich nicht mit Alltäglichem belästigen. Zum Beispiel der fehlerhafte Spielautomat, der weiterhin Jetons gefressen hat, aber sonst nichts mehr tat. Ein Croupier hat seinen Platz verlassen, um einen Techniker zu finden, anstatt mich anzurufen. Ich meine, man kann nicht mitten im Spiel einen Spieltisch voller Chips verlassen!

„Adrian reicht vollkommen", sage ich zum gefühlt hundertsten Mal mit einem hoffentlich entwaffnenden Lächeln. „Wie geht's dem Blackjacktisch?"

„Alles bestens, Sir."

„Gut. Nächste Woche rotieren Sie an einen Pokertisch, damit es nicht langweilig wird."

„Wie Sie wünschen, Sir."

Ich gehe weiter in mein Büro. Ich bin CEO, CFO, Marketing-Typ, Personalchef und derjenige, der alle Croupiers überwacht. Mein Personal besteht aus Croupiers, Kassierern, Technikern, Reinigungspersonal, Kellnern, Barkeepern, dem Koch, den Küchenhilfen und dem Sicherheitspersonal. Viel Sicherheitspersonal. Was ich an dieser Stelle am meisten brauche, ist jemand, der die Croupiers beaufsichtigt, jemand, an den sie sich bei Problemen wenden können, ohne sich von meinem Titel gehemmt zu fühlen.

Eine rechte Hand, männlich oder weiblich, jemand mit einem scharfen Verstand, der Glücksspiel so gut kennt wie ich, jemand, der nahbar ist. Es ist nicht so, als wäre ich ein Snob. Für viele ist es einfach ein Problem, einen Prinzen als Boss zu haben. Ich bin vielleicht in einer königlichen Familie aufgewachsen, aber wir sind ziemlich bodenständig, wenn man mich fragt. Außerdem hatte ich immer meine Zwillingsschwester Silvia, die verhindert hat, dass ich mir irgendetwas zu Kopf habe steigen lassen. Nichts ist besser als eine Schwester, die einen zurechtstutzt.

Mein Assistent, Jean-Luc, der in dem kleinen Büro neben meinem arbeitet, steckt seinen blonden Kopf herein. Er ist zwanzig, aus Villroy und stammt aus einer Fischerfamilie. Er ist begeistert, einen Bürojob zu haben. Sein Vater hat sich nicht daran gestört, dass er mit der Familientradition gebrochen hat, da auch er die Fischerei hinter sich gelassen hat, um in der profitableren Kosmetikherstellung zu arbeiten, die wir jetzt auf Villroy haben. Jean-Luc ist organisiert und ordentlich, von seinem perfekt kurz gestutzten Haar zu seinem ordentlich gebügelten kurzärmeligen rosa Hemd und beiger Hose. „Guten Morgen, Adrian."

Ich habe ihm an seinem ersten Tag gesagt, dass ich ihn feuern würde, wenn er mich Hoheit nennen würde. Ich habe es mit einem Lächeln gesagt, damit er sich keine Sorgen machen würde. Der Mensch, mit dem ich bei der Arbeit die meiste Zeit verbringe, muss sich entspannen können. „Guten Morgen, Jean-Luc. Was gibt's Neues?"

Er rattert eine Liste herunter. „Sie müssen die Gehaltsabrechnung durchgehen und genehmigen. Es gibt ein Problem mit einem neuen Mitarbeiter, der anscheinend sein Arbeitsvisum gefälscht hat, der Wochenend-Barkeeper hat gekündigt und der Sicherheitsdienst glaubt, dass er beim Pokerspiel gestern Abend ein Paar bemerkt hat, das geschummelt hat."

Ich beiße die Zähne zusammen. „Und warum ist niemand von der Sicherheit wegen der Betrüger zu mir gekommen?"

Er zupft an seinem Kragen und schluckt sichtbar, während sein Adamsapfel auf und ab hüpft. „Sie wollten niemanden voreilig beschuldigen, insbesondere bei neuen Gästen. Sie wollten daher, dass Sie heute Morgen das Video ansehen und Ihre Meinung sagen."

Ich hebe meine Hände. „Und was soll das jetzt noch bringen? Sie haben die Insel wahrscheinlich schon verlassen." Unsere Gäste sind Tagesausflügler. Hier gibt es kein Hotel.

Er weicht einen Schritt zurück und dann noch einen und geht zur Tür. Offensichtlich hat mein Tonfall ihn eingeschüchtert. Ich mag vielleicht zwei Meter groß sein und habe durch regelmäßiges Sparring mit den Palastwachen einen muskulösen Körperbau, doch ich würde meinem Assistenten nie etwas tun.

Ich atme tief durch. Ich will nicht wie ein übellauniger Boss klingen. Ich bin von Natur aus ein zurückhaltender, sanfter Mensch. Ich bin sogar des Öfteren schon wegen meiner hervorragenden Manieren und meiner Aufmerksamkeit Frauen gegenüber als Gentleman bezeichnet worden. Meine Zwillingsschwester hat mir viel darüber beigebracht, was Frauen von einem Mann erwarten. Vor allem lehrte sie mich eines: Leg dich nie mit einer hungrigen Frau an.

Doch für Inkompetenz habe ich keine Geduld. Mach deinen Job und wir verstehen uns. Der Sicherheitsdienst sollte mich umgehend über mutmaßliche Betrüger informieren.

Ich gestikuliere Jean-Luc, wieder näher zu kommen, und bemühe mich um eine ruhige Stimme. „Ich brauche die Namen der Leute, die es bemerkt und mich nicht benachrichtigt haben." Die Inkompetenten.

Er räuspert sich und murmelt etwas Unverständliches.

„Ein bisschen lauter, wenn's geht?", dränge ich.

„Laurence und Albert." Er schluckt.

„Danke." Ich schwöre, ich bin kein Albtraum-Boss. Ich bin ein absolut vernünftiger Mann mit einem entspannten Auftreten. Niemand kann mein Pokerface lesen. Scheinbar hinterlässt der Druck, das Casino allein zu leiten, seine Spuren. Das wird meine nächste Priorität sein – jemanden einstellen, der für das Personal zuständig ist.

Er tritt unbehaglich von einem Fuß auf den anderen. „Ich sollte Sie wieder zurück an die Arbeit gehen lassen."

Ich kann Leute gut lesen – einer der Schlüssel zum Gewinnen beim Poker, der andere ist mein nahezu fotografisches Gedächtnis – und ich sehe, dass er noch etwas sagen will, doch er zögert. Noch mehr Betrüger? Mir ist nicht nach Raten zumute.

„Jean-Luc, gibt es noch irgendetwas, was Sie mir sagen möchten?", frage ich ruhig.

Er starrt auf meinen Schreibtisch. „Nichts Wichtiges."

Ich beiße die Zähne zusammen und ringe um Geduld. „Dann irgendetwas *Unwichtiges*, was Sie mir sagen möchten?"

„Ich würde mich gerne für den Barkeeperjob bewerben."

„Sie haben schon genug von mir?"

Er ringt die Hände. „Ich würde immer noch für das Casino arbeiten. Nur oben an der Bar."

„Warum?"

„Ähm, weil es Spaß macht. Und es gibt Trinkgeld."

Dann nehme ich an, dass es *keinen* Spaß macht, für mich zu arbeiten. Das ist das erste Mal, dass ich Personal führe, und scheinbar versage ich kläglich. Ich bin versucht zu sagen, *hier ist ein guter Rat: Bitten Sie Ihren Boss nicht einen Monat, nachdem Sie einen Job angefangen haben, um einen anderen.* Doch ich verstehe es. Ich bin fünfundzwanzig, nicht viel älter als er. Die Barszene ist ansprechender, als sich mit einem gestressten Boss rumschlagen zu müssen.

„Haben Sie schon mal an einer Bar gearbeitet?", frage ich.

„Ja. Letzten Sommer in Frankreich."

„Dann suchen Sie mir einen neuen Assistenten, und der Job gehört Ihnen."

Er klatscht und hüpft wie ein aufgeregtes Kind. „Ich habe die perfekte Kandidatin. Meine Tante. Sie ist eine pensionierte Kindergärtnerin. Sehr ruhig und geduldig."

Glaubt er, dass ich das brauche? Jemand, der sich nicht von mir einschüchtern lässt? Eine weitere Beleidigung meiner Managementfähigkeiten. Ich muss besser werden.

„Bestellen Sie sie her", sage ich. „Ich möchte zuerst mit ihr reden, bevor ich eine Entscheidung treffe. Dann lassen Sie sich von Montag bis Freitag einweisen und ab dem Wochenende arbeiten Sie an der Bar."

„Danke, Sir!"

Ich mache mir nicht die Mühe zu antworten, irritiert über den Personalwechsel. Wir haben gerade einen Monat geöffnet und zwei Leute verlassen bereits ihre Posten – ein Barkeeper und mein Assistent. Das hier soll ein angenehmer und lohnender Arbeitsplatz sein. Vielleicht sollte ich ein Pokerturnier organisieren, zur Verbesserung der allgemeinen Stimmung. Nur, dass das für mich etwas ist, das ich gerne zum Spaß mache. Was ist mit meinen Angestellten? Was würde ihnen gefallen? Keine Ahnung. Ich habe größtenteils Leute von der Insel eingestellt und merke allmählich, dass ich keine Bindung zu ihnen habe.

Ich sitze mit dem Stapel Papierkram an meinem Schreibtisch, schalte meinen Laptop ein, ziehe mein Handy aus der Hosentasche und lege es auf den Schreibtisch. Das verdammte Ding hat auf meiner kurzen Fahrt hierher dank vieler Anrufe und Nachrichten so stark vibriert, dass ich es ausgeschaltet habe. Wo soll ich anfangen? Ich schicke eine E-Mail an meinen Bruder Lucas, der der CEO aller Geschäftsaktivitäten von Villroy ist, und bitte ihn, mir einen Personalleiter für die Croupiers zu suchen. Er ist derjenige, der die Personalkontakte hat.

Und jetzt? Welche Aufgabe bringt das meiste Geld? Marketing. Das sollte die Rolle meines Bruders Oscar sein, bevor er sich Hals über Kopf in Polly, eine Prinzessin aus einem anderen Königreich, verliebt hat. Jetzt sind sie verheiratet und regieren dort als König und Königin. Gut für ihn, nicht wahr? Doch er ist der Grund, warum ich das Casino jetzt allein leite und andere, weniger arbeitswillige Investoren finden musste. Er hat seinen Teil der Investition abgezogen – als Mehrheitsinvestor! — und das ganze Kapital nach einer Hurricanekatastrophe an Pollys Königreich gespendet. Ich freue mich für ihn. Wirklich. Ich trage ihm nichts nach. Es ist nur schwer zu verstehen, wie er so viel aufgeben konnte, um mit ihr zusammen zu sein – sein Vermächtnis hier im Casino, sein Zuhause, sein letztes Kapital aus seiner Fußballerzeit.

Wenn man das große Ganze betrachtet, sind Beziehungen eine schlechte Wette. Er hat Glück gehabt. Ich spiele nur, wenn die Chancen zu meinen Gunsten stehen. Keine Frau hat sich jemals lange für mich interessiert und ich fand es immer humaner, mich zu verabschieden, bevor die Frau sich zu sehr emotional an mich binden konnte.

Okay, Marketing. Ich kann das über Zahlen machen. Die Kapitalrendite hat oberste Priorität. Wir haben im August eröffnet, als das Spa ausgebucht war, und haben mit den Spillover-Besuchern einen starken Start hingelegt. Es ist jetzt Mitte September, und es kommen weniger Spa-Gäste, was bedeutet, dass wir auch weniger Besucher haben. Ich muss einen Weg finden, um Leute in das Casino selbst zu locken. Das Spa verkauft Kosmetika online, um den Saisonflauten entgegenzuwirken. Wir sind auf persönliche Besuche angewiesen.

Es ist ein Jahr her, dass das Spa eröffnet und die Kosmetiklinie eingeführt wurde, und unsere Wirtschaft verbessert sich langsam, aber wir sind noch nicht am Ziel. Ich stehe unter großem Druck, dieses Casino erfolgreich zu machen, um eine stabile, solide Zukunft zu gewährleisten. Es ist das erste Mal, dass ich die Gelegenheit habe, einen bedeutenden Beitrag zu Villroy zu leisten, und ich kann mein Königreich nicht enttäuschen.

Ich wende mich meinem Laptop zu und sehe mir die Anzahl der Gäste an, die für die nächsten sechs Monate im Spa erwartet werden. Es wird definitiv eine ruhigere Zeit werden. Ich stürze mich auf die Zahlen und sehe mir verschiedene Werbeideen an.

Als ich fertig bin, bin ich überrascht zu sehen, dass es

schon Mittag ist. Mist. Ich habe mein Handy noch nicht einge-
schaltet. Ich greife danach, schalte es ein und finde mehrere
Voicemails und Nachrichten – das Casino betreffend wie
privat. Priorisieren. Welche Voicemail ist am wichtigsten? Ich
scrolle schnell durch und halte inne, als ich sehe, dass meine
Zwillingsschwester mir eine Nachricht hinterlassen hat. Silvia
hat immer Vorrang. Wir haben eine enge Beziehung, obwohl
sie jetzt mit ihrem Ehemann Cade in den USA lebt. Ich überlege, wie viel Uhr es bei ihr ist. Es ist sechs Uhr morgens in
New York City. Dort arbeitet sie mittlerweile als Redakteurin
bei einem Kinderbuchverlag. Sie hat erst vor ein paar
Minuten angerufen. Ich drücke auf die Wiedergabetaste der
Voicemail.

„Hallo, ich bin's, deine Lieblingsschwester. Ruf mich an,
wenn du eine Minute Zeit hast. Ich habe mit Sara Travers
gesprochen und wir haben uns gestern Abend auf einen
Drink getroffen. Etwas, das sie gesagt hat, hat mich beunruhigt. Es geht um Poker, also dachte ich, du könntest helfen.
Bis dann!"

Sara Travers. Ein Schauer läuft mir über den Rücken. Wie
seltsam. Keiner von uns hat von Sara gehört, seit ihre Eltern
gestorben sind, als sie dreizehn Jahre alt war. Sie hat
scheinbar nicht in Kontakt bleiben wollen und hat unsere
Anrufe, Mails oder SMS nie beantwortet. Silvia sagte, es läge
daran, weil wir sie an Villroy erinnern, wo Sara glückliche
Sommer mit ihren Eltern verbracht hat, die sie nie wieder
haben würde. Das letzte Mal, als ich Sara gesehen habe, war
bei der Beerdigung ihrer Eltern.

Ich habe jedoch immer wieder an sie gedacht und gehofft,
dass es ihr gut geht. Und ganz ehrlich? Ich habe auch als
Erwachsener versucht, mit ihr in Kontakt zu treten und sie
auf Social Media aufzuspüren, aber sie hat nie reagiert.
Schließlich habe ich akzeptiert, dass sie keinen Kontakt will.
Trotzdem hat ein Teil von mir sie nie losgelassen.

Ihr Geburtstag war der 10. August – der Tag vor der Eröffnung des Casinos – und sie ist fünfundzwanzig geworden.
Das heißt, wir sind beide fünfundzwanzig, das Alter, in dem
wir uns zu heiraten geschworen haben. Wir haben einen Pakt

geschlossen. Eines dieser dummen Dinge, die Kinder tun. Wir haben uns auch geschworen, die ganze Nacht Poker zu spielen, jede Nacht als Ehepaar – wir konnten uns nichts Aufregenderes vorstellen, was ein Ehepaar tun könnte. Ha! Wir waren vielleicht erst zwölf, aber damals hat es sich intensiv angefühlt. Sie war mein erster Kuss, und es war perfekt.

Ein Anflug von Eifersucht schießt durch mich hindurch. Sara hat mit Silvia Kontakt aufgenommen und nicht mit mir? Sara hat mich angebetet. Sie sagte, ich sei ihr Held.

Ich drücke die Taste, um Silvia zurückzurufen. „Hey, Sil, wie geht's dir?"

„Oh, mir geht's prima! Wie läuft das Casino-Geschäft?" Sie ist ein tschilpender Frühaufsteher, während ich eine Nachteule bin, was in unserer Kindheit für einige angespannte Vormittage gesorgt hat, wenn sie auf mein gereiztes Grunzen mit ihrem Tschilpen geantwortet hat.

„Das Casino-Geschäft läuft. Was ist das mit Sara? Wie kommt's? Hat sie dich kontaktiert oder umgekehrt?" Ich verziehe das Gesicht und hoffe, dass ich mich nicht eifersüchtig anhöre, dass Sara sich nicht auch mit mir in Verbindung gesetzt hat.

„Ich habe ein bisschen gegraben und sie in Brooklyn gefunden. Ich hatte mich an all die guten Zeiten erinnert, die wir als Kinder zusammen verbracht haben, und dann ist sie einfach nicht wiedergekommen. Ich dachte, sie wäre bereit, mich zu sehen, da ich jetzt praktisch eine New Yorkerin bin wie sie."

Ich verzichte darauf, das zu kommentieren. Silvia lebt erst seit ein paar Monaten in New York, und ihr Akzent ist immer noch deutlich von hier. Mir wurde gesagt, wir sprechen so etwas wie Hochenglisch mit einer leichten französischen Note. Villroy liegt südwestlich von Frankreich und viele der Inselbewohner sind zweisprachig aufgewachsen, da Villroy von den Briten und dann von den Franzosen übernommen wurde, bevor die rechtmäßige Herrscherfamilie, die Rourkes, vor einigen Jahrhunderten die Kontrolle zurückerobert hat.

Ich lehne mich in meinem Stuhl zurück. „Also hast du sie

angerufen und ihr seid einen trinken gegangen. Was hat sie gesagt, das dich beunruhigt hat?"

„Genau genommen bin ich bei ihr zu Hause aufgetaucht. Ich war mir nicht sicher, ob sie versuchen würde, mich zu ignorieren. Zum Glück war sie zu Hause und ich denke, es geht ihr zwischenzeitlich ganz gut, dann sie hat sich gefreut, mich zu sehen."

Ich sollte sie auch sehen. „Und weswegen hast du dir Sorgen gemacht?"

„Sie meint, sie verdiene gutes Geld und hat jetzt ein Pokerspiel in Brooklyn. Sie sagt, es sei legal. Sie verdient einfach viel mit Trinkgeldern. Dann dachte ich, wenn sie viel Trinkgeld bekommt, muss der Pot wirklich hoch sein. Wen zieht ein solches Pokerspiel an? Wirklich reiche Leute, mächtige Leute. Glaubst du, es sind Wall Street-Typen oder eher–"

„Organisiertes Verbrechen."

„Genau. Ich musste einfach immer wieder an dieses Pokerspiel denken, Sara mittendrin, und sie kümmert sich allein um das ganze Geld. Bin ich paranoid?"

Ich denke darüber nach. Würde Sara zugeben, wenn das, was sie tat, gefährlich war? Ich bin mir nicht sicher. Als wir Kinder waren, hat sie Wetten geliebt, jede Herausforderung, und Poker ganz besonders. Das würde natürlich zu ihr passen. Der einzige Weg, es herauszufinden, bestand darin, das Spiel zu sehen und die Spieler zu treffen. Auf keinen Fall werde ich Silvia dahin schicken. Erstens, weil es gefährlich sein könnte, und zweitens, weil sie keine große Pokerspielerin ist.

Karten auf den Tisch? Ich kann mir diese Chance nicht entgehen lassen, endlich wieder Kontakt zu Sara herzustellen. Wenn sie offen dafür ist, Silvia zu sehen, ist sie sicher auch offen dafür, mich zu sehen. Wir erinnern sie gleichermaßen an Villroy. Vielleicht hat sie den Kummer überwunden, der mit der Erinnerung an ihre Eltern verbunden ist.

„Gib mir ihre Adresse", sage ich.

„Kommst du zu Besuch? Yay! Bonus für mich."

Ich ertappe mich bei einem Lächeln. Ich habe Silvia letzten

Monat zur Eröffnung des Casinos gesehen. „Als ob das nicht so oder so dein Hintergedanke gewesen ist."

Sie lacht. „Ja, das war mein böser Hintergedanke. Ich benutze deine Schwäche für sie."

„Es ist keine Schwäche. Ich mag sie genauso wie dich."

Ihre Stimme ist sanft. „Manchmal denke ich, es war schwieriger für dich als für mich, als sie den Kontakt abgebrochen hat."

Ich antworte nicht. Es war hart gewesen und natürlich habe ich sie nie ganz losgelassen, aber das ist etwas, auf das sich Silvia mit ihrer romantisch-sentimentalen Ader sofort stürzen würde. Und wer weiß, vielleicht sind Sara und ich als Erwachsene nicht einmal kompatibel, abgesehen von unserer gemeinsamen Liebe zum Poker. Ich habe keine Erwartungen. Ich muss nur wissen, dass es ihr gut geht. Und ich bin neugierig, was aus einem Menschen geworden ist, der eine große Rolle in meiner Kindheit gespielt hat. Keine Spur von Romantik hier.

„Okay, genug schnulziges Gelaber von dir", sagt Silvia mit neckender Stimme. „Also wirst du dir ihr Spiel ansehen?"

„Ist einen Blick wert. Ich kann nur nicht lange weg. Ich fliege am Montag, denn montags haben wir geschlossen." Unser Privatjet erleichtert das Reisen.

„Der große Boss."

„Ist nicht alles Glanz und Glamour. Mein Assistent hat Angst vor mir, und die Angestellten kommen nicht über meinen Titel weg. Fällt ihnen schwer, offen mit mir zu sein."

„Es ist deine Stimme. Sie kommt wie ein schroffes Knurren raus, wenn du gereizt bist. Ich persönlich finde ja schroffe, erwachsene Männer liebenswert." Sie spricht vom Telefon weg. „Ja, ich meine dich, Schatz, und auch meinen Zwillingsbruder und meine Cousins." Sie macht ein Kussgeräusch. Ihr Mann Cade sieht aus wie ein Bergmann – er ist zwei Meter groß wie ich, doch er hat dunkelblondes Haar bis zu den Schultern und einen Vollbart. Er arbeitet als Finanzanalyst für ein Outdoor-Einzelhandels- und Dienstleistungsunternehmen. Er ist schroff und ein Outdoortyp. Das ganze Gegenteil meiner süßen Bücherwurmschwester.

Sie wendet sich wieder mir zu. „Cade hat mitgehört. Wie auch immer, manche Leute finden diese Art von Stimme ein bisschen einschüchternd. Und für die Einheimischen kommt noch die Prinzsache hinzu, da sie dich nur von weitem kennen, und schon hast du nervöses Personal."

„Ich kann nichts dafür, dass ich ein Prinz bin, und für meine Stimme kann ich auch nichts."

„Versuch, ein bisschen was Süßes in deine Stimme zu legen, so wie ich."

„Ich bin süß wie Zuckerstreusel", knurre ich, und sie lacht.

„Lass dich von Emma vertreten, wenn du weg bist", sagt Silvia. Das ist unsere ältere Schwester und Co-Investorin im Casino. „Sie ist schließlich am Casino beteiligt und sollte sich mehr dafür interessieren."

„Ich werde es ihr vorschlagen." Ich halte inne. „Wie ist sie so?" Ich meine Sara.

„Sie ist wie früher, aber anders. Sie strahlt eine harte Zähigkeit aus, die sie früher nicht hatte, aber wenn sie lächelt, ist es wie in alten Zeiten. Und Chloe ist nicht länger das wilde Kind. Sara sagt, sie ist eine wahnsinnig strebsame Studentin. Sie hat gerade auf der Columbia angefangen und hat vor, in drei Jahren ihren Abschluss zu machen, damit sie direkt an die Harvard Medical School gehen kann. Sie will in die Forschung gehen und ein Heilmittel gegen Krebs finden."

„Wow. Das ist … großartig." Doch diese drastische Veränderung von Chloes Persönlichkeit finde ich besorgniserregend. Als Kind war sie nie ernst. Als ich sie das letzte Mal gesehen habe, war sie natürlich erst fünf Jahre alt gewesen. Ich hätte nie gedacht, dass sie eine strebsame Studentin und Ärztin werden würde. Es scheint, dass ich nicht viel über Sara und ihre Schwester weiß.

„Ich weiß, es ist ein bisschen komisch, wenn man bedenkt, was für ein Satansbraten sie war. Ich will sie auch noch besuchen. Du, ich muss Schluss machen. Schreib mir, wenn du hier bist. Hab dich lieb!"

„Ich dich auch." Ich lege auf und sitze für einen Moment einfach nur da und erinnere mich an Sara als Kind, feixend, neckend, lachend. An den Sommer, als ich sie gerettet und geküsst habe und ein feierliches Gelübde ablegte.

Wenn Sara einen Helden braucht, dann bin ich auf dem Weg. Und wenn nicht, habe ich eine gute Ausrede – wir sind fünfundzwanzig und haben einen Pakt.

3

Sara

Ich läute die Glocke eines eleganten Reihenhauses in Park Slope und ermahne mich, cool und selbstbewusst zu bleiben. Das ist der schwierige Teil meines Jobs. Am Morgen nach dem Pokerspiel muss ich die Schulden der Verlierer eintreiben, bevor ich das Geld an die Gewinner verteilen kann. Sergei hat letzte Nacht viel verloren. Es ist ein Balanceakt mit reichen, mächtigen Männern. Sie wollen nicht das Gesicht verlieren oder als Verlierer gesehen werden. Ich muss dafür sorgen, dass alles locker und lustig bleibt.

Einen Moment später winkt mich seine Haushälterin, Miss Davies – eine Frau in den Sechzigern mit kurzem, grauem Haar – ins Haus. „Hallo Sara, er ist in seinem Büro."

„Hallo Miss Davies, danke."

Ich war schon zuvor mit seinen Gewinnen hier, aber noch nie für einen so großen Verlust. Ich sehe mich um. Worüber mache ich mir Sorgen? Er kann es sich leisten. Sergei lebt allein in diesem prestigeträchtigen historischen Viertel in einem fünfhundertfünfzig Quadratmeter großen Stadthaus. Es ist wirklich ein Herrenhaus. Diese Häuser kosten Millionen. Man muss sich nur diese geschnitzte Holztreppe ansehen, die mehr als hundert Jahre alt ist. Die allein ist wahrscheinlich mehr wert als meine Wohnung.

Meine Absätze klicken über den Fischgratparkettböden, als ich an Glastüren vorbeigehe, die in einen eleganten Salon führen.

Ich trage eine schwarz-weiß gestreifte Kurzarmbluse zu einem schwarzen Bleistiftrock und schwarzen Pumps, um professionell auszusehen. Das ist Geschäft. Ich wende mich der offenen Tür seines Büros zu. Vom Boden bis zur Decke reichende Bücherregale mit ledergebundenen Büchern erstrecken sich über die gesamte Länge der Wand zu beiden Seiten des Kamins und darüber. Der Raum ist gut beleuchtet durch zwei große Fenster gegenüber.

Sergei hat mir den Rücken zugekehrt und starrt ein Foto auf dem Kaminsims an. Er ist ein großer drahtiger Mann Mitte dreißig mit dunkelbraunem, kurzgeschorenem Haar, das seine scharfen Wangenknochen betont.

Locker und lustig. „Morgen, Sergei. Sieht nach einem wunderschönen Tag aus."

Er dreht sich zu mir um und lächelt. In seinen dunkelbraunen Augen glitzert scharfsinnige Intelligenz. „Immer schön, dich zu sehen, Sara, obwohl ich wünschte, es wäre heute Morgen unter besseren Umständen." Er hat einen leichten russischen Akzent, den er mit einem privaten Dialekt-Coach loszuwerden versucht. Ich weiß das, weil er mich bei unserer ersten Begegnung gefragt hat, ob ich seinen Akzent bemerke. Ähm, ja, definitiv.

Ich gehe zu ihm hinüber, und er mustert mich von oben bis unten, lässt mein Outfit auf sich wirken und bleibt an meinen Waden hängen. Ich trage keine Strümpfe und denke, er steht auf Beine.

Ich lächle fröhlich. „Ich bin sicher, dass du beim nächsten Spiel wieder gewinnen wirst. Du bist der beste Spieler." Einer der besten.

„Lass uns reden", sagt er und zeigt auf ein paar Holzstühle mit blau gepolsterter Sitzfläche vor dem Kamin. Nicht gut. Ich will nicht reden. Ich will das Geld, das er mir schuldet.

Ich setze mich und schlage meine Beine übereinander. „Über was würdest du gerne mit mir reden?"

Er dreht seinen Stuhl so, dass er mich ansieht. „Wir hatten nicht viel Zeit zusammen, nur wir beide."

Ich setze ein Lächeln auf. Er interessiert sich für mich. Nein, danke. „Stimmt, aber jetzt bin ich hier. Ich weiß, dass es kein angenehmer Besuch ist, aber ich muss noch bei anderen vorbei. Wenn du mir also nur das geben könntest, weswegen ich hier bin, wäre ich dir sehr dankbar."

Seine Stimme wird heiser. „Du bist eine schöne Frau. Habe ich dir das jemals gesagt?"

„Danke", sage ich gelassen. „Ich weiß das zu schätzen. Ich muss gehen, andere erwarten mich. Ich könnte einen Scheck akzeptieren, wenn das einfacher ist. "

Seine dunklen Augen sind weich, seine Stimme leise. „Möchtest du heute Abend mit mir essen?"

Ich senke den Blick und spiele geschmeichelt. „Sergei, das ist eine wahnsinnig nette Einladung." Ich sehe ihn wieder an, warte einen Moment, als würde ich darüber nachdenken, und sage dann in einem bedauernden Ton: „Aber ich muss ablehnen. Ich verabrede mich nicht mit Spielern. Es würde die anderen misstrauisch machen, wenn sie den Eindruck bekämen, ich würde einen Spieler einem anderen vorziehen. Ich möchte das Spiel gerne für alle Beteiligten professionell halten. "

Das ist wahr, aber nicht nur, weil er ein Spieler ist und unsere Beziehung geschäftlich für mich ist. Ich will einfach keine Beziehungen, Punkt. Meine Schwester ist die einzige echte Bindung, die ich bis zu meinem Tod behalten werde. Ich bin lieber allein, als den Schmerz zu ertragen, noch einmal jemanden zu verlieren. Ich brauche keinen Therapeuten, der mir sagt, warum. Es ist, was es ist. Und mit den meisten Leuten ist es sowieso keine gute Idee.

Er beugt sich vor und bringt sein Gesicht unangenehm nahe auf meine Höhe. „Niemand muss es mitbekommen. Ich würde nicht darüber reden. Du könntest ein kleines Geheimnis für dich behalten, oder nicht?"

Ich schiebe meinen Stuhl zurück und stehe auf. „Ich fürchte nein. Ich möchte unsere Freundschaft so belassen, wie sie ist."

Er steht langsam auf und kommt auf mich zu. An seinen Bewegungen ist etwas Raubtierhaftes. Mein Herz pocht. Ich denke über meine Optionen nach – Knie in die Hoden, umdrehen, schreien und weglaufen. Moment. Ich habe Pfefferspray in meiner Handtasche.

Er ist so nah, dass ich seinen Atem in meinem Gesicht spüren kann. Er streicht mir eine Haarsträhne hinters Ohr. „So ein hübsches, kleines Ding."

Ich schlucke schwer und meine Hand wandert zum Reißverschluss meiner Handtasche. „Ich habe gehört, dass Vic Sobol nach unserem Spiel gefragt hat. Er ist dieser–"

Er erstarrt. „Ich weiß, wer er ist. Er betreibt einen Hedgefonds. Du kannst ihn kriegen?"

„Ich treffe mich später mit ihm. Ich bin mir sicher, dass ich ihn dazu bringen kann, dass er unbedingt spielen will. Ganz sicher." Das ist ein eiskalter Bluff. Ich habe die Fühler nach Vic ausgestreckt und noch nichts von ihm gehört. Darüber werde ich mir später Sorgen machen.

Er kneift die Augen zusammen. „Du spielst mit uns allen, oder?"

Meine Hand taucht in meine Handtasche und tastet verzweifelt nach dem Pfefferspray. „Meine Aufgabe ist es, ein faires Spiel mit den besten Spielern zu führen. Mit dir zum Beispiel." Ich ergreife es, mein Finger liegt auf der Düse. Ich überlege, ob ich es aus der Tasche holen soll. Wenn ich es zu früh tue, habe ich diesen Spieler für immer verloren. Er war einer der ersten Spieler in meinem Spiel, als es nur fünf Männer waren, und er hat ein paar großartige Spieler mitgebracht. Wir haben jetzt zehn Männer, die jede Menge zu verspielen haben. Sie könnten sich alle auf seine Seite schlagen, dann stehe ich ohne ein anständiges Spiel da. „Du verstehst, dass das mein Job ist, oder? Das Spiel zu betreiben. Alle gleich zu behandeln. So finanziere ich meiner kleinen Schwester die Uni. Ich bin alles, was sie hat. Wir sind Waisen." Ich ignoriere den scharfen Schmerz über meine Eltern und konzentriere mich weiter auf meine Aufgabe.

Als er sich zu seinem Schreibtisch auf der anderen Seite des Raumes umdreht, kollabiere ich fast vor Erleichterung und lasse das Pfefferspray los. Ich sehe zu, wie er eine Schublade öffnet und sein Scheckheft zückt.

„Ich habe meine Mutter jung verloren", sagt er, während er einen Scheck ausstellt, dann gibt er ihn mir. „Deine Schwester hat Glück, dass sie dich hat."

Ich nehme den Scheck, werfe einen Blick auf den Betrag, um sicherzugehen, dass er ihn richtig ausgestellt hat, und stecke ihn in meine Handtasche. „Danke. Wir sehen uns Dienstagabend mit dem neuen Fisch." Fisch nennen wir einen schlechten Spieler, was für erfahrene Spieler wie ihn eine Menge Spaß bedeutet. Ich impliziere, dass der Hedgefonds-Typ ein schlechter Spieler ist, obwohl wir beide wissen, dass er es sicher nicht ist. Wie gesagt, ich will es locker und entspannt halten.

Er nickt. „Das wäre ideal. Doch es ist unwahrscheinlich, dass Vic ein Fisch ist."

Ich gehe in Richtung Tür. „Ich schätze unsere Freundschaft sehr, Sergei. Und ich bin sowieso kein guter Fang. Ich stehe nicht auf Beziehungen."

Er schmunzelt. „Wer hat etwas über eine Beziehung gesagt?"

Ich wackle mit meinem Finger. „Das tue ich auch nicht mit meinen Spielern. Hab noch einen schönen Tag!"

Und dann bin ich weg und beende eilig, was ich einen erfolgreichen Besuch nenne. Noch vier weitere Kandidaten heute. Dann kann ich mich an den netten Teil machen und das Geld zu den Gewinnern bringen. Jeder liebt diese Art von Besuch. Ich bin ein bisschen wie Robin Hood, nur, dass ich von den Reichen nehme und andere Reiche reicher mache. Vielleicht bin ich doch eher so was wie eine gute Fee. Ich weiß nur, dass ich diesen Job verdammt liebe.

Als ich nach Hause in mein Studio-Apartment in einer weniger schönen Gegend von Brooklyn komme, weit weg von den Park Slope-Reichen, schwebe ich auf Wolke Sieben. Alle meine Spieler haben ihr Geld bekommen, alle sind gespannt auf Dienstag und die Welt ist ein wunderbarer Ort. Ich werfe meine Handtasche auf meinen dunkelgrünen Futon, gehe in die kleine Küche und ziehe den Safe aus dem

Ofen. Meine Lieblingsbeschäftigung: Mein Geld zählen. Es ist nicht so, als wäre ich gierig. Ich finanziere meiner Schwester wirklich die Uni und kann das auch hoffentlich weiter tun, wenn sie anfängt, Medizin zu studieren. Unsere Eltern sind bei einem Unfall ums Leben gekommen, als ich dreizehn war. Meine Brust schmerzt und ich merke, dass ich den Atem anhalte. Ich erinnere mich daran, normal zu atmen, während die Erinnerung über mich hinwegfließt. *Einatmen, ausatmen. Panikattacken kontrollieren mich nicht mehr.*

Sie waren allein auf ein Date gegangen in ein Restaurant unweit unserer Wohnung in Manhattan. Sie wollten die Luft nach vielen heftigen Streits klären, zu denen es gekommen war, weil mein Vater seinen Job kündigen wollte, um eine Beratungsfirma zu gründen. Ein betrunkener Lastwagenfahrer ist von der Straße abgekommen und auf dem Gehsteig in sie hinein gepflügt. Ich stelle mir gerne vor, dass sie Frieden geschlossen und sich nicht in ihren letzten Augenblicken gestritten haben.

Ich bin über Nacht erwachsen geworden. Von meinem sicheren idyllischen Leben in die harte Realität gerissen, allein auf der Welt zu sein. Natürlich hatte ich Chloe. Sie war erst sechs Jahre alt, quasi ein Baby, und ich habe mich bemüht, ihr die Mutter zu sein, die sie nicht mehr hatte. Wir sind nach Brooklyn gezogen, um bei unserem Onkel Rob in einer Wohnung mit zwei Schlafzimmern in einer schönen Gegend zu leben. Es war gar nicht so schlecht. Er war ein netter Kerl, aber nicht wirklich zuverlässig. Ich wurde die Erwachsene in seinem Haushalt, habe gekocht, geputzt und mich um Chloe gekümmert. Über Nacht war sie von einem wilden Kind fast stumm geworden. Es hat drei Monate gedauert, bis sie wieder sprach, und sie ist nie wieder zu ihrem energiegeladenen, sorglosen Selbst zurückgekehrt. Sie wurde ernst und zog sich zurück, selbst mit Therapie. Doch ich kann es ihr nicht verdenken. Es war eine dunkle Zeit.

Als ich sechzehn war, hat Onkel Rob seinen Job verloren und ist zurück nach Nashville gezogen, um mit seiner neuen Freundin groß rauszukommen. Ohne uns. Da wurde ich wirklich die verantwortliche Erwachsene. Er hat ein bisschen

Geld für die Miete geschickt und den Rest habe ich mit Kellnern verdient. Ich dachte, er würde zur Besinnung kommen, doch er ist nie zurückgekehrt. Chloe und ich haben Bilanz gezogen und beschlossen, dass wir eine billigere Wohnung brauchen – genau die, in der wir jetzt auch noch wohnen –, da wir uns einig waren, dass wir extrem sparsam leben mussten, bis ich achtzehn war und einen besser bezahlten Job bekommen konnte. Schließlich habe ich die High School abgeschlossen und einen Job als Büromanagerin gefunden. Da habe ich am Tag gearbeitet und abends weiter als Kellnerin. Chloe hat sich in der Schule den Hintern aufgerissen, da sie wusste, dass die Uni ihr Sprungbrett für ein besseres Leben sein würde. Doch dann ist ihr bewusst geworden, dass ihr die Schule wirklich Spaß machte. Sie war eine gute Schülerin. Und jetzt strebt sie sowohl nach finanzieller Sicherheit als auch danach, einen Unterschied in der Welt zu bewirken. Ich bin unendlich stolz auf sie.

Was mich angeht, ich spiele seit Jahren in örtlichen Pokerspielen, doch das war, bevor mir klar wurde, dass ich mit meinem eigenen Spiel noch viel mehr verdienen kann. Seit ich diesen Sommer dieses Spiel in Gang gebracht habe, sind alle meine Geldsorgen verschwunden. Ich habe beide Jobs gekündigt *und* im August Chloes erste Studiengebühr bezahlt. Für die Januar-Rechnung sieht es auch fantastisch aus. Ich möchte nicht, dass sie die Uni mit hohen Schulden verlässt, insbesondere, da ich weiß, wie viel das Medizinstudium kostet. Letzte Nacht habe ich fünfzigtausend Dollar Trinkgeld bekommen. Der Pot wird mit den Spielern, die ich anziehe – alles wohlhabende Russen – immer höher und ich sorge dafür, dass jeder sich am Ende des Spiels wie ein König fühlt. Vielleicht muss Chloe sich nicht so schinden, um die Uni in drei Jahren zu beenden. Ich möchte, dass sie ihre Zeit auf dem College genießt und nicht durchhetzt. Auch wenn sie schwört, dass sie das Vorstudium nicht aus finanziellen Gründen in drei Jahren abschließen will. Sie behauptet, sie könne es kaum erwarten, mit dem Medizinstudium anzufangen. So, wie ich Chloe kenne, ist es wahrscheinlich beides. Jetzt, da sie achtzehn ist, versteht sie, was ich für sie getan habe. Dass ich versucht habe, ihr die Mutter zu sein, die sie verloren hat, und sie möchte mir etwas zurückgeben. Dummes Ding. So funktioniert die Rolle der kleinen Schwester nicht.

Ich nehme den Safe zu meinem Futon und setze mich damit hin, stelle die Kombination ein und öffne ihn. Ein Stapel von Hundert-Dollar-Noten lächelt mich mit seiner beruhigenden Präsenz an. Ich sollte sie wahrscheinlich zur Bank bringen, aber ich fürchte, ich sehe verdächtig aus, wenn ich mit so viel Bargeld auftauche. Sie könnten denken, ich hätte einen Supermarkt ausgeraubt oder so was. So, wie es gerade aussieht, könnte ich die Studiengebühren für das nächste Jahr sogar ganz im Voraus bezahlen und hätte immer noch genug für die Miete übrig.

Ich sollte auf ein Apartment mit einem Schlafzimmer upgraden. Das hier ist so klein – ein Zimmer mit meinem Futonsofa, das zu einem französischen Bett ausklappt, einer winzigen Küche und einem separaten winzigen Badezimmer. Kaum zu glauben, dass ich mir bis vor kurzem diesen kleinen Raum mit Chloe geteilt habe. Sie ist nicht weit weg, sie lebt in einem Studentenwohnheim ihrer Uni in der Stadt, aber ich vermisse sie schrecklich.

Ich ziehe die Geldscheinstapel heraus, zähle sie und verteile sie dann auf dem Sofatisch, damit sie nach noch mehr aussehen. Ich lächle, sammle sie ein und schiebe sie vorsichtig zurück in den Safe. Hoppla. Ich habe versehentlich meine Glücksbringer-Drachenkarten umgedreht – ein Paar rote Zweien. Ich lege sie vorsichtig mit dem Gesicht nach unten zurück in den Tresor. Sie sind das einzige, das ich von meinem früheren Leben behalten habe, bevor mein Leben auf den Kopf gestellt wurde. Sie erinnern mich an eine einfachere Zeit, als ich glaubte, ein süßer Junge mit haselnussbraunen Augen sei mein Held.

Ich bin mir sicher, dass Adrian mich lange vergessen hat. Ich war nur ein Sommergast. Er ist ein Prinz, der sich in elitären Kreisen bewegt. Er hat über die Jahre versucht, Kontakt aufzunehmen, aber ich war einfach nicht bereit, an meine Zeit auf Villroy erinnert zu werden. Meine Eltern waren immer wie ein verliebtes Flitterwochenpaar in unserem gemieteten Sommerhaus. Es war zu herzzerreißend, diese Erinnerungen mit einer Realität unter einen Hut zu bringen, in der es sie nicht mehr gab. Ich musste für Chloe stark bleiben. Und irgendwann hat Adrian schließlich aufgehört, es zu versuchen.

Ich schließe meinen Safe ab. Vielleicht sollte ich Silvia nach seiner Nummer fragen. Mir geht es jetzt besser. Ich habe Silvia hier in Brooklyn gesehen und es ist gut gelaufen. Keine Erwartungen oder so. Einfach nur um der alten Zeiten willen.

~

Adrian

Ich starre aus dem Fenster des gemieteten Mercedes, den Blick auf die Hausnummern an den Gebäuden gerichtet, an denen wir vorbeikommen. Sieht so aus, als ob es gerade vor uns liegt. Ich sage dem Fahrer, wo er anhalten soll, und mein Bodyguard Jack steigt kurz darauf mit mir aus. Er ist dreißig mit blonden, raspelkurzen Haaren, groß und breit gebaut mit harter Miene, die jeden wissen lässt, dass mit ihm nicht zu spaßen ist. Nach all meinem Training mit den Wachen im Palast kann ich mich gut selbst verteidigen, doch als Angehöriger der königlichen Familie muss ich einen Bodyguard haben. Ich habe mich für Jack entschieden, weil er beim Sparring für mich immer eine Herausforderung ist. In jedem Fall ist es klug, wenn mir jemand über die Schulter schaut, falls wir irgendwo auf eine übereifrige Menge stoßen.

Es ist Montagnachmittag in New York, und ich stehe vor einem ungepflegten Gebäude aus Beton und Glas in einer wenig einladenden Gegend von Brooklyn. Es sieht nicht so aus, als würde Sara im Geld schwimmen, wie Silvia angedeutet hat. Ich hoffe, sie ist zu Hause. Wenn es sein muss, werde ich hier auf der Treppe vor dem Haus warten, bis sie auftaucht. Es ist wärmer, als ich es Mitte September erwartet habe. Ich knöpfe meine Manschetten auf und kremple meine Hemdsärmel hoch. Dann zögere ich und starre auf den Klingelknopf mit ihrem Namen – Travers.

Ich atme aus. Ein Teil von mir ist sich nicht sicher, ob ich denselben herzlichen Empfang wie meine Schwester bekommen werde. Silvia und Sara waren beste Freundinnen gewesen. Ich war eine Ergänzung zu ihrer Freundschaft, bis Sara und ich uns in besagtem Sommer nähergekommen sind. Ich war ihr Held.

Ich schüttle meinen Kopf. Die heldenhaften Bemühungen eines zwölfjährigen Jungen ... Sie hat das wahrscheinlich alles vergessen, weil sich für sie kurz darauf alles so drastisch verändert hat. Ich bin hier, um mich zu vergewissern, dass sie sich mit ihrem Pokerspiel nicht in Gefahr begibt. Das ist alles.

Okay, und ich möchte unbedingt sehen, wie sie als Erwachsene aussieht. Ihr Bild auf ihrem Social Media-Profil ist aus der Ferne aufgenommen worden und sie trägt eine Baseballkappe und Sonnenbrille.

Ich drücke die Gegensprechanlage.

Eine weibliche Stimme meldet sich. „Ja?"

Ich räuspere mich. „Sara?"

„Wer will das wissen?" Ihre Stimme klingt hart, genau wie Silvia es gesagt hat.

„Adrian Rourke. Silvia hat mir deine Adresse gegeben. Ich war in der Stadt und dachte mir, ich schau mal vorbei."

Stille.

Scheiße. Schickt sie mich weg? Silvia ist auch unangekündigt aufgetaucht und hatte keine Probleme.

Einen Moment später öffnet sich die Tür, und sie steht direkt vor mir – Sara Travers ist erwachsen geworden.

Mein Mund wird trocken. Sie ist noch schöner, als ich sie in Erinnerung habe. Ihr blondes Haar fällt ihr in einer glatten, seidigen Kaskade auf die Schultern, ihre dicken Wimpern umrahmen grüne Augen, ihre Haut ist samtig glatt. Ihr Körper ist ganz weiblich, kurvig und straff, in einem blass-rosa T-Shirt und weißen Jeans-Shorts – und ich meine wirklich *kurzen* Shorts – mit wohlgeformten Beinen und nackten Füßen. Jedes Nervenende ist in höchster Alarmbereitschaft, mein Puls pocht durch meine Adern. Pure Lust. Scheinbar ist die Anziehung, mit der wir im Alter von zwölf Jahren geflirtet haben, nicht verschwunden. Jetzt weiß ich allerdings, was man damit anfängt.

Ich zwinge meinen Blick zurück zu ihrem Gesicht. Die sieben Sommersprossen auf ihrer süßen Nase sind immer noch da. Meine Glückszahl. Die Sommersprossen sind gedämpfter, wahrscheinlich von einer Schicht Make-up, doch sie sind da. Sie ist immer noch meine Sara aus den besten Sommern meines Lebens. Erst in diesem Moment wird mir bewusst, wie sehr ich sie vermisst habe.

Meine Stimme kommt heiser heraus. „Sara.“

Ihre grünen Augen sind groß und starren mich an. „Adrian?“

Ich lächle. „Wie er leibt und lebt.“

Ihr Blick erforscht mein Gesicht, ihre Stimme ist sanft. „Ich kann nicht glauben, dass du hier bist. Du siehst anders aus.“

„Erwachsen. Du siehst auch gut aus. Wie geht's dir?“

Sie dreht sich um und winkt mich ins Haus. „Komm rein.“

Ich folge ihr nach oben, mein Bodyguard folgt mir, und sie öffnet die Tür zu einer winzigen Wohnung. Ich wende mich Jack zu. „Du kannst draußen warten.“

„Ich muss mich umsehen, Hoheit“, sagt Jack.

„Ist das okay?“, frage ich Sara.

Sie winkt ihn herein. „Sicher. Nicht viel zu sehen.“

Jack geht in ihre Wohnung und kommt eine Minute später wieder raus. „Alles klar, Sir.“

„Danke“, sage ich.

„Ich bin draußen, Sir“, sagt er.

Ich nicke Jack zu und folge Sara in ihre Einzimmerwohnung. Sie ist sauber, aber spärlich möbliert – ein alter grüner Futon, ein verschrammter Sofatisch aus Holz und ein kleiner schwarzer Beistelltisch mit Lampe. Winzige Küche, kaum größer als ein Wandschrank. Vielleicht ist Saras Version von „gutem Geld“ aus Pokerspiel-Trinkgeldern viel weniger als Silvias Vorstellung davon. Ich weiß nicht, was Sara gewohnt ist, seit ihre Eltern gestorben sind. Früher ging es ihnen gut, denke ich. Zumindest gut genug, um in Manhattan zu leben und die Sommer auf Villroy zu verbringen, obwohl ihr Vater nie den ganzen Sommer geblieben ist. Er hat irgendwas in der Finanzbranche gemacht. Ihre Mutter war Schulleiterin an einer Privatschule, die auch

Sara besucht hat, darum hatte ihre Mutter den ganzen Sommer frei.

Ich betrachte einen Moment lang ihr Gesicht und versuche die Härte zu sehen, die Silvia erwähnt hat. Sie klang hart durch die Gegensprechanlage, aber sie sieht für mich nicht hart aus, eher wie eine selbstbewusste Kompetenz. Als ob sie genau weiß, wer sie ist und was sie tun will. Sie sieht viel ernster aus, als sie es als Kind getan hat, aber das war zu erwarten, besonders, wenn sie im Grunde über Nacht mit dem Tod ihrer Eltern fertigwerden musste. Ich bin mir sicher, dass sie sich als sieben Jahre ältere Schwester auch um die kleine Chloe gekümmert hat. Mir gefällt, dass sie so aussieht. Ich schätze kompetente Leute.

Sie dreht sich zu dem kleinen Kühlschrank um, öffnet die Tür und bückt sich, um hineinzublicken. „Kann ich dir etwas zu essen oder zu trinken bringen?"

Mein Blick landet auf ihren kurzen Shorts und ihrem herzförmigen Po, und meine Haut prickelt vor Bewusstsein, meine Hände wollen sie berühren. Ich reiße meinen Blick los und lasse ihn über ihre glatten, straffen Beine wandern. Rohes Verlangen durchströmt mich. *Schau weg, schau weg.* Ich erinnere mich, dass ich nur ein paar Tage in der Stadt bin. Am Donnerstag muss ich nach Hause fliegen, um für das gut besuchte Wochenende im Casino zu sein. Ich könnte Sara niemals wie eine ungezwungene Affäre behandeln, was bedeutet, dass mehr als Freunde nicht geht. Mein Blick wandert über ihre Beine zu ihrem süßen Po zurück. *String oder Bikini-Höschen? Spitze oder Baumwolle?* Meine Hose wird eng. Scheiße.

Sie dreht sich um und ich hebe ruckartig meinen Kopf, um ihren Augen zu begegnen. Sie lächelt mich entschuldigend an. „Vielleicht sollten wir ausgehen. Ich habe nichts mehr da als Gewürze, Essen vom Chinesen von vorgestern und welken Salat. Ich habe nicht mit Besuch gerechnet."

„Ich will dich nicht belästigen. Silvia sagte, sie hat einfach so vorbeigeschaut, darum ..."

Sie stemmt ihre Hände in die Hüften, eine Pose, an die ich mich noch gut erinnere. „Beide Rourke-Zwillinge innerhalb weniger Tage. Ziemlich verrückt. Ich kann einfach nicht glauben, dass du wirklich hier bist. Bist du gerade erst in die Stadt gekommen?"

Sie war meine erste Station nach dem Flughafen. *Sorry, Schwesterherz!* „Bin heute angekommen, dann lass uns irgendwohin gehen. Drinks gehen auf mich."

„Gern."

Ihre Wangen röten sich, als sie hinter mich greift, um ihre Handtasche vom Futon zu nehmen. Ich liebe es, dass ihre Haut sie verrät – als sie mir nähergekommen ist, wurde sie rot. Vielleicht beruht diese Lust auf Gegenseitigkeit.

„Dann hat Silvia dir von ihrem Besuch erzählt?", fragt sie und hängt den Riemen ihrer Handtasche über ihre Schulter.

„Sie hat ihn erwähnt. Ich wollte sie sowieso besuchen, also dachte ich, ich könnte mal vorbeischauen und Hallo sagen." Ich lächle und sage herzlich: „Hallo."

„Hallo." Ihre Stimme ist atemlos. Sie starrt für einen Moment auf meine Lippen, dann auf meinen Kiefer – ich habe einen Anderthalbtagebart –, ihr Blick fällt auf meine Schulter und dann auf meinen nackten Unterarm. Ihre Wangen *und* ihr Hals sind jetzt gerötet. Die Anziehungskraft ist definitiv gegenseitig. Ich freue mich insgeheim, obwohl ich nichts deswegen unternehmen kann.

Ich kann nicht anders. „Gefällt dir, was du siehst?"

Ihre Hand flattert in der Luft, ihre Wangen werden leuchtend pink. Diesmal verlegen. „Tut mir leid." Sie eilt aus der Tür.

Ich folge ihr und sehe zu, wie sie hinter uns abschließt. Ich bleibe locker. „Es macht mir nichts aus, dass du mich anstarrst", sage ich, als wir nach unten gehen. „Ich bin schockierend männlich, und du versuchst, mich mit dem Jungen unter einen Hut zu bringen, an den du dich erinnerst."

Sie lacht und meine Brust erwärmt sich. „Wohl wahr. Ich kann mich gut an deine prä-pubertäre Phase erinnern."

„Ich habe mittendrin gesteckt, als ich dich das letzte Mal gesehen habe."

Sie bleibt draußen auf dem Gehsteig stehen. „Lass uns in denselben Laden gehen, in den ich mit Silvia gegangen bin.

Es ist ein nettes kleines Restaurant mit einer Bar, in der dein Bodyguard nicht argwöhnisch beäugt werden wird."

„Fahren oder gehen?"

„Wir können zu Fuß gehen. Es ist ein schöner Abend."

„Okay, auf geht's."

Wir gehen zügig die Straße entlang. Sara hat diesen New Yorker Schritt, zielgerichtet und schnell, als hätte sie keine Zeit zu verlieren. Mein Bodyguard folgt uns.

„Silvia hat sich nicht verändert", sagt sie. „Immer noch ein Bücherwurm. Sieht immer noch aus wie früher, nur größer." Sie blickt zu mir auf. „Ich will dich nicht anstarren. Ich versuche nur, dich mit dem Jungen, der du gewesen bist, unter einen Hut zu bringen."

„Ich denke, es wird ein bisschen Zeit dauern, bis du den Schock überwunden hast, mich in all meiner männlichen Pracht zu sehen." Ich klopfe mir mit der Faust auf meine Brust wie ein Neandertaler.

Sie lacht nicht. Stattdessen streicht sie sich die Haare hinter die Ohren, und ihre Wangen sind pink, während sie geradeaus blickt. „Es ist ein kleiner Schock. Was hast du in letzter Zeit so gemacht? "

„Soll ich dir einen Überblick über das geben, was passiert ist, seit wir das letzte Mal gesprochen haben?"

„Gern. Erzähl mir von den letzten dreizehn Jahren."

„Ich habe meinen Abschluss in Cambridge gemacht, wo ich Mathematik mit Schwerpunkt Statistik und Wahrscheinlichkeitsrechnung studiert habe. Ich habe meinen Abschluss sofort als Top-Pokerspieler eingesetzt. Wichtige Arbeit, ich weiß. Jetzt leite ich ein Casino auf Villroy und sehe zu, wie andere Leute beim Poker verlieren."

Sie nickt. „Klingt perfekt für dich. Wie ist das Casino-Geschäft?"

„Naja, wir haben erst vor einem Monat eröffnet, aber wir haben einen fliegenden Start hingelegt. Es hilft, dass Kunden aus dem Day Spa nebenan zu uns kommen, denn das ist im Sommer gut gebucht. Jetzt muss ich nur noch einen Weg finden, wie ich dafür sorgen kann, dass die Besucher auch nach der Saison weiterhin kommen, und lernen, wie ich ein bisschen süßer rüberkommen kann."

Sie sieht mich fragend an. „Süßer?"

„Silvia sagt, ich muss mehr Süßes in meine Stimme legen." Ich zucke eine Schulter. „Nur, weil mein Assistent vor mir duckmäusert und meine Angestellten zögern, bei Problemen zu mir zu kommen."

Sie runzelt die Stirn. „Schlechter Rat. Der Boss darf nicht süß sein. Es ist gut, dass sie dich fürchten."

„Es ist nicht so, als hätten sie echte Angst. Sie sind nur eingeschüchtert von meinem Titel und der Tatsache, dass ich keine Geduld für Inkompetenz habe."

„Inkompetenz sollte man auch nicht tolerieren. Jemand kann die Erwartungen nicht erfüllen–" Sie zeigt mit dem Daumen über die Schulter und pfeift „– und tschüss! Was die Gäste angeht, das ist eine andere Sache. Alles ist locker und muss ihnen Spaß machen."

„Führst du so dein Pokerspiel?"

Sie versteift sich. „Silvia hat dir davon erzählt?"

„Ja, sie dachte, ich würde vielleicht gerne spielen, während ich in der Stadt bin. Hast du morgen einen Platz für mich am Tisch? Sie sagt, du spielst immer dienstags."

„Kein Platz, sorry. Wir haben unsere zehn Spieler."

„Wie wäre es dann, wenn ich nur zuschaue? Ich könnte den Platz übernehmen, wenn jemand eine Pause machen will oder früh geht. So was passiert."

„Ich lasse es dich wissen."

Meine Sinne sind in Alarmbereitschaft. Sie blockt und will mich nicht einmal zuschauen lassen. „Du spielst zweimal pro Woche, oder? Wann ist das nächste Spiel danach?"

„Wie geht's dem Rest deiner Familie? Ich habe gehört, Gabriel hat den Thron bestiegen. Mist. Tut mir leid." Sie zuckt zusammen. „Tut mir leid wegen deines Vaters."

„Danke. Meiner Familie geht's gut. Gabriel ist zusammen mit seiner Frau ein großartiger Herrscher. Sie bringen Villroy ins nächste Jahrhundert, während sie an unserer Geschichte und unseren Traditionen festhalten. Es war ein genialer Schritt, die kommerzielle Fischereiindustrie auf die Herstellung von Kosmetika umzustellen, bei der Produkte aus dem Meer verwendet wurden. Fischöl, Algen und so was."

„Schön zu hören. Silvia hat mir ein bisschen davon erzählt. Sie klang wirklich stolz auf ihren Beitrag zum Research für die Kosmetik und das Spa."

„Es ist ein Familienunternehmen, alle haben sich beteiligt. Ich bin stolz auf das, was wir erreicht haben."

Wir gehen für ein paar Augenblicke schweigend weiter. Es ist ein angenehmes Schweigen, als würden wir wieder am Strand spazieren gehen. Ein Teil von uns erinnert sich trotz all der Zeit aneinander. Ich möchte mehr über ihr Spiel, ihr Leben und im Grunde alles wissen, aber eines ganz besonders.

„Erinnerst du dich an unseren Pakt?", frage ich mit einem Lächeln.

Ihre Miene ist undurchsichtig. „Pakt? Wir hatten einen Pakt?"

„Du erinnerst dich nicht?" Sie muss sich erinnern. Es war ein intensiver Moment. Zumindest für mich. „Wir haben gesagt, wir würden uns wiedersehen, wenn wir fünfundzwanzig sind, und heiraten."

„Das habe ich nie gesagt."

„Doch, das hast du. Es war nicht *meine* Idee. Ich habe in diesem Sommer nur nach einem Kuss gefischt."

Sie lacht ein wenig. „Klingt wie die dumme Fantasie eines dummen Mädchens."

„Wir sind jetzt fünfundzwanzig."

Ihr bleibt der Mund offenstehen. „Meinst du das ernst? Du willst mich wegen eines Paktes heiraten, den wir als Kinder geschlossen haben? Du kennst mich kaum."

Ich muss lachen. „Du solltest dein Gesicht sehen. Das blanke Entsetzen! Furchtbarer Gedanke, mich zu heiraten. Obwohl ..." Ich spanne einen Bizeps an.

„Hör auf", lacht sie.

Ich versetze ihr einen Knuff mit dem Ellbogen. „Wir haben auf meine Drachenkarten ein feierliches Gelübde abgelegt. Der Plan war, die ganze Nacht Poker zu spielen, jeden Abend als Ehepaar. Ich war ziemlich begeistert von diesem Teil."

Sie schüttelt lächelnd den Kopf. „Du erinnerst dich an viel aus dieser Zeit."

Ich werde ernst. „Ich habe dich nie vergessen, Sara. Ich habe immer gehofft, dass es dir gut geht. Ich wollte unbedingt in Kontakt bleiben."

Ihre grünen Augen werden weich, und sie wendet den Blick ab. „Tut mir leid, dass ich es nicht getan habe. Das Leben war lange Zeit ziemlich hart, aber jetzt fühle ich mich gut."

„Wo seid ihr gewesen? Wer hat sich um euch gekümmert?"

„Chloe und ich sind zu meinem Onkel Rob nach Brooklyn gezogen. Der jüngere Bruder meiner Mutter. Keine Sorge. Netter Typ." Ihre Stimme stockt und sie zeigt geradeaus. „Ooh. Das Restaurant hat die beste Pizza der Stadt."

Deshalb konnte ich ihre Nummer oder Adresse nicht finden. Die Wohnung muss unter dem Mädchennamen ihrer Mutter geführt worden sein, da sie ihrem jüngeren Bruder gehört hat. Ich habe immer nach Travers gesucht.

Ich konzentriere mich wieder auf sie. „Willst du Pizza?"

„Nein. Ich wollte dich nur auf die Sehenswürdigkeiten hinweisen, da du neu in der Gegend bist."

Ich lasse mir von ihr die *Sehenswürdigkeiten* zeigen, die hauptsächlich Restaurants umfassen, in denen sie gerne isst, und die besten Vintage-Klamottenläden. Ich weiß, wann ich ein heikles Thema fallen lassen muss. Es macht mir Spaß, sie wieder kennenzulernen. Jetzt brauche ich nur noch eine Einladung zu ihrem Spiel.

Ich wette, dass ich die bis zum Ende des Abends haben werde.

4

Sara

Ich bin geschockt. Es ist, als hätte ich Adrian aus meinen Gedanken heraufbeschworen. Da drehe ich versehentlich meine Drachenkarten um, denke an Adrian und plötzlich steht er vor meiner Haustür!

Adrian hat sich von einem süßen, süßen Jungen in einen verdammt heißen Mann verwandelt. Es macht mich gerade verrückt. Er hat das gleiche dicke, dunkelbraune Haar, die gleichen warmen, haselnussbraunen Augen, aber der Rest! *Himmel!* Meine Hormone laufen Amok. Ich bete, dass er es nicht bemerkt hat. Es fühlt sich an, als wäre ich von Kopf bis Fuß rot. Er ist mindestens zwei Meter groß, hat breite Schultern, ist muskulös und fit. Er hat einen *Stoppelbart* an seinem kantigen Kiefer. Einen dunklen, köstlichen Stoppelbart. Seine Lippen sind sinnliche, küssbare Lippen. Und seine Stimme! So tief und sexy. Er duftet nach Gewürzen und Sex. Ich meine, Gewürzen und Mann.

Ich werde *nicht* mit ihm ins Bett hüpfen. Er ist ein guter Freund von mir gewesen, bevor mein Leben scharf in ein Vorher und Nachher geteilt wurde. Ich könnte ihn wie eine ungezwungene Affäre behandeln und bin nicht bereit für eine Beziehung. Zu riskant, zu schmerzhaft, wenn er geht, und ich weiß, dass er es tun wird. Er ist durch sein Casino fest mit

Villroy verbunden, einem Ort, den ich nie wiedersehen will, und ich bin durch Chloe hier verankert. Sie braucht mich. Ich bin ihr gesetzlicher Vormund und die einzige Mutter, an die sie sich erinnert. Ganz zu schweigen von dem fantastischen Pokerspiel, das ich hier betreibe und das die Studiengebühren meiner Schwester für das Vorstudium und das anschließende Medizinstudium finanziert. Ich kann nicht den besten Job verlassen, den ich jemals hatte.

Ich habe ihn jahrelang im Internet gestalkt – ein schmutziges Geheimnis, von dem ich noch nie jemandem erzählt habe, nicht einmal meiner Schwester. Er war meine Schwäche, meine einzige Schwäche, eine Fantasie, die geholfen hat, schwere Zeiten durchzustehen. Mein Held, mein Prinz, der eines Tages kommen und mich retten würde. Ich habe vorhin gelogen, zu verlegen, um zuzugeben, dass ich mich an den Pakt erinnere. Ein geheimer Teil von mir hat sich immer vorgestellt, es würde wahr werden und es wäre wie ein romantischer Traum – mein süßer Prinz und ich würden glücklich leben, Poker spielen und in einem Haus leben, das groß genug ist, um meine Schwester aufzunehmen. Ich habe immer davon geträumt, dass wir ein Haus außerhalb der Stadt haben, mit einem Garten für unsere Kinder und unseren Hund. Eine so einfache normale Fantasie, in einem Vorort zu leben, von der ich wusste, dass sie nie wahr werden würde. Er gehört nach Villroy, das ist sein Königreich, und ich gehöre hierher. Ich hätte nie geglaubt, dass ich Adrian überhaupt wiedersehen würde, nachdem ich nicht auf seine Kontaktversuche reagiert hatte. Doch wie durch ein Wunder ist er hier. Es ist ein bisschen, als wäre meine Fantasie wahr geworden.

Welches Mädchen träumt nicht davon, einen Prinzen zu heiraten und eine Prinzessin zu werden? Das mit der Prinzessin hat mich nie interessiert, doch ich habe davon geträumt, einen Prinzen zu heiraten, der mir im Poker ebenbürtig ist, damit wir Tag und Nacht zusammen spielen können. Damals habe ich kaum eine Ahnung gehabt, was Sex ist. Ich wusste nur, dass man zusammen nackt ist, und das war eine furchtbar peinliche Vorstellung für mich.

Es ist so seltsam, welche Wirkung es auf mich hat, ihn

persönlich zu sehen. Ich weiß anhand von Bildern im Internet, wie er aussieht. Er muss mächtige Pheromone oder Testosteron absondern – ich weiß nicht, was es ist –, aber ich bin lächerlich nervös. Ich wusste, dass er in Cambridge studiert hat, so wie er es sich erträumt hatte. Ich bin froh, dass er seinen Namen für wohltätige Zwecke eingesetzt hat, und ich weiß bereits, dass er das Casino betreibt und selbst Teilhaber ist. Ich habe ihn oft in Gesellschaft schöner Frauen gesehen, aber es war nie dieselbe Frau. Kein Urteil hier. Er ist ein umwerfend gutaussehender Prinz Mitte zwanzig, was bedeutet, dass er sich nicht binden muss. Und ich? Ich bin schon lange nicht mehr mit einem Mann zusammen gewesen. Sechs Monate vielleicht? Oh Scheiße. Es ist neun Monate her. Ich war einsam über Neujahr, und Chloe hat bei einer Freundin übernachtet, also habe ich einen Mann aus einer Bar mit nach Hause genommen. Ich habe ihn nie wiedergesehen, was für mich in Ordnung gewesen ist.

Was jetzt? Wir haben unsere Getränke ausgetrunken. Adrian hatte ein Bier. Ich hatte einen Tequilashot, der mich jedoch nicht beruhigt hat. Ich kenne ihn und kenne ihn auch wieder nicht und mein Verstand kann meine Erinnerungen nicht mit dem Mann unter einen Hut bringen, der er heute ist. Es müssen die Hormone sein, die das blockieren. Ich muss ihn genauso behandeln wie seine Schwester – freundlich und dann *war nett, lass uns in Kontakt bleiben.*

Er beugt sich vor, seine tiefe Stimme grollt in meinem Ohr und ich unterdrücke einen Schauer. „Willst du an einen Tisch gehen und was zu Abend essen?"

Will ich mehr Zeit mit ihm verbringen?

Er lächelt, und seine haselnussbraunen Augen funkeln vor guter Laune. „Du hast gesagt, du hast nur welken Salat im Kühlschrank. Wie wäre es mit einem frischen Salat? Vielleicht ein Steak dazu?"

Ich lache. „Frischer Salat und Steak hört sich gut an." Wir sind in einem fantastischen Steakhouse. „Ich habe dich aber nicht zum Steakessen hierher geschleift. Ich mag einfach die entspannte Atmosphäre an der Bar hier."

„Hatte ich auch nicht angenommen."

Er gibt einer Kellnerin ein Zeichen und sie kommt herbeigeeilt. Sie ist in Adrians Testosteron-Kraftfeld gefangen oder hat ihn vielleicht erkannt. Der letzte Junggeselle unter den Prinzen von Villroy. Seine älteren Brüder sind jetzt alle verheiratet.

Ich sehe ihn an und er lächelt mir zu, was mich so sehr wärmt, dass ich wegsehen muss. Ich bin die Intensität der Gefühle nicht gewohnt. Adrian war mein erster Kuss, worüber ich froh bin. Er war *Perfektion*. Die Küsse nach ihm waren schmuddelig, nass, zu weich, zu grob. Schrecklich unvollkommen. Und je älter ich wurde, desto wählerischer wurde ich darin, wen ich küsste, doch Küsse gehörten einfach dazu. Das Tor zum Hauptereignis. Ich mag Sex, aber wenn es vorbei ist, bin ich fertig.

Ein paar Minuten später werden wir zu einem quadratischen dunklen Holztisch für zwei Personen gebracht, der diskret weit hinten im Restaurant in einer Ecke steht. Sein Bodyguard bleibt in der Nähe des Eingangs.

Adrian zieht meinen Stuhl für mich heraus und rückt ihn zurecht, während ich Platz nehme. Ich erinnere mich gut an seine Gentleman-Manieren. Das haben sie ihm im Palast beigebracht. Schon als Zwölfjähriger hat er uns Mädchen die Tür aufgehalten. Ich habe nie viel darüber nachgedacht, dass er ein Prinz ist, bis wir älter wurden. Als wir uns mit acht Jahren kennengelernt haben, war er nur der nervige Bruder meiner tollen neuen Freundin Silvia. Ich war so begeistert, als wir uns eines Tages am Strand begegnet sind, denn Chloe war damals eine einjährige Schnarchnase. Tatsächlich habe ich den ersten Sommer lang gedacht, dass Adrian eklig war, weil er immer überall Sand kleben hatte, wenn er am Strand war, und ihn nie abgewaschen hat. Er hat immer Sand auf unseren Handtüchern und Stühlen hinterlassen. Außerdem hat er sich ein ganzes Sandwich in den Mund gestopft und beim Kauen ausgesehen wie ein Backenhörnchen. *Jungs! Ihhh!* Wie sich die Dinge ändern.

Ich muss darauf achten, das mit Adrian locker zu halten. Keine Erwartungen, nur ein freundschaftlicher Besuch. Mit Silvia war es leichter. Sie hat glücklich über die Bücher geschwatzt, an denen sie für diesen Kinderbuchverlag arbeitet. Adrian ist reservierter, was mich dazu zwingt, die Stille zu füllen, doch ich muss aufpassen, dass ich nicht zu viel sage. Ich darf nicht zulassen, dass ich ihn so nahekommen lasse, dass es wehtut, wenn er wieder geht.

„Wie lange bist du in der Stadt?", frage ich, sobald er sich mir gegenüber hinsetzt.

„Bis Donnerstag", sagt er. „Am Wochenende ist das Casino voll, da muss ich da sein."

„Ah, kurzer Besuch. Schade. Mein Spiel ist dienstags und donnerstags, da verpasst du also das zweite Spiel diese Woche."

„Dann bin ich morgen da." Er beugt sich über den Tisch. „Ich werde schlecht spielen und sie werden begeistert sein, wenn sich die Chips häufen."

Ich werde vor Hitze rot, nur weil er sich zu mir vorbeugt. Er ist einfach so unglaublich sexy. *Beruhige dich!* Ich beschäftige mich damit, meine Serviette auf meinen Schoß zu legen. „Die Jungs mögen keine Leute, die sie nicht kennen."

„Du kannst für mich bürgen. Außerdem muss mindestens einer von ihnen von mir gehört haben. Meine Familie hat in letzter Zeit dank dem Day Spa und meinem Casino viel gute Presse bekommen." Er grinst. „Du weißt ja, ich bin ein Prinz."

Ich verdrehe die Augen. „Ja, ich weiß. Ich denke nur nicht ..."

„Ich wette, du bist zu feige, mich zu deinem Spiel einzuladen."

Ich sträube mich. „Ich bin nicht feige." Dann merke ich, was er versucht hat – mein inneres zwölfjähriges Ich zu provozieren. „Netter Versuch."

Er schmunzelt.

Die Kellnerin kommt, rattert die Tagesgerichte herunter und fragt, was wir trinken möchten.

„Wollen wir uns eine Flasche Wein teilen?", fragt er.

Oh Junge. Das wäre nicht gut. Ich kann die Klappe nicht halten, wenn ich zu viel trinke. „Ich bleibe beim Wasser. Nimm du, was du magst."

„Dann zwei Wasser", sagt er.

Sobald sie geht, studiert Adrian mich. Vielleicht findet er es auch seltsam, mich als erwachsene Frau zu sehen. Ich bezweifle, dass er im Laufe der Jahre Bilder von mir im Internet gesehen hat, mit Ausnahme des aus der Ferne aufgenommenen, unscharfen Profilbilds, das ich vor Jahren in den Social Media gepostet habe. Das ist das erste Mal, dass er mich als Erwachsene sieht.

Er legt seine Hand auf den Tisch vor mir. „Okay, Karten auf den Tisch. Silvia macht sich Sorgen wegen deines Pokerspiels, und ich habe ihr gesagt, ich würde es mir ansehen. Ich werde es nicht stören oder beenden. Ich werde es einfach ansehen und Silvia sagen, dass es keinen Grund zur Sorge gibt."

Ich seufze. Ich bin froh, dass er mit offenen Karten spielt, also tue ich es auch. „Es gibt *nichts*, worüber man sich Sorgen machen müsste. Das kannst du ihr sofort sagen."

„Ich möchte es selbst sehen."

Ich spreche durch meine Zähne. „Ich schätze deine Sorge, aber du kannst hier nicht den überfürsorglichen Muskelmann-Freund spielen. Du kennst mich nicht gut genug, um irgendeine Autorität über mich zu haben." Ich hebe einen Finger. „*Nicht*, dass ich dir jemals Autorität über mich geben würde. Ich habe jahrelang gut auf mich selbst aufgepasst, also chill. Alles ist gut."

Er kichert. „Muskelmann-Freund. Das ist neu."

Ich unterdrücke ein Lächeln. „Freut mich, dass es dir gefällt."

„Ich bin ganz gechillt." Er lächelt mich charmant an und seine Augen funkeln. „Komm, bei einem Spiel ist immer Platz für mich. Die Leute kennen meinen Ruf als Profispieler. Die guten Spieler wollen sagen, dass sie mich besiegt haben. Wenn du anständige Spieler hast, lasse ich sie gewinnen."

„Du bist bereit zu verlieren? Du hasst es zu verlieren. Du bist genauso ehrgeizig wie ich."

Er sieht mit seinen haselnussbraunen Augen in meine. „Ich habe gelernt, dass manchmal andere Dinge wichtiger sind."

Ich schlucke schwer. Will er damit andeuten, dass *ich*

wichtiger bin? Es fühlt sich fast so an, als würde er sich um mich sorgen, aber wie kann er das nach all den Jahren?

„Silvia sitzt dir deswegen im Nacken, nicht wahr?"

Er zuckt eine Schulter. „Du kennst Silvia."

Ich habe sie mal gut gekannt. Und kenne sie in gewisser Weise immer noch. Sie ist immer noch dieselbe alte Silvia – süß und herzlich. Das Mädchen von nebenan, nur, dass sie eine Prinzessin ist. Das ist jedoch nie zwischen uns gekommen, weil sie nie eine große Sache daraus gemacht hat, eine zu sein. Sie schien sich immer ein wenig zu schämen wegen ihres Bodyguards und ihrer Zofe Marie, die gleichzeitig ihr Kindermädchen war und seit ihrer Geburt bei ihr und Adrian war.

„Wie hoch ist der Buy-In?", fragt er.

„Der Tisch ist voll. Ich habe meine zehn Spieler."

„Beantworte doch aus Nettigkeit einfach meine Frage. Dafür geht das Steak auch auf mich."

Ich überlege, ob ich antworten möchte. Ich bin sicher, er hat das Geld, um mitzuspielen. Ich könnte ihn leicht als Ersatzspieler kommen lassen. Ich bin mir nur nicht sicher, ob ich ihn dort haben will. Alle kennen einander und die Atmosphäre ist gut. Sergei erwartet von mir, dass ich Vic, den Hedgefonds-Manager bringe, auch wenn ich noch nichts von ihm gehört habe. Eigentlich könnte Adrian sogar besser sein als Vic – eine Berühmtheit mit tiefen Taschen – und wenn er absichtlich schlecht spielt, werden sie begeistert sein, ihn zu schlagen. Aber dann bitte ich ihn im Grunde, eine Menge Geld aus dem Fenster zu werfen, um die unbegründeten Sorgen seiner Schwester zu lindern.

„Sag Silvia, sie soll sich keine Sorgen machen, okay?", sage ich und nehme die Speisekarte in die Hand.

„Wie viel?", wiederholt er in einem Knurren, das mich dazu bringt, die Speisekarte sinken zu lassen, während Erregung durch mich hindurch schießt.

Dieser knurrende Befehlston macht mich an. Er ist so verdammt sexy, doch er kommt auch von jemandem, von dem ich weiß, dass er ein guter Mensch ist. Mein persönliches Kryptonit – Alpha und zärtlich, eine äußerst seltene Kombination, über die ich nur in Liebesromanen gelesen habe, von denen ich niemals zugeben werde, dass ich sie heimlich auf meinem Handy lese. Ich habe einen toughen New Yorker Ruf aufrechtzuerhalten.

Ich benetze meine Lippen. „Fünfzig Mille."

Er schnaubt. „Du sagst mir, dass du eine halbe Million auf dem Tisch hast, bevor die ersten Karten verteilt werden?"

„Shh."

Er beugt sich vor und sagt mit leiser Stimme: „Nimmst du ein Prozent?"

„Nein." Ein Hausanteil von einem Prozent würde es illegal machen. Alles ist völlig koscher – ich bezahle meine Steuern als Veranstaltungsplanerin, denn das bin ich. Kein Hausanteil, keine Drogen, nur Wodka und Männer, die nach dem Nervenkitzel des Spiels suchen.

Seine scharfen Augen studieren mich und es fühlt sich an, als würde er meine Seele nach der Wahrheit über mich durchsuchen. Wahrheit? Ich lasse mir von niemandem in die Karten blicken. Ich bemühe mich, nicht auf meinem Platz herumzuzappeln.

Schließlich sagt er: „Die Trinkgelder müssen großartig sein."

„Besser als beim Kellnern." *Plus das Gehalt als Büromanagerin* füge ich lautlos hinzu.

„Warum lebst du dann in einem Studio-Apartment?"

„Es ist bequem."

„Wo findet das Spiel statt?"

Ich nehme die Speisekarte und studiere sie in der Hoffnung, dass er den Hinweis versteht. Ich will keine weiteren Fragen beantworten. Er versteht den Hinweis überhaupt nicht. Ich kann praktisch spüren, wie sich seine Augen in die Speisekarte bohren und eine spürbare Spannung in der Luft vibriert. Alpha ist nicht nur auf Sex beschränkt, es bedeutet, dass er *immer* so ist. Natürlich ist er anspruchsvoll, durchsetzungsfähig und ein geborener Beschützer, aber ich brauche niemanden, der über mich wacht.

„Bist du die einzige Frau da?", fragt er.

Ich konzentriere mich weiter auf die Speisekarte.

Er nimmt mir die Speisekarte aus den Händen. „Hör auf, dich hinter einem Stück Karton zu verstecken, und antworte mir."

Mein Magen flattert. Scheiße. Ich will mich *nicht* von Adrian Rourke angetörnt fühlen. Er ist der einzige, der mir leicht unter die Haut gehen könnte, und ich kann den Schmerz nicht riskieren, ihn näher an mich heranzulassen. Er wird wieder gehen. Jeder geht weg.

Ich weiche seinem Blick aus, atme tief ein und ringe um Ruhe. Er ist an Villroy gebunden und kehrt am Donnerstag nach Hause zurück. Ich kann damit umgehen. Er ist nur ein alter Freund, der den Beschützer spielt, weil es ihm im Blut liegt. Er hat einen Heldenkomplex. Oh, ich fühle mich jetzt so viel besser. Das ist es! Ich habe ihn einmal einen Helden genannt, und jetzt denkt er, er muss für mich den Helden spielen.

Ich begegne seinem Blick. „Manchmal bringen ein paar der Jungs ihre neueste Eroberung mit, deshalb bin ich nicht immer die einzige Frau. Ich habe einen Dealer, auf den ich mich verlassen kann. Ich bin nur die Organisatorin."

„Dann organisiere einen Platz für mich", verlangt er.

Alpha. Held. Warum gefällt mir das so sehr? Ich kann gut selbst auf mich aufpassen.

Ich beuge mich vor. „Warum kümmert es dich, was ich tue?"

Er beugt sich vor, und mein Atem stockt. „Was denkst du?"

Ich schlucke und lehne mich zurück. „Keine Ahnung. Wir kennen uns kaum."

„Okay, lass uns uns wieder kennenlernen." Er hebt eine Hand. „Frag mich irgendwas und dann werde ich dich fragen, was ich wissen möchte, bis wir wieder da sind, wo wir damals waren, und dann ..." Er senkt seine Stimme zu einem eindringlichen, tiefen Ton, der mich zwischen den Beinen feucht werden lässt. „Dann sagst du mir, was zum Teufel es mit diesem Spiel auf sich hat, dass du mich nicht einmal zuschauen lassen willst."

„Ich liebe deine Stimme", platzt es aus mir heraus. Mit zwölf hat er sich nicht so angehört.

Er richtet sich auf. „Das tust du?"

Ich nicke.

Er zieht eine Braue hoch. „Das ist die Stimme, die mich zu einem schlechten Manager macht."

„Ich bin sicher, es ist ihr Problem, nicht deins."

Er mustert mich für einen langen Moment. „Du solltest mit mir nach Villroy kommen, um dir das Casino anzusehen. Ich würde gerne deine Meinung dazu hören. Ich werde bis nach deinem Spiel am Donnerstag warten, und dann wirst du mit mir im Jet zurückfliegen. Ich bringe dich rechtzeitig für dein Spiel am Dienstag zurück."

Der Jet. Vielleicht werde ich so was auch eines Tages beiläufig sagen. Mit den richtigen Leuten in meinem Spiel ist das durchaus im Rahmen des Möglichen. Aber Villroy ist ein No-Go. Ich will mich nicht wieder der Trauer aussetzen, ich möchte nicht die Kontrolle über meine Panikattacken verlieren. Mir geht es jetzt gut. „Verlockend, aber ich muss mich am nächsten Tag um das Geld kümmern."

„Was meinst du?"

Ich wedle mit der Hand. „Du weißt schon, alle ausbezahlen. Bei den Verlierern kassieren gehen und es den Gewinnern bringen."

Er kneift die Augen zusammen. „Das machst du?"

„Ja."

„Allein."

Ich straffe meine Schultern. „Natürlich. Es ist mein Spiel. Ich schicke niemanden sonst los. Derjenige könnte einen Anteil für sich behalten."

Er klatscht mit der Hand auf den Tisch. „Das reicht. Ich gehe morgen mit dir zum Spiel und am Tag danach gehe ich auch mit. Finanzierst du diese Spiele selbst?"

„Ich weiß, es ist ein Risiko, aber bisher hat alles gut geklappt."

„Und wenn einer am nächsten Tag nicht bezahlt?"

„Das tun sie immer."

Seine Augen bohren sich in meine, sein Kiefer ist angespannt. „Und wenn sie es nicht tun, haftest du und musst die Gewinner ausbezahlen."

Ich begegne seinem Blick und sage ruhig: „Es ist okay."

„Es ist *nicht* okay", knurrt er.

Meine Nippel werden hart, meine Brüste sind schwer. Es ist seine Stimme, er hört sich so an, als würde er sich wirklich Sorgen um mich machen. Ich weiß nicht, warum er sich nach all der Zeit überhaupt für mich interessiert, aber es ist klar, dass ich ihm nicht egal bin. *Mein Held.*

„Wie auch immer", sage ich mit einer Lässigkeit, die ich keineswegs fühle. „Du kannst als Ersatzspieler zum Spiel kommen und mir bei meiner Arbeit zusehen, aber ich bin sicher, du wirst dich langweilen. Es ist alles sehr banal."

„Gut", sagt er mit einer gut gelaunten Stimme, die mich nicht heiß macht. Viel besser.

Natürlich muss ich jetzt riskieren, dass sich die Jungs gegen einen unbekannten Spieler auflehnen. Ich schicke besser allen eine Nachricht und kündige Adrian im Voraus an. Prinz von Villroy sollte reichen. Wir haben keine Prominenten in unserem Spiel. Nur wohlhabende Geschäftsleute. Ich weiß nicht, in welcher Branche sie alle tätig sind, ich muss es auch nicht wissen. Ich habe sie vorab alle gescreent, um sicherzugehen, dass niemand mit Drogen, Menschenhandel oder so was in der Art zu tun hat. Meine Aufgabe ist, dafür zu sorgen, dass es allen Spaß macht – gutes Essen, gute Getränke, hochwertige Chips und Karten, ein schöner Tisch. Das ist nicht die Art von Spiel, die die meisten Jungs im Keller irgendeines Hauses spielen. Ich bin der Schlüssel, der es großartig macht. Ich habe jetzt sogar eine Warteliste mit Spielern, aber ich bin wählerisch und will genau die richtigen Leute dabeihaben.

Der Rest des Abendessens verläuft ohne Probleme. Adrian hört auf, mich wegen des Pokerspiels zu verhören, und erzählt mir von seinem Casino und die Herausforderungen, es zu betreiben. Sein großes Anliegen ist es, ein guter Manager zu sein, aber für mich macht ihn allein die Tatsache, dass ihm genau das wichtig ist, zu einem guten Manager.

Meiner Erfahrung nach ist es den meisten Chefs egal. Er braucht nur ein gutes Team.

„Ich bin sicher, dass sich bald alles einspielen wird", sage ich. „Ihr habt gerade erst eröffnet. Gib allen Zeit, sich einzuleben und ihren Platz zu finden."

Er reibt sich lächelnd den Nacken. „Ich wusste immer, dass du intelligent bist."

Ich lächle. „Das ist ein großes Kompliment von dir."

„Warum das?"

„Weil du Cambridge mit Auszeichnung abgeschlossen hast."

Er neigt den Kopf. „Ich habe dir nicht gesagt, dass ich meinen Abschluss mit Auszeichnung gemacht habe. Sara Travers, hast du mich etwa im Internet gestalkt?"

Ich bemühe mich, nicht rot zu werden, und setze mein perfektes Pokerface auf. „Silvia hat es erwähnt."

„Ah. Hast du auch studiert?"

Ich reibe meinen Finger an der Tischkante hin und her. „Nein. Ich musste arbeiten. Das Geld war knapp." Ich hebe mein Kinn und setze ein Lächeln auf. „Mein Ziel war es immer, Chloe durchs Studium zu bringen, und es geht ihr fantastisch. Sie ist an der Columbia angenommen worden."

„Schön, das zu hören. Denkst du jemals daran, zu studieren?"

„Was soll das bringen? Mir geht es großartig. Außerdem muss ich Chloe noch durch ihr Medizinstudium bringen. Ich lasse nicht zu, dass sie nach der Uni mit hohen Schulden dasteht. "

Die Kellnerin kommt mit der Rechnung.

„Das mache ich", sage ich ihm und möchte, dass er weiß, dass es mir jetzt gut geht und ich nicht versuche, mir eine Mahlzeit zu erschnorren. Ich nehme die Rechnung, doch er nimmt sie mir aus den Händen.

„Du kannst das nächste Abendessen übernehmen", sagt er und holt seinen Geldbeutel hervor.

Das nächste Abendessen? „Aber du reist am Donnerstag ab", platze ich heraus.

„Es ist Montag. Vielleicht musst du bis dahin ja irgendwann wieder was essen." Er zwinkert mir zu und ...

Ich schmelze.

Es gibt kein anderes Wort dafür. Wärme durchflutet mich
und ich werde weicher, alle meine Muskeln entspannen sich.
Adrian ist etwas Besonderes – intelligent, warmherzig, ein
wirklich guter Mensch. Ich wusste es, als wir Kinder waren,
und es wird mir wieder bewusst. Dann noch sein sexy Aussehen, und er ist die personifizierte Versuchung. Ich kann mich
jedoch nicht verleiten lassen, ich kann nicht den Schmerz
riskieren, jemandem nahezukommen, der einen Ozean
entfernt lebt.

Er bringt mich nach Hause, und das Gespräch ist locker,
als er mir von den neusten Neuigkeiten seiner Familie
erzählt. Im Palast sind ein paar verrückte Sachen passiert. Ich
habe von der Furry-Hochzeit (erwachsene Menschen in Stoff-
tierkostümen gelesen), die in zwei Brautmagazinen und im
Internet ausführlich behandelt wurde, und dass seine
Schwester Emma vor ihrer eigenen Hochzeit davongelaufen
ist. Der Brautwettbewerb um die Hand seines ältesten
Bruders Gabriel war mir jedoch neu.

„Dann hat er eine Bürgerliche geheiratet", sage ich. „Das
hat Schlagzeilen gemacht."

Er nickt. „Es war eine große Sache, dass Gabriel der
Thronfolger war, doch meine Eltern haben zugestimmt, weil
sie keine Wiederholung dessen wollten, was meinem Onkel
passiert ist. Habe ich dir je die Geschichte erzählt? Dass der
ältere Bruder meines Vaters sich in ein Mädchen aus Brooklyn
verliebt und auf den Thron verzichtet hat, um sie zu
heiraten?"

Ich schüttle den Kopf.

Er sieht sich um. „Ich sollte den Zweig der Familie auch
besuchen, solange ich hier bin. Das war das erste Mal, dass in
der Geschichte unseres Königreichs ein König eine Bürgerliche geheiratet hat. Es war ein Riesenskandal. Mein Onkel ist
für immer aus Villroy verbannt worden, ebenso wie seine
Familie. Silvia hat mit meinen Cousins hier in Brooklyn

Kontakt, seit sie in den USA lebt. Ich habe sechs Cousins, die ich nie kennengelernt habe.“

„Wow. Wer hätte gedacht, dass es eine so große Sache ist, eine Bürgerliche zu heiraten?“

„Nur für den Thronfolger. Wir anderen können heiraten, wie es uns beliebt. Mein Bruder Phillip hat auch eine Amerikanerin geheiratet, eine Freundin von Gabriels Frau. Emma hat mit Jackson Walker einen britischen Rockstar geheiratet.“

„Emma hat einen Volltreffer gelandet! Jackson ist ein feiiines Exemplar.“ Ich räuspere mich, als er mich streng ansieht. „Ich meine, wenn man auf diese ganze britische Bad-Boy-Sache steht. Zum Kotzen, oder? Ich würde jederzeit einen braven Musterknaben vorziehen.“

„Musterknaben“, wiederholt er.

„Vorzugsweise einen Mathe-Nerd“, witzle ich und schlage mir dann die Hand vor den Mund. „Ich habe *nicht* dich gemeint.“

„Natürlich nicht.“

„Du bist die Ausnahme von der Regel. Der einzige Mathematiker, der kein Nerd ist.“

Er hebt eine Hand. „Themenwechsel.“

Oops! Jetzt habe ich ihn versehentlich beleidigt. „Du bist auf eine sehr nicht-nerdige Weise männlich“, versichere ich ihm und gehe schnell zu einem anderen Thema über. „Du solltest definitiv deine Cousins, deinen Onkel und deine Tante besuchen, während du hier bist. Es ist so traurig, dass du diesen ganzen Familienzweig nicht kennst.“

„Traurig ist das nicht. Ich meine, ich habe sie nie kennengelernt, darum weiß ich nicht, was mir entgeht. Silvia sagt, meine Cousins sind raubeinig und derb.“

„Ooh, ich mag raubeinig und derb.“

„Ach so?“, knurrt er mit tiefer Stimme.

Ein heißer Schauer rast durch mich hindurch, mein Bauch zittert. Ah, verdammt. Jetzt weiß er, wie er mich drankriegt. Ich schlucke schwer, als er meinen Arm hebt und murmelt: „Gänsehaut.“ Er schweigt und streichelt mit einem Finger über meinen Unterarm, und die Gänsehaut bleibt. Er blickt mit erhitzten Augen zu meinen auf. „Interessant.“

Unsere Blicke begegnen sich für einen langen hypnotischen Moment. Mein Atem stockt, mein Puls stolpert. Die Anziehungskraft knistert in der Luft zwischen uns. Das ist nicht einseitig. Mein Selbsterhaltungstrieb erwacht, und ich ziehe meinen Arm aus seinem Griff und gehe schnell weiter. Ich muss nur sicher nach Hause und weg von Adrian kommen.

Er hält mit mir Schritt, während ich über die besten Restaurants und Bars plappere. Ich bin nervös und heiß und werde dem Impuls nicht nachgehen. *Vermeide jede Versuchung!* Ich bin nur zu gelegentlichen One-Night-Stands bereit, und er ist kein Kandidat dafür. Oder doch? Ich höre auf zu plappern, als ich darüber nachdenke. Vielleicht wäre er es, da er sowieso am Donnerstag abreist.

Doch wir sind Freunde. Naja, wir *waren* Freunde. Ein scharfer Stich des Bedauerns lässt meine Brust schmerzen. Ich hatte ihn und Silvia wegen meiner Schutzreflexe für lange Zeit verloren. Meine süßen Erinnerungen an Adrian haben mich durch so viele dunkle Zeiten begleitet. Die toughe Sara, die auf sich selbst aufpasst, sich nie auf irgendjemanden verlässt – unabhängig, stark, allein.

„Bist du okay?", fragt er.

„Ja", bringe ich heraus. „Und wenn du authentisches kubanisches Essen willst, ist das hier der beste Laden dafür." Ich zeige über die Straße. Ich bin zurück auf unserer Foodie-Tour durch Brooklyn, um die er mich nie gebeten hat.

Als wir vor meinem Wohnhaus ankommen, ist mir der Dampf ausgegangen. Ich kann kein Wort mehr über Essen sagen, und ich bin erschöpft davon, mich nicht von seiner sexy Präsenz ablenken zu lassen.

Ich bleibe vor der Tür des Gebäudes stehen und weiß plötzlich nicht, wie ich mich verabschieden soll. Normalerweise ist dieser Teil mit einem Typen eine Erleichterung für mich und geht ganz schnell. Doch vielleicht möchte ich mich nicht verabschieden.

Er kommt mit einem Lächeln näher, das sein wunderschönes Gesicht strahlen lässt. Seine Stimme ist warmer

Honig und ich schmelze wieder. „Es war wirklich schön, dich wiederzusehen, Sara."

Ich kann kaum atmen. „Gleichfalls." Ich hebe meine Hände in einem seltsamen Winkel und bin mir nicht sicher, ob wir uns umarmen oder per Handschlag verabschieden wollen.

Er nimmt meine Hand, hebt sie an seine Lippen und streicht einen Kuss über meine Fingerknöchel. Ich erröte vor Hitze, mein Herz setzt einen Schlag lang aus und mein Magen flattert. Ich. Bin. Toast. Das bin so nicht ich. Andererseits habe ich noch *nie* etwas so Süßes von einem Mann erlebt. Nicht seit ... ihm.

„Wir sehen uns morgen beim Spiel." Er streckt die Hand aus und wackelt mit den Fingern. „Gib mir dein Handy, ich speichere meine Nummer für dich."

Ich fische es aus meiner Handtasche, entsperre es, tippe auf Kontakte und reiche es ihm. Er tippt schnell und seine Lippen verziehen sich zu einem kleinen Lächeln, bevor er es mir zurückgibt.

Ich betrachte das Display. Anstelle von „Adrian" hat er die Nummer unter „Mein Held" gespeichert. Ich starre einen langen Moment darauf. Ich habe richtig gelegen. Er hat einen Heldenkomplex. Deshalb hat er den Beschützer gespielt. Es ist sein Ding. Ich sollte mich nicht von träumerischen Fantasien hinreißen lassen, dass er sich für mich interessieren könnte.

Ich begegne seinem Blick. „Im Ernst?"

Er grinst. „Erinnerst du dich, wie ich dich vor den Haien gerettet habe?"

Ich schlucke schwer, mein Herz pocht. Ich kann nicht glauben, dass er sich genauso intensiv an mich erinnert wie ich mich an ihn.

„Haie? Welche Haie?"

Er neigt den Kopf. „Du solltest an deinem Pokerface arbeiten. Gib's zu, vor laaanger Zeit bin ich dein Held gewesen."

„Das ist eine Ewigkeit her", sage ich leise.

„Scheint, als hätten wir Nachholbedarf."

Er salutiert und aus irgendeinem Grund bringt es mich zum Lächeln. „Gute Nacht."

„Gute Nacht."

Ich gehe ins Haus, in meiner Wohnung. In dem Moment, als ich eintrete, beginnt die Einsamkeit zu schmerzen. Lächerlich. Ich lebe jetzt seit drei Wochen allein hier, seit Chloe in ihr Studentenwohnheim gezogen ist. Es ist nicht so, als hätte ich ihn nach oben einladen wollen. Trotzdem vermisse ich ihn fast. Und dann ziehe ich in einer seltenen impulsiven Aktion mein Handy heraus und schreibe ihm eine SMS.

Du warst in diesem Sommer mein Held. Sorry. Manchmal bringen Worte gute und schlechte Erinnerungen ans Tageslicht. Das ist wahr, wenn auch nicht der Hauptgrund, warum ich so verschlossen war. Ich bin es einfach nicht gewohnt, jemanden reinzulassen.

Kein Problem. Ich kann stattdessen dein Hai sein. Dein Kartenhai.

Ich lächle. *Wer wird mich dann vor dir retten?*

Keine Chance. Du bist schon erledigt.

Ich starre auf die Worte. Ich weiß, dass er scherzt, aber es trifft mich ein bisschen zu sehr. Was ist, wenn ich wirklich erledigt bin? Ich hatte noch nie zuvor eine so intensive körperliche Reaktion auf einen Mann. Ich bin auch noch nie geschmolzen.

Ich spiele die Coole; meine Daumen fliegen über die Tastatur. *Ich bin auch ein Kartenhai und es ist eine Welt, in der ein Hai den anderen frisst.*

Mampf.

Ich lache laut. Mampf.

Ich schreibe zurück: *Wir sollten ein Spiel spielen, nur wir beide, um der alten Zeiten willen.* Scheinbar bin ich nicht so gut darin, Distanz zu wahren. Adrian ist unwiderstehlich.

Ich hab mehr Platz in meinem Pavillon. Ich habe eine Suite in SoHo. Kein zu langer Weg für dich.

Ich lächle über die Pavillon-Anspielung. Wir haben viel Zeit damit verbracht, in seinem Strandpavillon Poker zu spielen. Sein Hotelzimmer ist aber ein ganz anderes Level der Versuchung. Ich muss smart sein. Ich muss Abstand halten.

Vielleicht.

Feigling.

Wie viel Unsinn habe ich als Kind angestellt, weil er mich Feigling genannt hat? Ich schüttle den Kopf, ein widerstrebendes Lächeln zupft an meinen Lippen. Der Junge wusste, wie er mich provozieren konnte. Der Mann hat es mit einer anderen Art von Frau zu tun. Die Art, die ihr verletzliches Selbst um jeden Preis zu schützen bereit ist.

Ich antworte nur kurz. *Gute Nacht, Adrian.*

Gute Nacht, Sara, und alles Gute nachträglich zum Fünfundzwanzigsten.

Ich starre auf das Telefon, wieder einmal sprachlos. Er erinnert mich daran, dass wir jetzt beide fünfundzwanzig sind und einen Pakt geschlossen haben. Ich lasse mein Handy mit dem Display nach unten auf meinen Futon fallen, als wäre es brennend heiß.

Ganz ruhig. Es ist nur der Schock, dass er vor meiner Haustür aufgetaucht ist, der mich aus dem Konzept gebracht hat. Trotzdem ziehe ich meinen Pyjama an, damit ich gar nicht erst in Versuchung gerate, in die U-Bahn zu springen und zu seinem Hotel zu fahren.

5
____

Adrian

Saras Spiel findet heute Abend in einem viktorianischen Herrenhaus in Brooklyn statt. Ich wusste nicht, dass es so was in Brooklyn gibt. Ich dachte, es wären alles Apartmentgebäude wie in Manhattan. Wir sind zusammen mit meinem Bodyguard hierhergefahren, um sieben Uhr, damit sie sich auf das Acht-Uhr-Spiel vorbereiten kann. Sie sagt, dass es lange gehen kann, manchmal bis drei Uhr morgens, wenn jemand in einer heißen Phase ist. Kein Problem für mich, ich bin eine Nachteule.

Sie trägt einen blassgrünen Blazer, eine weiße Bluse, einen passenden grünen Bleistiftrock und beige High Heels. Sie sieht fantastisch aus, die Kleidung betont ihre Sanduhrfigur, aber nicht so, wie ich erwartet hatte, dass sie für ein Pokerspiel aussieht. In einem kleinen schwarzen Rollenkoffer hat sie ihre Pokerutensilien mitgebracht.

Ich folge ihr die Treppe hinauf zur Tür und wenige Augenblicke später werden wir von einer drallen Blondine in einem Blumenkleid hereingelassen. „Willkommen, Miss Sara."

„Schön, Sie wiederzusehen, Miss Kay", sagt Sara herzlich. „Das ist Prinz Adrian Rourke."

Miss Kay senkt den Kopf und macht einen Knicks. „Prinz Adrian. Herzlich willkommen."

„Danke. Freut mich, Sie kennenzulernen, Miss Kay." Ich mache eine Geste hinter mich. „Das ist Jack, meine Wache. Er begleitet mich vorsichtshalber überall hin. Palastregeln", sage ich schulterzuckend.

„Oh! Hallo", sagt sie zu Jack.

Jack nickt ihr zu. Er ist nicht gesprächig und lächelt nicht viel.

Sara tritt ein und wir folgen ihr. Zu unserer Rechten befindet sich eine geschwungene Treppe mit geschnitztem Holzhandlauf und weiß getäfelten Wänden, die sich über die gesamte Länge der Treppe erstrecken. Ein rot-goldener Teppich folgt dem Verlauf der Stufen. Sehr elegant und passend für ein Haus aus der viktorianischen Zeit.

„Sind wir wieder im Salon?", fragt Sara Miss Kay.

„Ja, bitte folgen Sie mir."

Wir gehen den Flur entlang, vorbei an einer Bibliothek zu unserer Linken, in einen großen Salon von der Größe von zwei Zimmern. In der Mitte des Raums befinden sich auf gegenüberliegenden Seiten zwei weiße, reich verzierte Säulen, die wahrscheinlich tragende Elemente waren. Der Salon hat eine hohe Decke, Kristallleuchter, große raumhohe Fenster und Stuck. Die Möbel sind antik. Auf der einen Seite befindet sich ein Sitzbereich mit roten Samtsesseln vor einem Kamin und auf der anderen Seite ein großer ovaler Mahagonitisch mit ebenfalls rot gepolsterten Samtstühlen. Zehn Stühle. Hier spielen sie also.

„Lassen Sie mich wissen, wenn Sie etwas brauchen", sagt Miss Kay.

Sara lächelt. „Ich erwarte eine Essenslieferung in einer halben Stunde. Ich könnte Hilfe gebrauchen, um es aufzubauen. Ansonsten ist alles gut."

„Wem gehört das Haus?", frage ich Sara in dem Moment, in dem Miss Kay sich zurückzieht. „Wo ist er?" Ich bin sehr neugierig, den Eigentümer kennenzulernen. Es sieht aus wie das Haus eines älteren Mannes mit einer Familie. Auf keinen Fall eine Junggesellenbude. Sara hat mir gesagt, dass ihre

Spieler alles junge, wohlhabende russische Geschäftsleute sind.

„Es gehört Ivan. Wir wechseln den Veranstaltungsort, um es interessant zu halten. Ich weiß nicht, wo er gerade ist. Vielleicht macht er sich oben fertig, könnte aber noch bei der Arbeit sein. Er kommt zum Spiel."

Ich folge ihr zum Kartentisch. Die Oberfläche ist aus dunkelgrünem Leder mit fest installierten Messinguntersetzern und Messing-Chiphaltern. Wirklich nett. „Man sollte meinen, dass er pünktlich kommt, wenn es in seinem Haus stattfindet."

„Er weiß, dass ich alles vorbereiten werde. Ich war schon öfter hier."

„Ist er gut?"

„Ja", sagt sie und stellt einen Kartenmischer auf den Tisch. „Sie sind alle gut."

Ich sehe zu, wie sie ihren eigenen Satz Karten und die Chips vorbereitet. Dann holt sie eine kleine Metallkasse heraus und stellt sie diskret auf einen Beistelltisch in der Ecke.

„Nimmst du das Geld mit nach Hause?", frage ich. „Die halbe Million vom Buy-In?"

„Es wird morgen an die Spieler ausgezahlt, zusammen mit den zusätzlichen Wetten, die ich einsammle."

Ich beiße die Zähne zusammen und bemühe mich, meine Stimme gleichmäßig zu halten. „Und du gehst einfach allein mit all dem Geld in deinem Koffer nach Hause?"

„Ich bestelle mit der App auf meinem Handy einen Wagen, der mich nach Hause bringt, ganz einfach." Sie sieht mich irritiert an. „Ich gehe sicher nicht um drei Uhr morgens zu Fuß nach Hause. Außerdem habe ich Pfefferspray." Als sie meinen Blick bemerkt, fügt sie leise hinzu: „Ich kann mir keinen Bodyguard leisten, okay? Und das würde sowieso nur mehr Aufmerksamkeit auf mich lenken."

Es gefällt mir immer noch nicht, aber ich halte den Mund. Ich bin hier, um mir alles so anzusehen, wie es ist, und nicht, um mich einzumischen. Ich werde mir kein Urteil bilden, bevor ich nicht alle Tatsachen habe.

Jack nimmt einen Platz in der Ecke des Raumes ein, doch ich schicke ihn auf die andere Seite des Salons. Das Letzte, was ich möchte, ist, dass die Spieler glauben, dass er mich mit Informationen füttert. Ich drehe mich um, als ich eine männliche Stimme höre, die Sara gut gelaunt begrüßt.

Er ist höchstens dreißig Jahre alt, hat kurzes, dunkelbraunes Haar und trägt einen dunkelblauen Anzug. Er lächelt, als er auf sie zugeht. „Was für ein willkommener Anblick, wenn ich von der Arbeit nach Hause komme", sagt er mit einem starken russischen Akzent und beugt sich vor, um ihre Wange zu küssen. „Sara, meine Sonne."

Sie lächelt strahlend. *Sara, seine Sonne.* „Danke, Ivan! Freut mich auch, dich zu sehen."

„Wenn ich dich nur jeden Tag hier hätte, wenn ich nach Hause komme", sagt er herzlich.

Ich gehe auf sie zu, um weiteres Flirten zu unterbinden.

Sara legt eine Hand auf Ivans Arm. „Dies ist der Spieler, von dem ich dir erzählt habe, Prinz Adrian Rourke."

„Willkommen in meinem bescheidenen Zuhause, Hoheit", sagt Ivan mit einer angedeuteten Verneigung.

„Danke." Ich strecke ihm meine Hand entgegen und er schüttelt sie mit einem kräftigen Händedruck. Ich bin mir nicht sicher, ob das eine freundliche Geste ist oder nicht. Wie man Hände schüttelt, variiert je nach Kultur, aber irgendetwas sagt mir, dass das eine Machtdemonstration war.

„Ich gehe mir nur schnell etwas Bequemeres anziehen", sagt er mit einem Lächeln und geht.

„Sara, meine Sonne", imitiere ich ihn, sobald er außer Hörweite ist.

„Das ist mein Job", sagt sie. „Ich bin die sonnige Sara, bei der alles entspannt ist und Spaß macht. Ich bin eine Gastgeberin mit dem gewissen Etwas."

„Was macht er beruflich?"

Sie wirft einen Blick auf ihr Handy. „Er hat einmal was von Import/Export mit Elektronik erwähnt. Das sind alles erfolgreiche Geschäftsleute hier."

Ich senke meine Stimme. „Alles legal im Import-/Export-Geschäft?"

„Ich stelle keine Fragen." Sie blickt von ihrem Handy auf. „Yuri verspätet sich um eine Stunde. Du kannst in der ersten Runde spielen."

„Schön."

„Nimm Platz. Ich kümmere mich um die Drinks." Bevor sie das tun kann, betritt ein anderer Mann in den Fünfzigern mit dunkelbraunem Haar und gebräunter Haut den Salon. Sie begrüßt ihn herzlich, bevor sie sich zu mir umdreht. „Das ist unser Dealer, Gustavo", sagt sie. „Gustavo, das ist Prinz Adrian."

Gustavo nickt kurz. „Freut mich, Sie kennenzulernen. Ich hatte noch nie einen Hochadel an meinem Tisch."

Ich lächle. „Ich bin nicht anders als alle anderen. Nur, dass ich hin und wieder meine Krone raushole, um sicherzugehen, dass noch alle Juwelen da sind."

Er lacht und geht zum Kartentisch. Sara geht in die Küche.

Ich gehe zum Sitzbereich am Kamin, hole mein Handy aus der Tasche und sehe zu Hause nach dem Rechten. Ich habe mehrere E-Mails von Emma – meiner ehemals stillen Teilhaberin –, die gerade mit Jackson zusammen das Casino an meiner Stelle leitet. Sie ist genervt und beschwert sich, dass sie erst dann von Problemen erfährt, wenn sie schon zu einer Beinahe-Katastrophe geworden sind, gegen die sie dann nicht viel tun kann. *Willkommen in meiner Welt!* Irgendwie bin ich froh, dass es nicht nur mir so geht. Sie sagt auch, dass das Restaurant nicht genug Hummer vorrätig hat, was wirklich dumm ist, weil Hummer eines der wichtigsten Exportgüter von Villroy ist. Die Blumen, die sie bestellt hat, sind nicht geliefert worden, doch die Rechnung haben wir natürlich bekommen. Und dann hat ein Gast ihren Po begrabscht, als sie an einen Blackjack-Tisch gegangen ist, um sich zu erkundigen, ob sich alle amüsieren. Jackson hat den Typen rausgeschmissen, bevor die Sicherheit überhaupt näherkommen konnte.

So, so. Scheint also gar nicht so einfach zu sein, meinen Job zu machen. Ich weiß, dass es falsch ist, aber ich freue mich insgeheim, dass es ihr nicht leichtfällt. Ich hatte angefangen zu glauben, dass ich das Problem bin, und nicht, dass es ein wirklich anspruchsvoller Job war.

Sara und Miss Kay kehren mit Tabletts mit Shotgläsern, Wodka und Gurken in den Salon zurück. Interessant.

Kurze Zeit später wird das Essen geliefert. Ich dachte, es gäbe ein traditionelles russisches Essen, aber stattdessen gibt es Dim Sum, eine Käseplatte mit Oliven und Crackern und kleine individuelle Schälchen mit Fleischbällchen. Miss Kay kommt mit Kaviar und dunklen Crackern aus der Küche.

„Variierst du bei jedem Spiel, was es gibt?", frage ich Sara.

„Ja. Es ist immer eine Überraschung und ich versuche, leichte kleine Snacks zu organisieren. Ich will vermeiden, dass jemand beim Spiel träge wird. Nur kleine Häppchen, um wachsam zu bleiben und sich zu amüsieren. Die hier sind von einem Feinschmecker-Lieferservice. Sie liefern von den besten Restaurants der Gegend."

„Was kriegt man sonst so von einem Feinschmecker-Lieferservice?"

„Wir haben verschiedene Ethnien hier. Könnte karibisch, russisch, jüdisch, italienisch sein. Wir haben so ziemlich alles. Pizza gibt es nicht, weil das einfach zu schwer ist."

„Und es gibt nur Wodka. Kein Bier oder Wein?"

Sie zuckt eine Schulter. „Ich habe es mit Bier probiert, aber sie bevorzugen Wodka. Sie geben gern Trinksprüche aus. Dabei hältst du das Glas in die Luft, bis der Toast fertig ist, dann trinkst du es in einem Zug aus. Das ist der Brauch."

„Weiß ich. Sind am Ende der Nacht alle dicht?"

„Nein. Es sind kleine Shots, sie essen zwischendurch und sie vertragen ganz gut was, denke ich."

„Und du?"

Sie beugt sich vor und flüstert: „Manchmal spucke ich den Wodka in den Cranberrysaft, den ich hinterher trinke. Normalerweise haben nur ich oder die Frau, die einer von ihnen gelegentlich mitbringt, Saft nach dem Shot. Die Jungs mögen ihren Wodka pur."

„Du hast dir wirklich die Zeit genommen, ihre Kultur zu verstehen, oder?"

„In Brighton Beach, einer der Gegenden von Brooklyn,

gibt es eine riesige russische Gemeinde. Ich war bereits mit der Kultur vertraut und glaub mir, sie lassen mich laut und deutlich wissen, wenn sie etwas mögen oder nicht."

Der Rest der Spieler kommt innerhalb von Minuten an und Sara stellt mich ihnen vor. Sie sehen ein bisschen beeindruckt von mir aus, verbeugen sich und starren mich an, darum versuche ich, sie zu beruhigen, und danke ihnen, dass ich mich in Yuris Abwesenheit ihrem Spiel anschließen darf. Die Spieler sind Mikhail, Alexy, Roman, Kirill, Vlad, Sergei und zwei Dmitris.

Dann bin ich vorübergehend verloren, da das Gespräch ausschließlich auf Russisch geführt wird. Ich frage mich, ob Sara weiß, was sie sagen und wie viel ihr während des Spiels entgeht, was auf ein Problem hinweisen könnte, von dem sie nichts weiß. Unwissen ist *kein* Segen, wenn es um High-Stakes-Pokerspiele geht.

Ich sehe zu, wie sie Sara herzlich begrüßen, ihr die Wange küssen und sie „Sara, meine Sonne" nennen. Sie strahlt und ist warm und freundlich. Alle wollen sie. Ich bin nicht paranoid. Als Mann spüre ich das. Sie ist Single und sexy und hier gibt es keine Freundinnen. Es sind neun Männer in ihren Zwanzigern und Dreißigern, einige in lässigen T-Shirts und Jeans, andere in Designerhemden und -hosen, die sie alle heimlich von oben bis unten mustern – angefangen bei ihren schönen Brüsten hinunter zu ihrer schmalen Taille und den geschwungenen Hüften, die durch ihr Outfit attraktiv betont werden. Nur ich darf sie so ansehen, weil ich ihr Held bin. Ich passe auf sie auf, während ich gegen meine eigene Lust kämpfe. Das ist verdammt heroisch.

Sara geht mit der Geldkassette in eine Ecke. Sie sind guter Stimmung, als sie ihr folgen und jeder ihr ein Bündel Bargeld für den Buy-In übergibt, das sie annimmt, während sie entspannt mit ihnen plaudert, als ob das Geld nicht auf dem Spiel stünde.

Ich gebe ihr meinen Buy-In zuletzt. Sie unterhält sich nicht mit mir, steckt das Geld nur in die Kassette, schließt sie ab und verstaut sie in ihrem Koffer. Die Männer reden miteinander, als wären sie alte Freunde, und klopfen sich gelegentlich gegenseitig auf den Rücken. Ich bin gespannt, wie sie ihr Geld verdienen, aber ich spiele den Coolen. Ich werde sehen, wie sich der Abend entwickelt.

Zuerst stürzen sich alle auf den Tisch mit dem Essen und unterhalten sich lautstark. Sara schließt sich ihnen nicht an, sondern sitzt entspannt neben dem Kartentisch mit einem freundlichen Gesichtsausdruck, als ob es ihr Spaß macht zuzusehen, wie sie sich amüsieren. Ich nehme mir ein paar Dim Sum. Niemand redet mit mir, auch wenn ich hier und da ein freundliches Lächeln und Kopfnicken bekomme. Ich zögere, ihr Gespräch zu unterbrechen. Nachdem alle gegessen haben, gießt Sara Wodka in die Shotgläser. Das scheint ein Hinweis zu sein, dass das Spiel gleich anfängt, da Teller auf dem Beistelltisch abgestellt werden und alle mit ihren Drinks zum Kartentisch wandern.

Ivan steht neben dem Spieltisch. „Bevor wir spielen, einen Toast." Er hebt sein Glas hoch in die Luft und wir alle folgen seinem Beispiel.

Ivan hebt sein Glas zu Sara und dann zu mir. „Auf unsere schöne Veranstalterin und ihren königlichen Freund."

Alle stoßen an und trinken den Shot. *Oh ja! Das brennnnnt!* Ich unterdrücke eine Grimasse. Ich bin eher Bier- als Wodkatrinker, doch wie heißt es so schön? Man muss mit den Wölfen heulen ...

Schließlich nehmen alle am Kartentisch Platz. Sara kündigt die Runde begleitet vom fröhlichen Jubel der Jungs an.

Der Dealer beginnt und das Gespräch ist jetzt auf Englisch, wahrscheinlich meinetwegen. Die Jungs scherzen hin und her darüber, wer in letzter Zeit zu viel Pizza gegessen und deswegen eine Plauze bekommen hat.

Ich bin bereit zu verlieren, aber ich muss dafür sorgen, dass es gut aussieht, nicht so, als ob ich es absichtlich getan hätte.

Die Hälfte der Jungs ist leicht zu lesen, so, wie sie unmittelbar nach dem Austeilen auf ihre Karten blicken, ihre Mienen zufrieden oder enttäuscht. Ich bin nicht der einzige, der ihre Tells bemerkt. Zwei der Spieler spielen wie Profis – emotionslos, aber aufmerksam.

„Spielt ihr schon lange zusammen?", frage ich beiläufig.

„Seit August", sagt Alexy. „Ivan ist Sara durch Sergei vorgestellt worden. Wir alle kannten einander auf die eine oder andere Weise, und so sind wir allmählich auf zehn Spieler gekommen."

„Wir haben mit fünf angefangen", sagt Sara. „Ich denke aber, zehn machen mehr Spaß, oder nicht?"

„Ich mag es", sagt Alexy.

Alle nicken zustimmend, dann schlägt jemand einen weiteren Toast auf die Zehn vor. Ich trinke meinen Shot und beobachte aus dem Augenwinkel, dass Sara ihr Saftglas seltsam hält. Ich wette, sie hat ihren Wodka ausgespuckt. Ich fühle mich jetzt sehr warm und entspannt. Ich sollte mir auch einen Saft nehmen, damit ich nicht betrunken werde und den Grund meines Hierseins aus den Augen verliere. Es ist mir egal, ob die Jungs nie Saft nachtrinken. Wie meine Zwillingsschwester gerne sagt, wenn ich tue, was ich will, fühle ich mich in meiner Männlichkeit wohl genug, um cool damit auszusehen. Außerdem bin ich auf einer Mission mich zu vergewissern, dass Sara nicht in Gefahr ist. Männlich genug. Ha!

Ich möchte nicht vom Tisch aufstehen, also signalisiere ich Sara mit einer wirklich offensichtlichen Geste und kippe mein imaginäres Glas an meine Lippen.

„Mehr Wodka!", ruft Ivan Sara zu. „Der Prinz braucht mehr Wodka."

„Und einen Saft dazu", sage ich und werfe ihr einen bedeutungsvollen Blick.

Sie lächelt. „Kommt sofort."

Ich halte mich an Saras Methode und spucke meinen Wodka beim nächsten Toast beiläufig in das Glas. Niemand macht sich über meinen Saft lustig. Alle amüsieren sich prächtig.

Eine Stunde später habe ich absichtlich verloren und einige der Jungs haben einen siegessicheren Schimmer in den

Augen. Ich verliere keine große Summe. Gerade genug, um alle glücklich zu machen.

Sara bleibt ruhig im Hintergrund stehen und sieht aus, als würde sie es genießen, die Gastgeberin zu sein. Sie kommentiert weder Gewinne noch Verluste, sondern mischt sich nur ein, wenn sie sie ansprechen, was im Laufe der Nacht immer häufiger vorkommt. Alles warme, freundliche Unterhaltungen. Niemand benimmt sich daneben, also entspanne ich mich.

Yuri kommt an, ein großer Mann in den Zwanzigern mit aus dem Gesicht gegelten dunkelbraunen Haaren und einem ordentlich gestutzten Bart. Die Jungs begrüßen ihn gut gelaunt. Sara stellt uns vor, dann trete ich vom Tisch zurück, damit er meinen Platz einnehmen kann. Ich gehe zu Sara hinüber. Normalerweise würde ich gehen, wenn ich mit dem Spielen fertig bin, aber ich möchte in der Nähe von Sara bleiben, um zu sehen, wie sich der Abend entwickelt.

„Alle amüsieren sich", sage ich leise zu ihr.

„Das ist der Plan", sagt sie fröhlich. „Alle sollen sich amüsieren. Ich habe gesehen, was du mit deinem Saft gemacht hast."

„Ja, das war eine gute Idee von dir." Ich konzentriere mich wieder auf das Spiel. Ich muss die Nachnamen herausfinden, damit ich später Nachforschungen über alle anstellen kann, nur um wirklich sicher sein zu können, dass alles in Ordnung ist.

Die Nacht vergeht ereignislos. Nur Jungs, die Spaß haben. Es ist spät, als einer sich vorwagt und die Jungs fragt, ob sie sich an einer Immobilie beteiligen wollen. Er hat nur einen leichten Akzent. „Prinz Adrian, du kannst auch mitmachen. Ich habe einen Tipp für ein Stück Industrieland in Queens. Es ist eine sichere Sache. Queens wird das nächste Brooklyn. Du würdest deine Investition verfünffacht zurückbekommen." Er gibt seine Visitenkarten am Tisch herum und gibt mir am Ende auch eine, tippt mit den Fingern darauf und nickt mir zu.

„Ich investiere gerade in meiner Heimat, aber ich werde darüber nachdenken", sage ich, nehme die Karte und stecke sie ein. Jetzt habe ich Yuris Nachnamen und kann ihn später unter die Lupe nehmen.

Er nickt, dreht sich zu den Jungs um und wechselt zu Russisch. Es scheint ein gewisses Interesse zu geben und ein paar der anderen nicken. Immobilien im nahegelegenen Queens hören sich für mich legitim an. Vielleicht hat sich Silvia umsonst Sorgen gemacht.

Das Spiel endet damit, dass Sergei über seinen Verlust schmollt, seine Karten wegwirft und Ivan zu einem Faustkampf herausfordert. Er sagt es auf Englisch, und ich vermute, es liegt daran, dass er möchte, dass Sara weiß, was er vorhat.

Sara schreitet sofort ein und glättet die Wogen. „Es ist spät. Wir spielen am Donnerstag wieder. Mehr Spaß, mehr Gewinnchancen. Wie wäre es, wenn wir das Buy-In auf hunderttausend erhöhen? Das macht es leichter, sich schnell zu erholen."

Sergei schnaubt, seine dunklen Augen sind mörderisch auf Ivan gerichtet. „Sei ein Mann und komm mit raus."

Ivan packt ihn am Hemdkragen und zieht ihn ganz nah an sich heran. „Raus aus meinem Haus. Du bist hier nicht mehr willkommen."

Sara bleibt in der Nähe. „Das nächste Spiel findet in einer Hotelsuite statt. Perfekt für alle. Sergei, ich hoffe *wirklich*, dich dort zu sehen." In ihrer Stimme liegt ein Hauch von Flirt.

Sergei befreit sich aus Ivans Griff und rückt sein Hemd zurecht, dann dreht er sich zu Sara um. „Ich werde deinetwegen da sein, schöne Sara."

„Bis dann", sagt Sara mit einem sonnigen Lächeln. „Gute Nacht."

Er stolziert hinaus.

Flirtet sie immer so mit den Jungs?

In dem Moment, in dem wir auf dem Weg zu ihrer Wohnung wieder sicher im Auto sitzen, frage ich: „Wie oft haben dich die Jungs schon um ein Date gebeten?"

Sie winkt ab. „Mach dir keine Sorgen. Alles harmloses Flirten. Jeder weiß, dass ich nicht mit den Spielern ausgehe oder sonst was mit ihnen tun würde. Hier geht's ausschließlich um Poker und Freundschaft."

„Und woher wissen sie das?"

Sie seufzt. „Wenn mich einer fragt, sage ich es ihm."

„Wer hat dich bisher gefragt?"

„Nur Sergei, und ja, ich habe ihm erklärt, dass ich alles professionell halten will."

Ich beiße die Zähne zusammen und spüre einen seltenen Anflug von Eifersucht, der mich mehr irritiert, als ich ein Anrecht darauf habe. Sara gehört nicht mir. Ich zwinge meine Gedanken zum Grund meiner Anwesenheit zurück. Ich denke nicht, dass ihre Spieler zum organisierten Verbrechen gehören – sie scheinen normale Jungs zu sein –, aber ich denke auch nicht, dass sie 100% sicher ist. Ich mache mir Sorgen über das Risiko, dass sie den Buy-In mit nach Hause nimmt und die Schulden von den Verlierern eintreibt.

Ich öffne den Mund, um das Geldproblem anzusprechen, doch was dabei herauskommt, ist ein besitzergreifendes Knurren, das selbst mich überrascht. „Du solltest nicht mit ihnen flirten. So kommen sie nur auf falsche Gedanken."

Sie atmet scharf aus. „Himmel, Adrian. Was soll das? Ich kann reden, wie ich will, mit wem ich will. Ein bisschen Nettsein bringt wahnsinnig viel bei diesen Jungs. Ich bin diejenige, die dafür sorgt, dass alles locker und fröhlich bleibt."

„Indem du die Anziehung nutzt, die du auf sie hast?"

Sie zuckt mit den Schultern. „Ich kann es nicht ändern, wenn sie mich attraktiv finden. Ihr Problem. Nicht meins."

„Also findest *du* keinen von ihnen attraktiv?"

Sie verdreht die Augen. „Sie sind alle attraktiv. Doch das spielt keine Rolle. Ich bin wegen des Spiels und der Trinkgelder da. Ich date keine Spieler."

Ich beruhige mich ein wenig. Ich rede mir ein, dass das, was ich für Eifersucht gehalten habe, tatsächlich eher mein Beschützerinstinkt war, der sich zu Wort gemeldet hat. „Wie viel Trinkgeld hast du heute eingenommen?" Ich habe gesehen, wie die Jungs ihr Chips und Geldscheine zugesteckt haben, als sie sich verabschiedet haben.

Ihr Gesicht leuchtet auf. „Sechzigtausend. Einige von

ihnen haben sich besonders über dich und dieses Projekt in Queens gefreut. Sie waren besonders großzügig."

Ihr Koffer mit dem Geld ist sicher im Kofferraum des Autos, doch jeder, der von ihrem Spiel weiß, könnte sie in ihrer Wohnung ausfindig machen und sich bedienen. Sie lebt allein. Sie ist zierlich, kleiner noch als meine Schwester. Mein Beschützerinstinkt ist in diesem Fall vollkommen gerechtfertigt.

„Du brauchst einen Bodyguard", sage ich. „Ich mag es nicht, dass du allein mit dem Geld hantierst."

„Ich habe dir doch schon gesagt, dass ich mir das nicht leisten kann. Ich werde mich darum kümmern, sobald ich genug für Chloes Studiengebühren habe. Ich muss genug sparen, um sie durch das Vorstudium zu bringen. Dann kann ich überlegen, ob ich Geld auch noch anderweitig ausgeben will. Es ist ein kalkuliertes Risiko."

Ich halte meine Stimme ruhig. „Ich übernehme die Kosten für einen Bodyguard."

„Nein, ich will dein Geld nicht. Ist wirklich okay. Ich habe das Geld nur für kurze Zeit in der Hand und dann geht es in meinen Safe."

„Deinen Safe", wiederhole ich. „Und wie schwer wäre es, dich dazu zu bringen, diesen Safe zu öffnen, wenn jemand einbricht?" Meine Gedanken wandern an einen dunklen Ort, und ich mag das Risiko, das sie eingeht, überhaupt nicht.

Sie schließt den Mund und blickt geradeaus.

Ich fahre fort. „Und was ist, wenn einer der Spieler nach dem Spiel aggressiv wird? Sergei wollte sich schlagen."

Sie schüttelt den Kopf. „Ich weiß, wie man mit diesen Leuten spricht. Außerdem bin ich der Schlüssel zu ihrem Spiel. Sie lieben es. Und jeder von ihnen ist begeistert, dabei zu sein. Ich habe tatsächlich schon ein paar Leute abweisen müssen. Ich habe sie durchleuchtet, was Vermögen und ihr Spiel angeht. Es ist eine Ehre, bei einem Spiel von Sara Travers dabei zu sein."

Ich mag es immer noch nicht, doch ich werde abwarten, wie es morgen läuft, wenn sie das Geld einsammelt und verteilt. Sie mag nicht mir gehören, doch sie ist immer noch meine Sara aus goldenen, unbeschwerten Sommern. Ihr darf nichts passieren.

Ich ziehe an ihren Haaren. Es ist so seidig weich, wie es aussieht. „Es ist eine Ehre, bei einem Spiel von Sara Travers dabei zu sein. Wow, du bist schon was ganz Besonderes."

Sie grinst. „Das bin ich. Fühlst du dich jetzt besser mit meinem Spiel? Jetzt kannst du Silvia berichten, dass alles in Ordnung ist."

„Ich möchte morgen beim Schuldeneintreiben zusehen. Dann erstatte ich Meldung."

Sie versteift sich. „Du kannst morgen nicht mit mir zu den Verlierern kommen. Sie hassen es, der Verlierer zu sein, der zahlen muss. Ich muss es wie einen netten Besuch wirken lassen. Das Letzte, was sie wollen, ist ein anderer Typ, der ihre Schmach mitansieht."

„Dann werde ich im Auto warten. Wenn dir jemand Probleme macht, bin ich mit Jack in der Nähe."

Ihre grünen Augen blitzen. „Es wird keine Probleme geben, außer den Problemen, die du verursachen kannst, indem du da bist."

„Ich werde diskret sein."

Sie verschränkt die Arme. „Entschuldigung, aber ein schwarzer Mercedes mit getönten Scheiben ist nicht gerade diskret."

„Deine Spieler leben alle in guten Gegenden, oder?"

„Ja."

„Also werden wir gar nicht auffallen."

Sie kneift die Augen zusammen. „Dein Auto fällt auf. Die meisten von denen haben gar kein Auto. Sie nutzen Towncars oder eine Fahr-App. In Brooklyn ist ein Auto nur unpraktisch."

„Sag ihnen, dass ich dein Freund bin und wir danach ausgehen."

„Das werde ich ihnen sicher nicht sagen."

Wir halten vor ihrer Wohnung an. Ich steige aus und hole den Koffer für sie aus dem Kofferraum, um sie sicher ins Haus zu bringen. „Ich bringe dich rein", informiere ich sie.

Sie seufzt. „Wie du willst."

Ich folge ihr nach oben und sehe zu, wie sie vor ihrer Wohnungstür die Schlüssel aus ihrer Handtasche holt. „Warum sagst du ihnen nicht, dass ich dein Freund bin? Siehst du nicht, dass ich ein echter Fang bin?"

Sie schüttelt den Kopf. „Weißt du, für jemanden, der seit ungefähr zwei Sekunden hier ist, bist du verdammt aufdringlich, wenn es darum geht, wie ich meine Geschäfte abwickle." Sie öffnet die Tür.

Ich folge ihr hinein und stelle ihren Koffer neben den Sofatisch. „Und?"

Sie schließt die Tür ab und dreht sich zu mir um. Ein angespannter Moment vergeht, unsere Blicke fest aufeinander gerichtet.

Ihre Stimme ist atemlos. „Es ist eine Lüge. Du bist nicht mein Freund." Sie sieht mich unter ihren Wimpern hervor an, ein Hauch Pink auf ihren Wangen. Sie will, dass ich sie küsse.

Ich senke meine Stimme. Ich bin vielleicht geschockt über das Risiko, das sie eingeht, aber ich fühle mich auch unglaublich von ihr angezogen. Sie ist wie das fehlende Teil eines Puzzles, die perfekte Passform, von der ich nicht gewusst hatte, dass ich sie suche, bis ich sie wiedergefunden habe. „Also küss mich und mach es zur Wahrheit." Es ist eine Herausforderung und eine Einladung. *Ich will dich.*

Sie tritt näher. „Ich küsse dich nicht."

„Ich wette, du hast viel zu viel Angst davor." *Küss mich.*

„Ich springe nicht mehr auf Wetten an."

Ich gehe auf sie zu. Sara Travers kann mir nicht widerstehen. „Schade. Du hast mehr Spaß gemacht, als du es noch getan hast." *Lass sehen, was du zu bieten hast.*

Ihre Augen weiten sich und dann packt sie meinen Kopf und küsst mich hart auf die Lippen. Eine Welle des Triumphs schießt durch mich hindurch.

Sie zieht sich zurück und wir sehen uns an. Wir wollen beide mehr. Ich kann es fühlen.

Sie küsst mich wieder, jetzt sanfter, ihre Hand auf meiner Wange. „Adrian."

Ich schiebe meine Hand in ihr seidiges Haar und nehme den Kuss, nach dem ich mich gesehnt habe, heiß und hungrig. Ich bin gierig nach mehr und schlinge meine Arme um sie und ziehe sie an mich.

Im nächsten Moment sind wir auf ihrem Futon, sie sitzt rittlings auf meinem Schoß, ihr Rock zu ihren Hüften hochgeschoben, ihre Finger in meine Haare gegraben, während sie mich gierig küsst. Es ist Himmel und Hölle zugleich. Ich brauche so viel mehr.

Sie unterbricht den Kuss, atmet schwer, ihre Finger verheddert in meinen Haaren. „Ich habe geschworen, dass ich das nicht tun würde."

Ich streichle über ihren Hals. Ihr Puls schlägt schnell. Meiner auch. „Warum nicht?"

„Weil ..." Sie schluckt sichtlich und wendet den Blick ab. Das ist einer ihrer Tells – Blickkontakt vermeiden. „Weil ich mich an dich als Teil meiner süßen Vergangenheit erinnern möchte."

Ich küsse sie zärtlich. „Sag die Wahrheit. Warum nicht?" Wenn sie wirklich dagegen ist, herauszufinden, was zwischen uns sein könnte, werde ich mich zurückziehen.

„Das ist die Wahrheit", beharrt sie und starrt auf meinen Mund.

Ich habe das Gefühl, dass mehr dahintersteckt, als würde sie immer noch ihre Zeit auf Villroy mit ihren Eltern mit mir assoziieren, doch ich muss warten, bis sie bereit ist, es zu sagen.

Ich halte sie und streichle ihre weiche Wange mit meinem Daumen. „Ich werde immer Teil deiner Vergangenheit sein. So funktioniert die Zeit. Vergangenheit ist Vergangenheit. Gegenwart ist ..." Ich streiche meine Nase ihren Hals entlang, arbeite mich bis zu ihrem Ohr vor und atme ihren süßen Duft ein, bevor ich mit meinen Zähnen an ihrem Ohrläppchen zupfe. „Genau hier, genau jetzt. Ich will dich."

Ihre grünen Augen sind geweitet. Sie will mich auch. Ich liebe es, dass ich sie so leicht lesen kann. „Für wie lange?"

„Bis wir beide nach Luft ringen."

6

———

Adrian

Sie lächelt, steigt von meinem Schoß und rückt ihren Rock zurecht. „Ich denke, es ist besser, wenn wir uns nicht so verstricken."

Verdammt, ich habe sie verloren. Ich kann mir kaum verkneifen, sie zu packen und zurück auf meinen Schoß zu ziehen. „Ich mag es, mich auf diese Weise zu verstricken."

Sie glättet ihre Haare. „Ich auch, aber dann wird es unangenehm, und du gehst bald wieder, und es hört sich einfach unschön an. Lass uns das zwischen uns schön halten."

Ein Herzschlag vergeht schweigend, als wir uns noch einmal ansehen. Spannung liegt in der Luft.

Ich stehe vor ihr, nah, aber nicht zu nah. „Bist du nicht neugierig, wie wir zusammen wären? Ich meine, ich weiß jetzt viel mehr über Frauen als mit zwölf Jahren. Du mochtest meinen ersten Kuss genug, um mir einen Antrag zu machen." Ich grinse.

Sie legt ihre Hand über meinen Mund. „Kein Wort mehr, du verlockender Teufel. Und ich habe dir *vor* dem Kuss den Antrag gemacht."

„Weil ich dein Held war." Ich nehme ihre Hand und küsse ihre Handfläche und dann die zarte Unterseite ihres Handgelenks. Sie erschauert. Ich lasse ihre Hand los und sie starrt geradeaus.

„Du spielst schmutzig", sagt sie mit heiserer Stimme.

„Dann spiel mit mir."

„Adrian!"

„Sara!"

Sie zieht ihren Blazer aus und hängt ihn ordentlich über ihren Arm. „Nein."

„Okay."

Ihre Augenbrauen schießen in die Höhe. „Im Ernst?"

„Im Ernst. Dann spiele ich eben allein. Willst du zusehen?"

Sie lacht.

Das wird Folter sein. Ich will sie noch mehr, jetzt, da ich kosten durfte. Ich kann geduldig sein. Ja wirklich. Das kann ich.

„Pack dein Geld in deinen Safe, dann gehe ich", sage ich.

„Aber dann weißt du, wo ich mein Geld aufbewahre."

„Glaubst du wirklich, dass ich dich bestehlen würde?"

Ihre Wangen färben sich rot. „Tut mir leid. Nein, ich bin nur von Natur aus misstrauisch gegenüber anderen Menschen."

„Ich bin kein anderer Mensch. Ich bin dein Held."

Sie deutet mit dem Finger auf mich, während sie in die winzige Küche geht. „Du wiederholst dich."

„Weil es wahr ist."

Ich sehe zu, wie sie den Safe aus dem Ofen zieht. Kein schlechtes Versteck angesichts des begrenzten Platzangebots in ihrer Wohnung.

Sie sammelt das Geld und die Chips aus ihrem Koffer, legt sie auf den Sofatisch und setzt sich dann mit dem Safe auf den Futon, um die Kombination einzustellen. „Schau nicht hin."

Ich setze mich neben sie auf den Futon und lege mir eine Hand über die Augen. „Dein Geheimcode ist bei mir sicher. Lass mich raten, Chloes Geburtstag."

„Woher wusstest du das?"

Ich lasse meine Hand sinken. „Du hast es mir gerade

gesagt, außerdem ist es nicht schwer zu erraten. Du solltest irgendwas weniger Offensichtliches benutzen."

„Aber wie soll ich mich dann daran erinnern?"

„Du wirst dich daran erinnern, weil es wichtig ist."

Sie öffnet den Safe und legt schnell das Trinkgeld des heutigen Abends hinein. Ich sehe Stapel von Hundertern mit Gummibändern und ein paar Karten, die dahinter hervorspitzen. Moment. Ist es das, wofür ich es halte?

Ich starre sie geschockt an. „Du hast sie noch. Das Paar rote Zweien." Es muss etwas bedeuten. Sie bewahrt sie in ihrem Safe auf, als wären sie wertvoll. Hat sie gehofft, dass wir uns eines Tages wiedersehen würden?

Sie wird tomatenrot, späht in den Safe und schiebt die Karten hastig unter die Scheine. „Ich muss mir einen größeren Safe zulegen."

Ich beuge mich vor. „Du hast so getan, als hättest du dich nicht an den Pakt erinnert, aber du hast die Karten aufbewahrt."

Sie beißt sich auf die Unterlippe. „Das sind meine Glückskarten."

„Warum?" Plötzlich bin ich hoffnungsvoll. Vielleicht ist es ein Zeichen, dass das zwischen uns sein soll. Ich dachte, sie hätte mich für immer aus ihrem Leben verbannt, doch vielleicht hat sie mich nie losgelassen, so wie ich es nie geschafft habe, sie loszulassen.

Sie klappt schnell den Safe zu und schließt ihn ab. „Sie erinnern mich an eine einfachere Zeit, als ich noch an Helden geglaubt habe."

Ich lege meine Hand in ihren Nacken, ziehe sie an mich und presse einen Kuss auf ihre Lippen. „Ich bin jetzt hier."

Sie zieht sich zurück und steht mit ihrem Safe an der Brust vor mir. „Es ist jetzt anders. Ich bin anders. Du solltest gehen." Sie geht in die Küche und schiebt ihren Safe wieder in den Ofen.

Ich bin mir nicht sicher, was ich sagen oder tun soll, obwohl ich immer noch von der Entdeckung aus dem Gleichgewicht bin, dass Sara die Karten behalten hat. Sie hat an unserer Verbindung festgehalten.

„Bitte geh", sagt sie leise.

Ich stehe auf. „Ich gehe, aber ich komme wieder."

Sie hebt ihre Hand zu einem kurzen Winken und wendet sich ab, doch nicht, bevor ich den Glanz der Tränen in ihren Augen sehe. Ich erstarre. Warum die Tränen? Sie muss Gefühle für mich haben. Warum ist sie wütend darüber? Glaubt sie, ich werde für immer verschwinden? Denn wenn zwischen uns etwas ist, etwas Reales, würde ich gerne sehen, wohin es führt. Ich bin hin- und hergerissen zwischen dem Wunsch, sie in meine Arme zu ziehen und ihr den Raum zu geben, um den sie gebeten hat.

Ich gehe zur Tür und sehe sie noch einmal an. Ihre Arme sind jetzt vor ihrer Brust verschränkt. Ich kann sie nicht so verlassen.

Ich gehe zu ihr, hebe ihr Kinn und küsse sie zärtlich. „Ich bin froh, dass wir uns wiedergefunden haben, und wenn du es erlaubst, würde ich gerne in deinem Leben bleiben."

Ihre grünen Augen glänzen, ihre Lippen sind fest aufeinandergepresst. „Adrian, ich habe mich verändert. Ich bin nicht in der Lage, eine Beziehung zu haben. Ich bin kaputt."

Ich streichle ihre Haare zurück. „Ich sage immer, dass Beziehungen eine schlechte Wette sind, aber wir kennen uns so lange, dass es nicht einmal fair ist, es eine Beziehung zu nennen. Es ist eher so, als hätten wir dort angefangen, wo wir aufgehört haben."

Sie starrt mich an, und ich kann sehen, dass ihre Gedanken rasen.

Ich möchte mehr sagen, dass ich mich niemals auf jemanden festlegen konnte, und vielleicht lag das daran, dass niemand mit ihr mithalten konnte. Vielleicht interpretiere ich zu viel in die beiden Spielkarten hinein, die sie behalten hat, doch es fühlt sich richtig an.

Ich nehme ihr Gesicht in meine Hände und ihre Augen werden weich. Sie hat definitiv Gefühle für mich. „Ich habe auch mein Paar Fünfen behalten."

Sie schluckt und ihre Wangen werden rot. „Das hast du?"

„Natürlich. Wir hatten einen Pakt." Ich gebe ihr einen

schnellen harten Kuss und gehe, bevor ich zu viel von ihr verlange.

~

Sara

Gestern Nacht mit Adrian war intensiv. Ich kann nicht glauben, dass er seine Fünfer aufbewahrt hat! Ist es möglich, dass er genau wie ich an unserer gemeinsamen Fantasiezukunft festhalten wollte? Haben sie auch für ihn ein Licht in dunklen Zeiten bedeutet? Doch Adrian hatte keine dunklen Zeiten. Er lebt ein goldenes Leben, ein Angehöriger der königlichen Familie von Villroy mit einer großen liebevollen Familie, der tun und lassen kann, was er will. Er sagt, er möchte in meinem Leben sein, aber ich weiß, dass er mit Villroy verbunden ist, und ich möchte nie wieder dorthin zurück. Es ist einfach zu schmerzhaft mit all den Erinnerungen an meine Eltern. Ich kann diesen Kummer nicht ertragen. Ich kann es einfach nicht. Beim ersten Mal war es schwer genug. Außerdem habe ich mir hier mit meinem Spiel etwas aufgebaut und ich könnte Chloe niemals verlassen.

Ich darf ihn nicht so nahekommen lassen, dass der Abschied schmerzhaft wird. Er hat sich entschlossen, einen Tag länger zu bleiben, und ich versuche, nicht zu viel hineinzuinterpretieren. Ich muss eine freundliche Zuneigung zwischen uns bewahren und dann zu meinem Leben zurückkehren.

Adrian ist heute Morgen aufgetaucht, genau wie er es versprochen hat. Ein Teil von mir war froh, weil ich ihn vermisst habe, nachdem er letzte Nacht gegangen war, und ein Teil von mir war irritiert, dass er sehen will, wie ich meine Geschäfte abwickle. Heute ist Kassier- und Auszahlungstag für das Spiel, und wir sind in seinem gemieteten Mercedes auf dem Weg zu meinem ersten Verlierer. Sein Bodyguard Jack sitzt auf dem Beifahrersitz. Adrian weiß nicht, wie es ist, wirklich allein zu sein und zu wissen, dass es außer einem selbst niemanden gibt, auf den man sich verlassen kann.

Ich weise Bill, den Fahrer, an, ein kurzes Stück die Straße

runter zu parken, dann steige ich aus, wobei ich Adrians Augen auf mich spüre. Er wird wahrscheinlich stoppen, wie lange ich in dem Haus bleibe. Er und sein Bodyguard würden das Haus wahrscheinlich stürmen, wenn ich nicht in der erwarteten Zeit zurück bin. Ich unterdrücke einen Seufzer. Ich bin es nicht gewohnt, dass mich jemand hinterfragt. Ehrlich gesagt sind diese Jungs nicht gefährlich. Okay, ich hatte vielleicht einen Tag zuvor einen heiklen Moment mit Sergei beim Kassieren, doch nur, weil er ein Date wollte, und er hat sich zurückgezogen. Natürlich ist es eine gute Idee, jemanden zu haben, der das Geld bewacht, wenn ich damit unterwegs bin, doch ich kann es einfach nicht rechtfertigen, einen Bodyguard zu bezahlen, wenn ich weiß, dass Chloes Studiengebühren so hoch sind.

Der erste Besuch verläuft reibungslos und ich kann nicht anders, als es Adrian unter die Nase zu reiben, als ich wieder ins Auto steige. „Ich hab's dir doch gesagt. Keine große Sache. Ein netter, freundschaftlicher Besuch."

Sein Gesichtsausdruck verrät nichts, er hat sein Pokerface fest im Griff. „Klar. Aber lass mich wissen, wenn wir bei Sergei sind."

„Er ist ein schlechter Verlierer. Das heißt nicht, dass er nicht bezahlen wird. Er ist stinkreich."

„Sag ihm, dass wir jetzt zusammen sind." Er sagt es in sachlichem Ton, als würde er erwarten, dass ich es tue. Doch mir passt das gar nicht. Schlimm genug, dass er seine Nase in mein Geschäft steckt. Jetzt erteilt er auch noch Befehle.

„Das werde ich nicht. Du reist sowieso in zwei Tagen wieder ab, also ist das nicht wirklich abschreckend." Ich ärgere mich. „Deine Schwester kannst du von mir aus herumkommandieren, doch bei mir läuft das nicht. Ich arbeite schon sehr lange sehr gut allein."

Er streicht mir zärtlich eine Haarsträhne hinter das Ohr, seine Stimme tief und warm. „Ich wünschte, ich hätte damals für dich da sein können. Ich habe das Gefühl, dass ich so viel verpasst habe."

Ich schlucke den Kloß in meinem Hals herunter. Irgendwie schafft er es mit Leichtigkeit, alle meine Abwehrmechanismen zu überwinden. „Es ist besser so. Es war die Hölle und es hat keinen Spaß gemacht, hier zu sein.“

„Ich hätte dir helfen können.“

„Niemand hätte mir helfen können und glaub mir, sie haben es versucht. Mein Onkel, mein Schulsozialarbeiter, meine Lehrer. Ich musste mich zusammenreißen und mich darauf konzentrieren, mich um Chloe zu kümmern, was für uns beide eine Win-Win-Situation war.“ Ich setze ein Lächeln auf und gestikuliere wild. „Du kannst dich glücklich schätzen, die neue, toughe Sara kennenzulernen.“

Seine Augen sind so mitfühlend, dass ich wegsehen muss. Ich hasse Mitgefühl. Ich hatte viel zu viel davon in meinem Leben, zusammen mit dem Getuschel: „Die armen Travers-Mädchen. So eine Schande, dass ihr Onkel keine große Hilfe ist.“

Ich zwinge meine Gedanken zurück zum Geschäft. Der nächste Stopp verläuft reibungslos. Diesmal schlucke ich mein *ich hab's dir ja gesagt* herunter, doch ich denke es zumindest.

Ein paar Minuten später sage ich dem Fahrer: „Biegen Sie am Stoppschild rechts ab. Es ist am Ende des nächsten Blocks.“

„Ist das Sergeis Haus?“, fragt Adrian.

Ich bin ein wenig überrascht. „Woher weißt du das?“

„Weil dir nur drei Leute Geld schulden, wenn man den Buy-In miteinkalkuliert, und wir haben schon zwei Stopps gemacht. Einfache Schlussfolgerung.“

„So ein Schlaumeier. Bleib im Wagen.“

Er zieht eine Braue hoch, sagt aber nichts.

Als ich vor Sergeis Haustür stehe, klingele ich und warte auf der untersten Stufe. Ich höre Schritte hinter mir und wirbele herum, um Adrian anzuschreien, dass er sich verziehen soll, doch es ist Jack.

„Ich soll Sie ins Haus begleiten, Ma'am“, sagt er.

„Das können Sie nicht. Ich brauche niemanden, der mir über die Schulter schaut, wenn ich kassiere.“

Sein Ausdruck ist unnachgiebig. „Ich werde unauffällig

im Hintergrund bleiben. Ich werde ihn nicht einmal ansehen."

Ich unterdrücke ein Stöhnen. „Gehen Sie. Bitte. Das macht die Sache nur noch schlimmer."

Die Haustür wird geöffnet und es ist Sergei, nicht seine Haushälterin. „Guten Morgen, Sara. Sieht so aus, als hättest du heute Muskeln mitgebracht. Zweifelst du etwa daran, dass ich meine Schulden begleichen werde?"

„Natürlich vertraue ich dir. Mein–" Ich verschlucke mich fast an dem Wort „–Freund ist wahnsinnig übervorsichtig und hat darauf bestanden, dass sein Bodyguard mich heute begleitet." Ich habe keine Freunde. Ich habe Bekannte.

„Prinz Adrian ist dein Freund?"

Ich nicke. Mehr bringe ich nicht zustande.

Er kneift die Augen zusammen. „Du hast gesagt, du würdest niemals etwas mit einem Spieler anfangen. Jetzt erzählst du mir, dass du mit Prinz Adrian – einem Spieler – zusammen bist."

„Er war ein einmaliger Gast, kein regelmäßiger Spieler. Wir kennen uns schon sehr lange."

Er blickt die Straße auf und ab und entdeckt den Mercedes, der ein paar Türen weiter parkt. „Ist er das?"

Bevor ich es leugnen kann, fegt Sergei die Treppe hinunter, geht direkt zum Auto und klopft an das Seitenfenster des Fahrers.

Adrian steigt aus. „Wie geht's?"

Sergei verschränkt die Arme, die Beine kampfbereit. „Ziemlich beschissen. Ich habe zwei Spiele hintereinander verloren und jetzt sind drei Leute hier, die das bezeugen. Ich will, dass ihr alle verschwindet."

Adrians Blick wird stählern. „Zahl einfach, dann sind wir gleich weg."

Sergei dreht sich um und stürmt zurück zu seinem Haus. Ich eile ihm hinterher, aber er schlägt mir die Tür vor der Nase zu. Ich höre das Klicken des Schlosses. Scheiße.

Ich klingele immer wieder. Er schuldet mir zu viel, als dass ich gehen könnte. Hundert Mille. Ich bin pleite, wenn ich das abdecken muss. Ich starre Adrian, der auf dem Gehsteig in der Nähe steht, wütend an. „Du hast es vermasselt!", schreie ich ihn an. „Ich hatte noch nie ein Problem beim Kassieren!"

„Das war immer eine Möglichkeit", sagt er ruhig.

Ich drehe mich zurück zur Tür und klopfe an. Seine Haushälterin, Miss Davies, öffnet. „Es tut mir leid, Miss Sara. Sergei möchte gerade keine Besucher empfangen."

„Bitte. Ich muss nur mit ihm reden." Ich öffne meine Handtasche, hole einen Hundert-Dollar-Schein von meinem letzten Inkassobesuch heraus und drücke ihn ihr in die Hand. „Hier, für Ihre Mühe."

Sie sieht mich entsetzt an und gibt ihn zurück. „Ich werde meinen Job verlieren, wenn ich Sie reinlasse."

Ich dränge mich an ihr vorbei und eile den Flur entlang. Er ist wahrscheinlich in seinem Arbeitszimmer. „Sergei!"

Schritte hämmern hinter mir. Oh Scheiße. Es ist, als hätte ich eine Gefolgschaft. Jack, Adrian und Miss Davies folgen mir. „Raus!", schreie ich. „Das hier ist Geschäft!"

Ich finde das Arbeitszimmer, und da sitzt er an seinem Schreibtisch. Ich ziehe schnell die Tür hinter mir zu und schließe ab. „Entschuldige die Störung vorhin. Jetzt sind es nur du und ich. Lass uns abrechnen, dann ist für Donnerstag alles klar."

Jemand klopft an die Tür. „Verschwinde!", keife ich.

„Ich habe ihr gesagt, dass Sie niemanden empfangen", klagt Miss Davies durch die Tür. „Es tut mir leid, Sergei. Sie hat mich überwältigt und ist an mir vorbei ins Haus gestürmt."

Sergei sieht mich finster an. „Das ist die Freundin meiner Tante."

„Ich habe sie nicht überwältigt", zische ich erbost. „Ich bin einfach an ihr vorbei geschlüpft!"

„Bitte lassen Sie uns allein", sagt Sergei laut genug, um von der Menge auf der anderen Seite der Tür gehört zu werden.

Miss Davies antwortet leise durch die Tür. „Wie Sie wünschen, Sir."

Er starrt mürrisch auf seinen Schreibtisch.

„Es ist okay", sage ich und gehe vorsichtig auf ihn zu. „Ich bin mir sicher, dass du beim nächsten Spiel abräumen wirst. Die Chancen stehen gut, denkst du nicht? Es kann nur bergauf gehen."

Er atmet scharf aus. „Ich habe das Geld nicht."

Mein Magen sackt in meine Kniekehlen. „Was meinst du damit, du hast das Geld nicht?"

Er hebt den Kopf. „Ich habe Yuri meine letzten Reserven für seinen Queens-Deal gegeben. Mehr habe ich nicht. Du musst verstehen, dass die Investition bei ihm wichtiger ist als eine Pokerspielschuld."

Ich versuche, mich zu beherrschen. „Sergei, wenn du nicht zahlst, bekommen die Sieger nicht ihren vollen Gewinn. Sie werden aufhören. Das war's dann mit dem Spiel."

Er zuckt achtlos mit der Schulter. „Ich will sowieso nicht, dass Ivan mein Geld bekommt. Er fickt in der Gegend rum und gibt mit seiner Villa und seinen Diamantmanschettenknöpfen an."

Ich verliere die Beherrschung. „Er war in Jeans und T-Shirt da! Und du hast auch eine verdammte Villa!"

Er blickt finster drein. „Ich habe ihn mit Diamantmanschettenknöpfen gesehen. Und mein Stadthaus hier ist keine Villa. Ich brauche mein Geld mehr als er."

Ich atme tief durch. „Ich kann deine Schulden nicht abdecken. Das war's dann. Wenn du nicht zahlst, bist du raus aus dem Spiel."

Er zuckt mit einer Schulter. „Dein Freund kann meinen Platz einnehmen."

Ich bemühe mich, ruhig zu bleiben. „Das tilgt deine Schulden nicht. Hör zu, wie wäre es mit der Hälfte? Kannst du die Hälfte abdecken?"

Er hebt seine Hände. „Ich fürchte nein. Bitte zieh die Tür hinter dir auf dem Weg nach draußen zu."

„Du bist raus", sage ich mit leiser, kontrollierter Stimme. „Ich habe eine Warteliste. Ich wünschte, es müsste nicht so sein."

„Geschäft", sagt er. „Manchmal ist es gut; manchmal ist es schlecht."

Ich schwöre, er lässt mich auf seinen Schulden sitzen, weil ich nicht mit ihm ausgegangen bin. Ich drehe mich um und gehe zur Tür. Meine Hand liegt auf dem Knopf, als er sagt: „Ruf mich an, wenn dein Freund dein Bett wieder kalt lässt. Jetzt, da ich kein Spieler mehr bin, gibt es nichts mehr, was dich daran hindert, mit mir auszugehen."

Ich wusste es! Er ist angepisst, dass ich ihm eine Abfuhr erteilt habe, und Adrian hier zu sehen, hat es nur noch schlimmer gemacht.

Ich schüttle den Kopf und drehe mich um. „Mit dir? Niemals."

„Ich mag dich immer noch, Sara, meine Sonne."

Kotz.

Ich öffne die Tür und finde Adrian und Jack auf der anderen Seite. Adrian sieht mich wissend an. Er hat gesagt, dass es passieren würde, dass einer mich eines Tages nicht bezahlen würde. Ich wusste immer, dass es ein Risiko war, ihre Wetten vorabzufinanzieren, doch am nächsten Tag haben sie es immer wieder ausgeglichen. Nur dieses Mal hatte ich ein Gefolge dabei und es ist in die Hose gegangen. Ich hätte Sergei überzeugen können, wenn ich keine neugierigen Zeugen im Schlepptau gehabt hätte. Es hat ihn wütend gemacht.

Ich gehe an Adrian und Jack vorbei und zur Tür hinaus. Das ist scheiße. Jedes Mal, wenn es gut für mich läuft, passiert irgendwas und ich fange wieder von vorn an.

Adrian holt mich auf dem Bürgersteig ein. „Ich helfe dir, seinen Verlust abzudecken."

„Nein! Du hast genug getan!" Ich blicke die Straße hinunter. „Ich gehe nach Hause."

„Komm schon. Du wusstest, dass es passieren konnte. Es war klar, dass irgendwann ein Spieler seine Schulden nicht bezahlen würde. Es ist einfach passiert."

„Es ist passiert, weil *du* da warst! Und dein Gorilla. Wenn ich allein gewesen wäre, hätte ich es von ihm bekommen."

Er schüttelt den Kopf. „Denkst du, Flirten bringt deine Spieler dazu, das Geld auszuspucken? Das funktioniert nicht immer. Besonders, nachdem du ihm eine Abfuhr erteilt hast."

Ich stoße einen frustrierten Laut aus, drehe mich um und gehe die Straße entlang.

Adrian hält mit mir Schritt. „Sara, du hast mehr als eine halbe Million in deiner Handtasche. Bildest du dir wirklich ein, es ist sicher, damit den ganzen Weg zurück zu deiner Wohnung zu Fuß zu gehen?"

„Halt die Klappe. Niemand wusste, wie viel ich mit mir herumtrage, bis du es herausposaunt hast!"

„Silvia hat sich Sorgen um dich gemacht und jetzt tue ich es auch."

Ich bleibe stehen. „Siehst du es nicht? Ich habe nichts zu verlieren und alles zu gewinnen. Mein Leben davor war scheiße, okay? Ich habe zwei Jobs gehabt, war dauernd erschöpft und habe ein Taschengeld verdient. Vielleicht ist das etwas, das du als Prinz nicht wissen kannst, da du im Palast aufgewachsen bist, aber für Leute, die hier in der realen Welt festsitzen, ist es so. Sie arbeiten und arbeiten und arbeiten und haben kaum genug, um ihre Rechnungen zu bezahlen. Ich habe als Büromanagerin und Kellnerin gearbeitet. Zwei Jobs! Und ich habe uns kaum über Wasser halten können. Ich habe Chloe Essen von meiner einen Mahlzeit am Tag im Diner mitgebracht, weil wir uns kaum Lebensmittel leisten konnten. Kannst du dir das vorstellen? "

Seine Augen sind mitfühlend. „Es klingt hart."

„Denkst du? Oder … man wird kreativ, geht ein Risiko ein und kommt endlich weiter. Ich war an diesem Punkt und jetzt versuchst du mich wieder in den Dreck zu ziehen!"

„Bist du fertig?"

Ich schnaube. „Ja, das deckt es ungefähr ab."

Seine Stimme ist ein schroffer Befehlston. „Steig ins Auto."

Ich zögere.

„Wenn du nicht einsteigst, wird mein Wagen dir den ganzen Weg nach Hause folgen, also kannst du es dir auch leicht machen."

Ich schließe für einen Moment meine Augen. „Okay. Du gehst mir auf den Keks."

„Danke."

Ich steige ins Auto und er folgt mir hinein, nimmt meine

Hand in seine und drückt sie. Meine Augen werden heiß. Ich erinnere mich noch daran, wie er meine Hand gehalten hat, als wir zur Klinik gefahren sind, damals, als ich Schmerzen und Angst davor hatte, dass sie die Wunde an meinem Knöchel nähen würden. Er sorgt sich um mich und es ist so lange her, dass ich mich umsorgt gefühlt habe. Es lässt mein Innerstes zittern, unsicher, ob ich diesem Gefühl genug vertrauen kann, um es zu genießen.

„Hör zu, ich möchte, dass du auf den Füßen landest", sagt er. „Ich will dich nicht im Dreck haben. Komm mit mir nach Villroy. Ich könnte dich gut im Casino gebrauchen. Ich brauche jemanden, der die Dealer unter seine Fittiche nimmt. Jemanden, der das Glücksspiel versteht und dem Personal ein gutes Gefühl geben kann. Ich gebe dir ein großzügiges Gehalt. Du kannst im Palast in einem unserer Gästezimmer wohnen. Wir pendeln zusammen. Es wird alles so viel einfacher und sicherer sein als das, was du hier aufziehst."

Mir wird kalt. Villroy ist der letzte Ort, an dem ich sein möchte. „Ich stehe auf eigenen Beinen und brauche keine Almosen."

„Du würdest mir einen Gefallen tun. Ich brauche eine rechte Hand. Ich habe all die Anrufe, SMS und E-Mails so satt und der Alltagskram mit den Mitarbeitern ist nicht mein Ding. Ich möchte an Gesamtstrategien arbeiten, um das Casino zu leiten und mehr Geschäft zu machen. Du bist perfekt dafür. Deine Erfahrung ist perfekt. Eine Büromanagerin/Pokerspielerin/Kellnerin? Das ist meine Traumkandidatin."

Ich lache ein wenig. Niemand hat mich jemals in irgendeinem Zusammenhang als Traum bezeichnet. „Ich kann nicht. Chloe braucht mich." Es ist wahr. Ich bin verantwortlich für sie. Und Villroy wird niemals passieren. Ich möchte darüber hinweg sein – es ist zwölf Jahre her, seit ich meine Eltern verloren habe –, aber ich bin es einfach nicht. Sogar jetzt schmerzt meine Brust, wenn ich nur an sie denke. Ich kann die Kontrolle über Panikattacken nicht wieder verlieren.

Adrian hört nicht auf. „Chloe ist an der Uni. Sie ist erwachsen."

Ich schüttle den Kopf. „Bei uns ist das anders. Sie erinnert sich kaum an unsere Eltern. Sie war erst sechs Jahre alt, als sie gestorben sind. Ich bin wie eine Mutter für sie. Ich besuche sie einmal pro Woche und wir schreiben uns dauernd hin und her. Sie muss wissen, dass ich nur eine U-Bahnfahrt entfernt bin. Ich bin alles, was sie hat."

Er sieht mir für einen langen Moment in die Augen. „Versprich mir nur, dass du darüber nachdenkst."

Ich seufze. „Okay, ich werde darüber nachdenken." Aber ich weiß bereits, dass ich Chloe nicht verlassen kann, und ich kann mich den Erinnerungen an meine Eltern auf Villroy nicht stellen. Es war die beste und glücklichste Zeit, die unsere Familie hatte, und es wird zu weh tun, ohne sie dort zu sein. Meine Brust spannt sich an und ich stoße einen Atemzug aus, von dem ich nicht wusste, dass ich ihn angehalten habe. Ich neige dazu. Ich höre einfach auf zu atmen, wenn die Erinnerung an sie zu intensiv wird. *Einatmen, ausatmen. Ich habe das unter Kontrolle.*

Und dann überrascht mich Adrian, legt einen Arm um mich und zieht mich an sich. Mein Kopf liegt an seiner Brust. Ich bin für einen Moment vor Schock erstarrt. Er streicht mir mit der anderen Hand über meine Haare und lächelt mich an, seine haselnussbraunen Augen sind warm auf meinen.

O Gott, ich werde weinen. Ich schließe meine Augen und zwinge meine Tränen weg. Daran kann ich mich nicht gewöhnen. Es wird zu schmerzhaft sein, sich zu verabschieden.

Ich versuche aufzustehen, doch sein Arm schlingt sich fest um mich. „Nur noch ein bisschen", murmelt er. „Ich habe dich so vermisst. Jede Frau, die mir begegnet ist, seit du gegangen bist, verblasst im Vergleich zu dir."

Mein Herz donnert in meiner Brust. Ich kann nicht glauben, dass er das gerade gesagt hat. Es ist so süß, so ... romantisch. Ich schaffe es nicht einmal mehr, wütend zu sein, dass er die Sergei-Situation versaut hat.

Die Worte liegen auf meiner Zunge. *Ich habe dich auch vermisst.* Aber ich bringe sie nicht über den Kloß in meinem Hals heraus. So lange wollte ich keine Verbindung zu den Erinnerungen an unsere Familiensommer auf Villroy, doch

Adrian hier auf meinem Gebiet zu treffen, macht es viel leichter.

Ich kuschle mich an ihn und inhaliere seinen Duft, Gewürze und Mann. Ein guter Mann. Vielleicht ist er der Grund, warum ich nie bei einem Mann geblieben bin. Ich habe nur darauf gewartet, ihn wiederzusehen.

7

Adrian

Nachdem Sara ihre Gewinner ausgezahlt und den Ausfall trotz meines Angebots, ihr zu helfen, aus ihrem eigenen Bargeldvorrat gedeckt hat, besuchte ich meine Zwillingsschwester zum Mittagessen in Manhattan. Silvia war ihr gewohnt liebevolles, begeistertes Ich und hat mich für heute Abend zusammen mit Sara und Chloe zum Abendessen bei sich eingeladen. Sie nannte es „eine spontane Dinnerparty". Ich habe ihr gesagt, ich würde kommen. Sara dürfte es schwerer fallen, zu Silvias Einladung Nein zu sagen als zu meiner. Ich weiß, dass ich aufdringlich war und meine Nase in Saras Leben gesteckt habe, aber nur so konnte ich herausfinden, was mit ihrem Spiel und den Spielern, die daran teilnehmen, los ist. Ich bleibe einen Tag länger, damit ich zu Saras Spiel am Donnerstagabend gehen kann.

Okay, sie ist der Grund, warum ich bleibe. Ich möchte mehr Zeit, um sie davon zu überzeugen, über den Job in meinem Casino nachzudenken.

Nächste Aufgabe – und es ist keine kleine. Silvia hat mir die Kontaktinformationen meines Cousins Dylan gegeben. Er lebt in Brooklyn und arbeitet für die Firma seines Onkels. Weit entfernt von seinem rechtmäßigen Erbe. Wenn sein Vater den Thron nicht aufgegeben hätte, wäre Dylan der Kronprinz gewesen, der Erbe des Königreichs Villroy. Er ist der Erstgeborene. Dylan sollte auf jeden Fall König sein. Er ist ein Jahr älter als Gabriel, mein Bruder, unser König.

Ich schreibe ihm auf der Rückfahrt zu meinem Hotel. *Hallo, ich bin's Adrian, Silvia Rourkes Zwillingsbruder. Sie hat mir deine Nummer gegeben. Ich bin in der Stadt und hatte gehofft, dass wir uns treffen könnten. Ich wollte dich nach ein paar Leuten beim Pokerspiel einer Freundin fragen.*

Stunden später bekomme ich eine Antwort. Es ist einfach eine Adresse in Brooklyn. Fünf Uhr.

In Ordnung. Nicht gerade freundlich, aber vielleicht ist er bei der Arbeit beschäftigt. Silvias Dinnerparty ist um sieben. Vielleicht könnte ich ihn auch einladen. Es würde ihr nichts ausmachen.

Ich schreibe eine kurze Antwort. *Bis dann.*

Ich tauche zur verabredeten Zeit auf, und es ist eine Baustelle am Wasser. Ein riesiger Bautrupp verlässt gerade die Baustelle, Feierabend, denke ich. Ich weiß nicht, wer er ist. Ich suche jemanden, der meiner Familie ähnelt. Groß, dunkelhaarig, vielleicht mit den berühmten Aquamarinaugen der Rourkes. Mein Vater hat immer gesagt, sie sind ein Zeichen der wahren Herrscher von Villroy, weil sie wie das Meer sind. Silvia, Emma und ich haben die haselnussbraunen Augen meiner Mutter geerbt. Gut, dass wir später geboren wurden, sonst hätte uns dieser Aberglaube echte Probleme machen können.

Ich schreibe Dylan. *Wo bist du? Ich bin da.*

Komm ins Tazza Café.

Ich sehe mich um und bemerke das Café auf der anderen Straßenseite. Ich gehe mit meinem Bodyguard, Jack, hinüber. Als ich das Café betrete, sehe ich niemanden, der aussieht, als käme er von der Baustelle. Nur ein paar Hipster-Typen mit Laptops. Jetzt ärgere ich mich.

Ich finde hinten einen Tisch und schreibe ihm, um ihn wissen zu lassen, wo ich sitze. Jack bezieht in der Ecke neben mir Position.

Schließlich kommt ein Typ herein, von dem ich denke, dass er Dylan sein könnte. Er ist in den Dreißigern, groß und trägt ein blaues Byrne Construction T-Shirt, Jeans und schwarze Arbeitsstiefel. Sein schwarzes Haar ist länger, seine Wangenknochen scharf und er hat einen ordentlich gestutzten Bart über einem kantigen Kiefer. Ein Tribal-Tattoo auf einem wohltrainierten Bizeps blitzt unter seinem Ärmel hervor. Royals dürfen in meinem Königreich keine Tätowierungen haben. Es wird als Entweihung des Körpers angesehen und wir würden deswegen nicht in der Familiengruft begraben werden. Dylan hat es unwissentlich geschafft, dass ihm sein Platz sogar im Tod verweigert werden würde, nachdem er im Leben sowieso schon nicht willkommen ist. Es kommt mir schrecklich unfair vor. Ich hatte vorher nicht viel darüber nachgedacht. Es war einfach eine Tatsache – die Familie meines Onkels war ins Exil geschickt worden. Ich hatte nur vage Erinnerungen an die Geschichten über sie, es gab keine Bilder von ihnen zu Hause, doch als ich ihn jetzt vor mir sehe, wird mir bewusst, wie falsch es ist.

Als ich aufstehe, strömt Adrenalin durch mich hindurch. Ich bin dabei, meinen Cousin das erste Mal zu treffen! „Dylan?"

Er bleibt vor mir stehen. Seine Augen sind durchdringend blau, doch nicht das Aquamarinblau der Rourkes. Er starrt mich einen Moment an. „Du bist nicht so süß wie deine Zwillingsschwester."

Ich pruste vor Lachen. „Das ist auch nicht wirklich mein Bestreben." Ich zeige auf meinen Tisch. „Setz dich."

„Ich bestelle mir vorn erst ein Sandwich. Willst du irgendwas?"

Er nimmt es seltsam locker, mich das erste Mal zu treffen. Vielleicht, um die Unbeholfenheit der Situation zu überspielen, oder vielleicht ist er einfach so entspannt.

„Silvia hat mich und ein paar Freunde heute Abend zum Abendessen eingeladen. Wenn du Lust hast, komm doch mit."

Weder akzeptiert er noch lehnt er ab. „Hab das Mittagessen ausgelassen. Muss was essen."

„Ich nehme einen Espresso, danke." Ich ziehe meinen Geldbeutel heraus, doch er hebt eine Hand.

Ich setze mich. Ein weiterer surrealer Moment – mein mir unbekannter Cousin kauft mir einen Espresso. Mein erster surrealer Moment war, Sara Travers nach so vielen Jahren zu sehen. Ich freue mich darauf, ihn kennenzulernen, und hoffe, auch seine Brüder und Eltern treffen zu können.

Ein paar Minuten später nimmt er Platz und schiebt mir meinen Espresso über den Tisch. „Ist das dein Muskelmann?", fragt er und nickt in Jacks Richtung.

„Mein Bodyguard, ja. Manchmal sind die Leute ein bisschen übereifrig. Doch ich hatte seit meiner Ankunft in New York keine Probleme."

Er beißt herzhaft in sein Roastbeef-Sandwich. Nachdem er gekaut hat, sagt er: „Ja, gib ihnen Zeit. Wenn du dein Gesicht genug zeigst, tauchen die Paps schon auf."

Ich trinke einen Schluck Espresso und denke, wir sollten zu den Grundlagen zurückkehren. Ich meine, das ist ein großer Moment – Cousins, die in unterschiedlichen Welten aufgewachsen sind, treffen sich zum ersten Mal. „Es ist wirklich schön, dich zu treffen. Silvia hat mir von dir und deinen Brüdern erzählt. Es ist seltsam, Cousins zu haben, denen ich noch nie begegnet bin."

Er sieht mir in die Augen. „So seltsam ist das nicht. Deine Familie hat uns rausgeschmissen. Irgendwie hat das die Lust auf große Familienzusammenführungen gedämpft."

Ich beuge mich vor. „Im Palast sieht es jetzt anders aus. Mein ältester Bruder Gabriel ist König. Seine Frau ist Amerikanerin, eine sehr bodenständige Frau. Vielleicht sind sie jetzt, da sie das Sagen haben, offen dafür, dich und deine Familie zu Besuch kommen zu lassen."

Er schnaubt. „Ja."

„Wirklich. Ich möchte es möglich machen. Ihr solltet sehen, woher ihr kommt."

Er beißt in sein Sandwich und kaut.

Ich mache weiter. „Silvia sagt, du hast meinen Bruder Phillip auch ein paarmal getroffen. Das heißt, du kennst bereits drei von uns sieben. Der Rest ist großartig."

Er kaut und trinkt dann einen Schluck Wasser. „Ja. Phillip ist oft in der Stadt. Silvia hat darauf bestanden, dass ich ihn treffe. Ein bisschen hochnäsig für meinen Geschmack."

„Er arbeitet hart, um armen Gemeinden sauberes Wasser zu bringen. Er ist nicht hochnäsig. Er ist UN-Botschafter für sauberes Wasser."

Dylan sieht unbeeindruckt aus. „Ein Job, den sie berühmten Gesichtern geben. Er ist der Ersatzerbe, oder?"

„Das war er, bevor die neue Thronerbin geboren wurde. Gabriel hat jetzt eine einjährige Tochter. Mila."

Er wendet sich wieder dem Essen zu. Schließlich sagt er: „Na, da haben wir's doch."

Vielleicht sollte ich zuerst von meiner Seite an der Versöhnung arbeiten. Sehen, ob Gabriel vielleicht was tun kann. Dylan erinnert mich ein bisschen an Gabriel, was Aussehen und seine direkte, fast autoritäre Art angeht.

Ich wende mich meinem Problem zu. „Meine Freundin veranstaltet hier in Brooklyn ein Pokerspiel und ich hatte gehofft, von dir etwas über die Russen erfahren zu können, die am Spiel teilnehmen."

„Warum?"

„Weil ich sichergehen möchte, dass sie sauber sind."

Er trinkt viel Wasser. „Es gibt eine große russische Gemeinde in der Gegend von Brighton Beach. Gute Leute, sehr familienorientiert. Ich meine, ja, die russische Mafia ist auch da, aber es gibt jede Menge gute Leute."

„Ich glaube nicht, dass sie von dort sind. Sie wirken wie neue Einwanderer mit Akzent. Wirklich reich, jung, leben in der Park Slope Gegend und keine Ahnung wo sonst noch."

Er zieht eine Braue hoch. „Hast du Namen?"

„Ein paar."

„Okay, raus damit."

„Ich kenne nur zwei mit Nachnamen. Sergei Rivkin und Yuri Petrov."

„Sergei kenne ich nicht. Aber Yuri – wenn er der ist, für den ich ihn halte, ist sein Vater ein großer Immobilienentwickler."

„Ja, das hat er erwähnt."

Er schüttelt den Kopf. „Mein Onkel sagt, wir sollen die

Finger von seinen Projekten lassen. Sein Vater verschuldet sich bis über beide Ohren, spielt mit dem Geld anderer Leute und bezahlt dann die Handwerker nicht. Er bringt gute Leute aus dem Geschäft. Ich würde mich von ihm fernhalten."

„Er hat uns beim Pokerspiel einen Deal in Queens angeboten."

„Würde ich nicht empfehlen."

„Sergei hat schon Geld investiert. Ohne mit der Wimper zu zucken."

„Wenn Sergei Mafiaverbindungen hat, ist das vielleicht eine Möglichkeit, sein Geld zu waschen. Wenn nicht, hat er wirklich schlecht investiert."

Ich sehe zu, wie er sein Sandwich mit ein paar Bissen vertilgt und dann sein Wasser austrinkt. Er wischt sich den Mund an einer Serviette ab und sammelt seinen Müll auf seinem Tablett. Ich habe das Gefühl, dass er gleich gehen wird.

„Danke, dass du dir Zeit für mich genommen hast, Dylan. Ich hatte gehofft, den Rest deiner Familie auch kennenlernen zu können, solange ich hier bin. Ich würde wirklich gerne eine Beziehung aufbauen."

Sein Ausdruck ist versteinert. „Du hast mich kennengelernt. Das reicht."

„Aber wir sind Familie. Glaubst du nicht, dass sie mich treffen wollen?"

Er presst die Lippen aufeinander. „Nein, glaube ich nicht. Es würde ihnen nur wehtun." Er kneift seine blauen Augen zusammen. „Du denkst, wir wissen nicht, was ihr von uns haltet? Mein Vater hat es uns erzählt. Er ist vertrieben worden und sie haben ihm gesagt, dass er und seine Sippschaft für immer im Exil in Brooklyn bleiben sollen. Kein Reichtum oder Privileg, das mit seinem Titel einhergegangen wäre, nicht einmal Unterhalt. Denkst du, es war leicht für einen Mann, der sich sein Leben lang auf den Thron vorbereitet hat, hier ein Leben aufzubauen?"

„Was hat er getan?"

„Er hat getan, was er tun musste. Mein Onkel hat ihm einen Job in der Buchhaltung gegeben. Er war derjenige, der sich ums Büro gekümmert hat, und er hat sich den Hintern aufgerissen, um alles über das Geschäft zu lernen, was es zu lernen gab. Meine Brüder und ich sind ins Geschäft eingestiegen, sobald wir alt genug waren. Byrne Construction ist ein Familienunternehmen. Die Byrnes sind meine Familie, die Seite meiner Mutter. Nicht deine."

„Tut mir wirklich leid, wie es damals gelaufen ist, aber wir sind die neue Generation. Wir können es richtig machen. Die Rourkes sind auch deine Familie."

Er sieht mich finster an. „Du begreifst es nicht. Ich hätte eines Tages den Thron bestiegen. Stattdessen arbeite ich hier hart, während ihr das gute Leben im Palast genießt. Schau, ich bin heute aus Respekt vor Silvia gekommen. Ich mag sie. Das ist genug Zeit mit der Rourkefamilie für mich."

„Kommst du später zum Abendessen bei ihr?"

Er steht auf. „Ich bin erledigt, ich gehe lieber nach Hause." Er stellt sein Geschirr in die Wanne auf dem Mülleimer und wirft seinen Müll in die Tonne. „Muss gehen."

Ich stehe auf und gehe zu ihm. „Es muss nicht so viel Bitterkeit zwischen unseren Familien geben."

Er nickt. „Muss nicht, aber es gibt sie, und wir wissen beide, wessen Schuld das ist. Ich werde dich wissen lassen, wenn ich was über Sergei höre. Wenn du nichts von mir hörst, ist alles gut. "

„Kannst du deinem Vater sagen, dass ich ihn gerne treffen würde?"

Sein Kiefer knirscht genau wie Gabriels, wenn er gereizt ist. „Nein."

„Warum nicht?"

Er knurrt durch die Zähne. „Er hat genug gelitten." Dann geht er.

Ich kehre an meinen Tisch zurück und sitze gedankenverloren mit meinem Espresso da. Obwohl er offensichtlich nicht begeistert war, Zeit mit mir zu verbringen, war er hilfsbereit. Er sagte, er würde sich bei mir melden, falls es ein Problem mit Sergei gibt. Wenn er nichts mit meiner Familie zu tun haben wollte, hätte er sich nicht mit mir getroffen.

Ich blicke an die Decke und atme scharf aus. Es gibt

Grund zur Hoffnung. Außerdem hat Silvia Kontakt mit ihm und seinen Brüdern. Vielleicht ist Silvia der Schlüssel zur Wiedervereinigung unserer Familien.

Sara

Ich glaube nicht, dass ich in den letzten Jahren so ein aktives Sozialleben gehabt habe. Drinks mit beiden Rourke-Zwillingen und jetzt eine Dinnerparty in Silvias Apartment. Ich habe einen Stopp an der Columbia eingelegt, um mich mit Chloe zu treffen, dann sind wir mit der U-Bahn nach Central Park South gefahren, wo Silvia und ihr Mann leben. Die Gegend ist gehoben, aber nicht so gehoben, wie ich es von einer Angehörigen der königlichen Familie erwartet hätte. Ich hätte gedacht, Silvia würde für ein paar Millionen eine Wohnung im Dakota kaufen, wo alle berühmten Reichen leben. Ich habe gehört, dass Villroys Wirtschaft ins Stocken geraten ist, und sie haben sie wieder angekurbelt, indem sie ihre Fischereiindustrie auf die Herstellung von High-End-Kosmetika umgestellt haben. Das Day Spa und das Casino sind eröffnet worden, um Gäste zu verwöhnen und zu unter-halten, doch alles hat mit Kosmetik angefangen.

Chloe hat den ganzen Weg hierher kaum mit mir gespro-chen, weil sie sich mit Notizen auf ihrem Handy für einen Test in organischer Chemie vorbereitet. Ich mache mir Sorgen um das Mädchen. Ich meine, sie hat das Schwerste bereits geschafft – sie ist an der Uni aufgenommen worden, auf die sie wollte, und ist für mehrere Fortgeschrittenenkurse zuge-lassen worden. Jetzt, da sie an der Uni ist, sollte sie sich ein bisschen locker machen.

Ich sehe zu ihr hinüber. Sie trägt ihre übliche Uniform aus Strickjacke, Tanktop und Jeans. Eine Art von Allwetter-System. Manchmal zieht sie die Strickjacke aus und manchmal bleibt sie an. Gähn! Die Farben sind so neutral, dass sie immer passen. Heute ist es eine rosa Strickjacke über einem hellbeigen Tanktop. Sie verschwendet keine Zeit mit Mode. Wir ähneln uns – dasselbe blonde Haar und grüne

Augen – nur sie ist zierlich mit feinen Wangenknochen und ihr Amorbogen lässt sie wie einen süßen Engel aussehen. Als Kind war sie ein Teufelsbraten, doch jetzt lernt sie die ganze Zeit.

„Okay, leg dein Handy weg", sage ich mit einem Knuff in die Rippen.

Ihre Augen blitzen. „Au!"

„Hör auf zu lernen. Wir gehen jetzt in das Gebäude."

Sie steckt ihr Handy in ihre Handtasche. „Der Knuff war nicht nötig!"

„Doch, das war er, weil du mich sonst nicht hörst." Ich habe die Mutterrolle inne, nur, dass ich ihre große Schwester bin.

Sie wird still und ich sehe, dass sie lautlos Worte formt. Sie würde mich nicht nachäffen. Sie rezitiert wahrscheinlich wissenschaftliche Formeln.

Ich schnippe mit den Fingern vor ihrem Gesicht, um die Formel-Trance zu brechen. „Wie läuft's in der Schule?"

„Fantastisch! Mein Berater hat den perfekten Zeitplan für mich ausgearbeitet, damit ich Bio und Chemie als doppeltes Hauptfach nehmen und in drei Jahren meinen Abschluss machen kann."

„Doppeltes Hauptfach in drei Jahren? Warum machst du nicht einfach Biochemie?"

Ein ruhiges Lächeln blüht auf ihrem Gesicht. „Weil es so viele Kurse gibt, die ich sowohl in Bio als auch in Chemie belegen möchte. Ich brauche das doppelte Hauptfach."

Wir bleiben am Empfang stehen und checken ein. Das Gebäude war früher ein Hotel, doch jetzt ist es ein Apartmenthaus.

„Silvia sagt, dass sie in einer Minute unten sein wird", sagt der Angestellte.

„Danke." Ich wende mich wieder Chloe zu. „Bist du schon auf irgendwelchen Partys gewesen?"

„Du weißt, ich stehe nicht auf die Partyszene. Es ist Zeitverschwendung."

„Hast du schon Freunde gefunden? Zum Rumhängen?" Es ist etwas mehr als drei Wochen her, seit sie in das Studentenwohnheim gezogen ist, und ich fürchte, sie lernt die ganze Zeit nur.

„Ich habe eine Lerngruppe. Meistens fünf, manchmal vier Leute."

„Jemand Süßes dabei?"

Sie verdreht die Augen. „Ich suche nicht nach einem Freund. Ich konzentriere mich gerade auf meine Ziele. Drei Jahre, dann habe ich die Harvard Medical School im Visier."

Und dann schließt sie sich für ihre Karriere in einem Labor ein. „Vielleicht könntest du einem Club beitreten."

„Sie haben einen Nachhilfeclub, der benachteiligten Studenten hilft."

Ich schüttle den Kopf, weil sie es einfach nicht versteht. Nicht, dass mit einem solchen Club etwas nicht stimmt. Sie war selbst vor nicht allzu langer Zeit eine benachteiligte Schülerin. Ich möchte nur, dass sie soziale Kontakte mit Leuten in ihrem Alter pflegt.

Sie redet weiter. „Ich will auch Freiwilligenarbeit im Krankenhaus leisten. Das fängt nächsten Monat an."

Vielleicht lernt sie ja dort einen Arzt kennen. Das wäre gar nicht so schlecht, da sie auch Ärztin werden möchte. Ich will nur, dass sie die Unizeit genießt – Freundinnen, daten, vielleicht gelegentlich eine laute Nacht. Die Art von Erfahrung, die ich nie gemacht habe. Ich will alles für sie.

„Ihr seid hier!", ruft eine weibliche Stimme.

Wir drehen uns beide um und sehen Silvia, die uns anstrahlt. „Danke, dass ihr so kurzfristig gekommen seid!" Sie umarmt mich und wendet sich Chloe zu. „Sieh dich an! Ganz erwachsen!" Sie umarmt sie und Chloe erwidert die Umarmung steif.

Silvia zieht sich zurück. „Erinnerst du dich an mich? Du warst erst fünf, als ich dich das letzte Mal gesehen habe."

Chloe blinzelt. „Vage. Ich erinnere mich an den Strand und du hattest ein weißes Zelt, unter dem du meistens mit einem Stapel Bücher gesessen hast."

Silvia lächelt. „Ich habe dir aber auch geholfen, Sandburgen zu bauen, die du dann zerstört hast." Sie bedeutet uns, ihr zu folgen. Ihr hoher Pferdeschwanz schwingt bei jedem Schritt. Sie trägt eine blassrosa Seidenbluse mit dunkelgrauer Hose und Stiefeletten aus schwarzem Wildleder. Ich bin froh, dass ich mich ein bisschen schick gemacht habe mit einem grünen Kurzarmpullover mit V-Ausschnitt, schwarzer Jeans und schwarzen Ballerinas. Normalerweise trage ich ein T-Shirt, Shorts oder Jeans, es sei denn, ich arbeite. „Hier lang zum Aufzug."

Wir folgen ihr.

„Mein Bruder Adrian kommt auch bald", sagt Silvia zu Chloe. „Erinnerst du dich an ihn? Er ist mein Zwilling."

Chloe hebt eine Schulter. „Auch sehr vage. Er hat immer mit Sara Karten gespielt."

„Und tut es immer noch, nicht wahr, Sara?", fragt Silvia. „Er hat mir gesagt, dass er mit dir zum Pokerspielen gegangen ist."

„Naja, er hat sich selbst eingeladen", murmele ich.

Silvia lacht. „Er hat sich noch nie ein gutes Pokerspiel entgehen lassen können. Doch jetzt, da er das Casino leitet, kommt er nicht mehr so viel zum Spielen." Sie lächelt uns beide an. „Das ist so schön, dass ihr gekommen seid. Ich kann immer noch kaum fassen, dass ich euch nach all den Jahren wiedersehe."

Oben angekommen, öffnen sich die Aufzugtüren und wir folgen ihr zu einer Eckwohnung. Das erste, was ich sehe, ist eine Fensterfront mit Blick auf den Central Park. Das Wohnzimmer ist groß und hat einen Schreibtisch am Fenster mit einem Laptop und einem Sitzbereich mit einem braunen Wildledersofa und zwei türkisfarbenen Sesseln, die um einen Sofatisch aus Glas angeordnet sind. Gegenüber ist ein Essbereich mit einem schwarzen Holztisch und sechs passenden Holzstühlen.

Ein Hüne von einem Mann kommt aus der angrenzenden Küche. Er ist groß und breitschultrig, muskelbepackt, hat einen Vollbart und sein dunkelblondes Haar ist zu einem Pferdeschwanz zusammengebunden. Ich würde fast Hipster sagen, doch er sieht zu sehr wie ein Holzfäller aus. Er sieht nicht so aus, wie ich mir Silvias Mann vorgestellt habe. Ich war mir sicher, dass sie einen Bücherwurm heiraten würde – einen glatt rasierten Akademiker.

Silvia legt ihren Arm um seine Taille. „Cade, ich möchte, dass du meine ältesten, liebsten Freundinnen kennenlernst. Das sind Sara und Chloe. Sara und Chloe, das ist Cade.“

Mein Hals schnürt sich unerwartet zu. Silvia hält mich für eine liebe Freundin? Und ich habe den Kontakt abgebrochen! Ich fühle mich schrecklich. Ich habe alles und jeden ausgeschlossen und getan, was ich konnte, um zu verhindern, dass die Erinnerungen an Villroy und die Zeit mit meinen Eltern dort mir noch mehr Schmerzen bereiten. Ich hoffe, ich habe ihr nicht wehgetan, als ich mich selbst geschützt habe.

Cade lächelt und begrüßt uns mit einem warmen Händedruck. „Schön, euch kennenzulernen. Es war ein bisschen kurzfristig, darum gibt es gegrilltes Hühnchen, Kartoffeln und Grünkohl. Ist eine von euch Vegetarierin?“

„Nein“, sage ich.

„Ich denke darüber nach, es auszuprobieren“, sagt Chloe nachdenklich. „Aber ich werde bis nach unserem Abendessen warten.“

Ich starre sie an. Das ist neu. Davon hat sie mir nie erzählt. Dabei erzählt sie mir normalerweise alles.

„Ich habe es ein Jahr lang an der Uni durchgezogen“, sagt Cade. „Habe es nicht länger durchgehalten. Jetzt kaufe ich nur Fleisch von Freilandtieren, das ist besser für uns und die Tiere.“

Silvia schlingt ihre Arme um seine Mitte und drückte ihn. „Cade ist der Koch hier. Ich räume anschließend das Chaos auf.“

Er gibt ihr einen Kuss. „Ich kümmere mich besser um das Abendessen“, sagt er und verschwindet in der Küche.

Ich gehe zur Fensterfront mit Blick auf den Central Park und werfe auf dem Weg einen Blick in die Küche. Es ist eine kleine, aber moderne Küche mit Geräten aus Edelstahl und dunklen Holzschränken. Ich überlege, was die Miete hier wohl kostet, frage aber nicht. Ich bin sicher, es ist viel mehr, als ich mir leisten kann.

„Ich habe uns Champagner besorgt, um unser Wiedersehen zu feiern", sagt Silvia und bringt die Flasche und Gläser zum Sofatisch. „Aber lasst uns mit dem Anstoßen warten, bis Adrian da ist, ja?"

Die Gegensprechanlage summt.

Sie nickt in Richtung Tür. „Wenn man vom Teufel spricht!" Sie ruft am Empfang an, um ihn einzulassen. Ich nehme an, er kennt sich aus. Sie dreht sich zu uns um. „Oh, Chloe, möchtest du stattdessen Mineralwasser? Ich habe vergessen, dass du noch keine einundzwanzig bist."

„Ein Glas schadet ihr nicht", sage ich.

„Ich würde lieber Wasser nehmen", sagt Chloe. „Ich muss später noch lernen und brauche einen klaren Kopf."

Silvia lächelt. „Sara hat mir gesagt, dass du eine Star-Studentin bist. Du willst Ärztin werden, nicht wahr?"

„Ja", sagt Chloe. „Ich will in die Forschung gehen und Krebs heilen." Sie sagt es sachlich, nicht im Geringsten prahlerisch, ihr Gesichtsausdruck todernst.

Silvia sieht mich an und ihre Lippen verziehen sich zu einem kleinen Lächeln, bevor sie sich wieder Chloe zuwendet. „Sehr beeindruckend."

„Ich tue das nicht, um jemanden zu beeindrucken", sagt Chloe. „Ich will etwas tun, um der Menschheit zu helfen."

„Irgendjemand muss das ja tun", sagt Silvia mit einem Lachen.

Chloe lacht nicht. Sie ist keine, die Witze reißt oder herumalbert. Diese unbeschwerte Seite von ihr ist mit unseren Eltern gestorben. Ich kann ihr keinen Vorwurf daraus machen, doch ich hoffe, dass sie sie an der Uni wiederfinden wird.

Es klopft an der Tür und ich drehe mich um, als Silvia öffnet. Adrian und sein Bodyguard Jack stehen im Flur. Jack bleibt draußen, während Adrian hereinkommt und seine Schwester umarmt. Sein Blick begegnet meinem über ihre Schulter. Ich werde rot vor Hitze. Das ist mir noch nie von einem Blick allein passiert.

Er geht zu mir, beugt sich vor und küsst meine Wange. „Ich muss später mit dir reden."

Ich werde sofort hellhörig. Er war neugierig, was mein

Spiel angeht, und hat herumgestochert. Wenn es schlechte Nachrichten über einen der Jungs gibt, möchte ich es nicht wissen. Er wartet nicht auf meine Antwort, sondern dreht sich um, um Chloe herzlich zu begrüßen.

„Ich erinnere mich an dich, als du so groß warst", sagt er und hält seine Hand auf Hüfthöhe, um zu zeigen, wie klein sie damals war. „Und jetzt bist du auf dem Weg, Ärztin zu werden."

„Ja, das bin ich", sagt sie.

„Wie geht's an der Columbia?", fragt er.

Chloe beginnt mit einer detaillierten Beschreibung ihrer Professoren und Kurse. Adrian hört aufmerksam zu, was ich ihm sehr zugute halte, weil es nicht immer einfach ist, den Beschreibungen ihrer Fächer zu folgen.

Als Chloe endlich fertig ist, schickt Silvia uns zum Sofatisch, damit wir anstoßen können. „Du auch, Cade!", ruft sie. „Oh, und bring bitte auch ein Pellegrino mit."

Wir versammeln uns und Silvia gießt Chloe den Champagner und ein Glas Mineralwasser ein. Sie hält ihr Glas hoch und wartet darauf, dass wir dasselbe tun.

Silvia sieht uns nacheinander an. „Ich möchte nur sagen, dass ich so froh bin, dass wir alle wieder zusammen sind, und ich hoffe, dass das nur der Anfang des Wiederauflebens unserer wunderbaren Freundschaft ist. Auf Sara und Chloe!"

„Auf Sara und Chloe", wiederholt Adrian mit einem warmen Lächeln.

Ein Stich von Schuldgefühlen trifft mich. Sie sind so nett zu uns. Ich hätte mich definitiv früher melden sollen.

Wir stoßen an und trinken. Chloe sieht ein bisschen verloren aus. Sie erinnert sich kaum an sie. Ich jedoch schon und es bedeutet mir viel.

„Das Abendessen wird in fünf Minuten serviert", sagt Cade.

„Lass uns die Getränke zum Esstisch rüberbringen", sagt Silvia und geht mit ihrem Getränk dorthin.

Adrian zieht einen Stuhl heraus und bedeutet mir, Platz zu nehmen. Wieder diese Gentleman-Manieren. Ich kann mein Lächeln nicht unterdrücken. „Haben sie dir das in der Prinzenschule beigebracht?"

Er rückt meinen Stuhl zurecht, kurz bevor ich mich setze. „Ich habe reichlich Etikette-Lektionen durchlitten, wenn du das meinst." Er geht, um Chloe zu helfen, doch sie setzt sich sofort allein. Ich glaube nicht, dass sie seine Bemühungen überhaupt bemerkt hat.

Adrian nimmt mir gegenüber Platz und dreht sich zu Silvia um. „Apropos Leiden und Wiedervereinigungen, ich habe mich vorhin mit Dylan getroffen." Er dreht sich zu mir und Chloe um. „Das ist mein Cousin. Sein Vater wurde damals von den Rourkes ins Exil geschickt."

„Wie ist es gelaufen?", fragt Silvia. „Ist er nicht ein raues und knurrendes Herzblatt?"

Adrian presst die Lippen zusammen. „Ein Raubein ist er, aber er hat sich mit mir getroffen und sich als hilfreich erwiesen. Wie auch immer, er war nicht besonders an einem Familientreffen interessiert, aber ich denke, es ist Zeit. Jetzt, da Gabriel und Anna herrschen, könnten wir sie zumindest wieder auf Villroy willkommen heißen."

„Aber würden sie zurückgehen wollen?", fragt Silvia. „Ich habe Dylan und seine Brüder getroffen und sie waren freundlich, aber jedes Mal, wenn ich Villroy erwähnt habe, klangen sie bitter."

„Umso mehr Grund, sie wieder als Teil der Familie zu behandeln."

„Du könntest es versuchen."

„*Du* könntest es versuchen. Dylan schätzt dich sehr. Ich denke, du könntest die Süße sein, die all das Saure ausgleicht, das in der Vergangenheit passiert ist."

Sie lächelt und sagt verschwörerisch zu mir und Chloe: „Mein Bruder hat eine sehr hohe Meinung von mir."

„Es muss von dir ausgehen", sagt Adrian.

Sie nickt. „Ich werde es versuchen. Aber zuerst muss ich es mit Gabriel und Anna klären."

„Du weißt, Gabriel würde alles für dich tun."

„Okay, okay!", ruft Silvia aus. „Du bist ganz schön bestimmend, seit du der Boss im Casino geworden bist." Sie sagt es mit großer Zuneigung, eindeutig stolz auf ihren Bruder.

„Wo wir gerade davon reden", sagt Adrian und dreht sich zu mir um. „Hast du darüber nachgedacht, mit mir zurückzufliegen, um dir das Casino anzusehen? Ich würde gerne deine Meinung zum Management hören."

Mir wird kalt, meine Brust schnürt sich zu. *Atme!* Die Wahrheit ist, ich fürchte, all der Kummer wird zurückkommen, doch ich kann nicht zugeben, dass ich zu große Angst habe, mich dem zu stellen. Ich möchte, dass er glaubt, dass ich stark bin, fähig und völlig darüber hinweg. Sie sind vor zwölf Jahren gestorben. Es sollte mich nicht so fest im Griff haben. Ich schlucke schwer.

„Sara?", fragt Adrian.

Ich sehe Chloe an und stelle fest, dass ich einen absolut legitimen Grund habe, nicht zu gehen – sie braucht mich. „Ich kann nicht. Chloe ist hier. Sie hat gerade mit der Uni angefangen."

Chloe zieht die Brauen hoch. Ich schicke ihr eine scharf formulierte telepathische Nachricht: *Es ist so! Du bist meine Verantwortung. Ich bin dein gesetzlicher Vormund.*

„Nur für einen kurzen Besuch", drängt Adrian. „Lebt Chloe jetzt nicht in einem Studentenwohnheim?"

„Ja." Chloe dreht sich zu mir um. „Ich komme schon zurecht, wenn du ein paar Tage weggehst. Und genau genommen auch, wenn du länger bleiben willst." Sie streicht sich die Haare hinter die Ohren und wird ein bisschen rot. „Ich bin kein Kind mehr, Sara."

Ich habe sie in Verlegenheit gebracht. „Ich weiß das. Aber was ist, wenn du irgendwas brauchst? Und was ist mit unserem wöchentlichen Abendessen?"

Chloe sagt langsam und deutlich: „Ich. Komme. Zurecht."

Jetzt bin ich diejenige, die sich schämt. Meine Wangen brennen. Es scheint fast so, als würde sie mich nicht mehr brauchen. Wie kann das sein? Chloe ist seit ihrem sechsten Lebensjahr für absolut alles auf mich angewiesen. Es tut mehr weh, als ich es für möglich gehalten habe, ein dumpfer, leerer Schmerz in meiner Brust. Die einzige Beziehung, die ich in meinem Leben behalten habe, schneidet sich von mir los. Ich starre auf den Tisch und gehe im Kopf die vielen Arten durch, auf die ich für sie dagewesen bin – wie ich ihr beim Lernen geholfen habe, für sie gekocht habe (oder ihr meine Portion Essen mit nach Hause gebracht habe), ich bin ihre Vertraute gewesen, mit ihr zum Kinderarzt und zum Zahnarzt gegangen, habe unsere Rechnungen gezahlt und ihr alles gekauft, was sie gebraucht hat.

Meine elende Erkenntnis, dass ich ein unwesentlicher Teil in ihrem Leben geworden bin, wird durch das Servieren des Abendessens unterbrochen. Doch ich kann mich kaum auf das Essen konzentrieren. Chloe ist mir entwachsen. Ich meine, ich wusste, dass es irgendwann passieren würde, und ich wollte es, aber noch nicht so schnell. Vielleicht, wenn sie nach Harvard geht oder vielleicht in ihrem Abschlussjahr. Nicht jetzt, drei Wochen nach Anfang ihres ersten Semesters. War sie deshalb heute Abend so still?

Ich schaue hinüber, während sie ihre Mahlzeit mit ihrer üblichen Konzentration isst. Ihre Gedanken sind wahrscheinlich wieder bei ihrem Test. Als ich einen Moment nicht hingeschaut habe, ist sie erwachsen geworden. Was soll ich jetzt tun? Wem soll ich all meine Liebe und Fürsorge schenken? Es gibt niemanden auf der Welt, dem ich genug vertraue, um mich zu öffnen.

Vielleicht sollte ich mir ein Haustier zulegen. *Nein.* Es ist nicht das Gleiche. Ich will meine kleine Schwester zurück.

Das Abendessen vergeht wie im Nebel. Silvia unterhält alle.

Ich beobachte Chloe. Ist sie glücklich? Habe ich genug für sie getan? Ist sie wirklich bereit, ohne mich alleine zu sein?

Ich glaube, ich habe versagt. Ich habe ihr beigebracht, hart zu arbeiten, aber ich habe es versäumt, ihr beizubringen, sich zu amüsieren. Doch vielleicht macht ihr Studium sie glücklich. Ich möchte nur ab und zu ein bisschen Freude von ihr sehen. Ich habe das nicht mehr gesehen, seit wir das letzte Mal auf Villroy waren. Könnte Villroy vielleicht ein bisschen von der alten Chloe zurückbringen?

Ich bin albern. Villroy ist kein magischer Ort. Es würde mir sicherlich nichts zurückbringen als Trauer.

Sobald wir das Dessert beendet haben, meldet sich Chloe zu Wort. „Danke für das schöne Abendessen. Um Welten besser als die Mensa, aber ich muss zurück. Ich habe noch viel zu lernen." Sie steht abrupt auf und hat es eilig, nach Hause zu kommen.

„Zeit für eine durchgemachte Nacht, was?", fragt Silvia. „Ich erinnere mich noch gut an diese Zeiten."

Chloe starrt sie an. „Ich mache nie die Nacht durch, um zu lernen. Ich plane meine Zeit sorgfältig, um das zu verhindern. Es ist ungesund, die ganze Nacht wach zu bleiben, und man behält wenig im Kopf, wenn man unter Schlafmangel leidet."

„Kluges Mädchen", sagt Silvia. „Jetzt verstehe ich, warum du Ärztin wirst."

„Kann ich dir meinen Fahrer anbieten?", fragt Adrian Chloe und erhebt sich von seinem Platz. „Er ist hier. Ich kann euch beide nach Hause bringen." Er sieht zu mir hinüber.

„Bis zu mir nach Brooklyn ist es ein ziemlicher Umweg", sage ich, stehe auf und hänge meine Handtasche über meine Schulter. „Ich nehme einfach die U-Bahn."

„Oh, komm schon", sagt Silvia. „Du fährst lieber mit öffentlichen Verkehrsmitteln als mit Adrian? Wow. Habe ich irgendwas verpasst?"

Ich werde rot, obwohl nichts passiert ist. Ich fürchte, es wird passieren, wenn ich allein Zeit mit ihm verbringe. Es gibt zu viel Chemie, was es zu riskant macht, ihm näher zu kommen. Doch es würde fast an eine Beleidigung grenzen, sein Angebot abzulehnen.

Ich setze ein Lächeln auf, als Adrian auf mich zukommt. Meine Wangen und mein Nacken heizen sich auf. „Das ist sehr nett von dir. Danke."

Adrian drückt meine Schulter, als er sich näher beugt. „Gut", knurrt er mir ins Ohr. „Denn du kommst sowieso mit mir."

Ich werfe ihm einen finsteren Blick zu und versuche, meine Reaktion auf seinen Befehlston zu verbergen. Meine Haut prickelt vor Gänsehaut, mein Puls stolpert. „Ganz schön herrisch." Und so unabhängig ich auch bin, es gefällt mir viel zu sehr.

Er zwinkert. „Ist mein zweiter Vorname." Sein Blick fällt auf meinen Unterarm, wo mich meine Gänsehaut verrät. Er schmunzelt und meine Wangen glühen.

Ein paar Minuten später verabschieden wir uns und gehen mit seinem Bodyguard hinunter. Adrian hat angerufen und seinen Fahrer das Auto vorfahren lassen. Adrian, Chloe und ich nehmen auf dem Rücksitz Platz, ich in der Mitte. Der Wagen ist geräumig genug, dass ich nicht gequetscht bin, aber ich bin mir definitiv bewusst, wie nahe Adrian ist, als sein würziger Duft mich einhüllt. Die Hitze seines Körpers weckt in mir den Wunsch, mich fest an ihn zu schmiegen und ihn zu inhalieren. Ich glaube nicht, dass ich ihm länger widerstehen kann.

Chloe holt ihr Handy heraus und fängt wieder an zu lernen. Ich kann die komplexen Gleichungen auf ihrem Display sehen. Wenn sie doch nur einer Freundin eine SMS schreiben oder ein dummes Spiel spielen würde. Alles wäre besser als dieses ständige Lernen. Ich habe definitiv in ihrer Kindheit einiges versäumt und jetzt ist es zu spät. Ich weiß nicht, wie ich das korrigieren soll, also konzentriere ich mich auf etwas anderes.

Ich wende mich Adrian zu. „Du hast vorhin erwähnt, dass du mit mir über etwas reden wolltest. Um was geht's?"

Er sieht Chloe bedeutungsvoll an.

„Wenn sie lernt, bekommt sie nichts mit."

Er nickt und sagt leise: „Ich habe meinen Cousin nach Yuris Immobiliendeal gefragt – er kennt viele Leute in der Baubranche – und er sagt, dass seine Deals in die Kategorie fallen, von der man besser die Finger lässt. Yuris Vater, der die Firma leitet, bezahlt die Handwerker nicht und verspielt sein Geld. Er ist ernsthaft mit seinen Projekten verschuldet. Scheint ein zwielichtiger Typ zu sein."

Ich lasse die Information einen Moment auf mich wirken, dann wird mir bewusst, dass er Erkundigungen über meine Spieler einholt. „Warum holst du Erkundigungen über meine Spieler ein? Sie haben nur Spaß und amüsieren sich.

Außerdem habe ich im Voraus überprüft, dass niemand in Drogengeschäfte, Menschenhandel oder Ähnliches involviert ist. Ich habe Standards. Doch wie sie ihr Geld verdienen, geht mich nichts an."

„Wenn alle da einsteigen, verlieren sie möglicherweise so viel Geld, dass keiner mehr Poker spielen kann. Du solltest dich dafür interessieren, was sie tun. Sie könnten Verbindungen zur russischen Mafia haben."

Ich schüttle meinen Kopf. „Jetzt bist du lächerlich. Das sind alles nette Jungs."

„Zu *dir* vielleicht. Mein Cousin sagt, dass die russische Mafia hier gut im Geschäft ist."

Ich zucke eine Schulter. Meine Spieler sind erfolgreiche Geschäftsmänner wie jeder andere. Sie achten auf sich und nehmen sich vom Leben, was sie wollen. Und was sie von mir wollen, ist ein gutes Pokerspiel.

„Würde es dich interessieren, wenn sie solche Verbindungen hätten?", fragt er.

Ich sage nichts, denn ich bin es leid, dass er in meinen Angelegenheiten herumstochert.

Seine Stimme ist ein eindringliches Knurren. „Sara."

Mein Körper erwacht zum Leben – meine Nervenenden prickeln, mein Magen schlägt Purzelbäume und tief in mir erwacht Lust. Verdammt.

Ich wende mich ab und konzentriere mich stattdessen auf meine Schwester. „Chloe." Keine Antwort. „Chloe!" Ich lege meine Hand auf ihr Display.

Sie blickt auf und blinzelt, als wäre sie gerade aus einer Trance gekommen. „Hm?"

„Brauchst du Geld? Klamotten? Schuhe? Irgendwas?"

Sie wendet sich wieder ihrem Handy zu und murmelt: „Ich komme schon klar."

Ich schaue aus dem Fenster; meine Kehle ist zugeschnürt. Sie war so lange der Mittelpunkt meines Lebens, mein Lebenszweck. Ich kann nicht fassen, dass sie mich nicht mehr braucht.

Als wir vor ihrem Wohnheim anhalten, steige ich aus dem Auto, umarme sie und stecke ihr einen Zwanziger in die

Tasche. „Ich hab dich lieb. Bitte nimm dir auch ein bisschen Zeit für irgendwas, das dir Spaß macht."

Sie steckt ihre Hand in die Tasche und zieht das Geld heraus. „Sara! Ich habe gesagt, ich komme klar." Sie versucht, es zurückzugeben, aber ich weigere mich, es zu nehmen.

„Versprich mir, dass du Spaß haben wirst."

„Die Arbeit im Krankenhaus macht Spaß."

„Okay, dann vielleicht ein Bier oder so was nach einer Schicht mit ein paar Kollegen."

Sie runzelt die Stirn. „Man muss einundzwanzig sein, um trinken zu können."

Wie habe ich einen solchen Regelverfolger großgezogen? Ich schwöre, ich war nicht zu streng zu ihr. „Dann bestell dir eine Cola. Aber tu mir den Gefallen und verbring nicht deine ganze Zeit mit Lernen."

Sie sieht für einen Moment verwirrt aus, als würde ich die Programmierung ändern wollen, die sie gewohnt ist.

Ich fahre fort. „Du bist jetzt an der Uni, jung und Single in der Großstadt. Hab ein bisschen Spaß."

„Du solltest mit Adrian nach Villroy gehen."

Bevor ich die vielen Gründe erklären kann, warum das eine ganz schlechte Idee ist – mein Pokerspiel hier, die quälenden Erinnerungen an unsere Eltern, mein Bedürfnis, einen sicheren Abstand zu Adrian zu halten –, drückt sie mich kurz und eilt zurück in ihr Wohnheim.

Ich steige fassungslos wieder ins Auto.

„Stimmt was nicht?", fragt Adrian.

Ich zeige aus dem Fenster in Richtung ihres Wohnheims. „Wofür war das alles gut, wenn sie ihre Unizeit nur mit Studieren verschwenden will?"

Er sieht mich komisch an. „Willst du nicht, dass sie lernt?"

„Doch! Aber ich will auch, dass sie sich amüsiert."

„Wie du."

Dann wird mir bewusst, dass sie nicht weiß, wie man sich amüsiert, weil ich es ihr nie gezeigt habe. Ich habe hart gearbeitet, also arbeitet sie auch hart. Ich hätte es besser ausgleichen, ihr mit gutem Beispiel vorangehen sollen. Das Bedauern hinterlässt einen bitteren Geschmack in meinem

Mund. Noch etwas auf meiner langen Liste mit Dingen, die ich bedaure. Ich bedaure, dass ich nicht mit Silvia in Kontakt geblieben bin – sie war meine beste Freundin. Ich bedauere, Adrian verloren zu haben, den süßen Jungen, der einst mein Held war. Jetzt ist er ein selbstbewusster, neugieriger Mann, der seine Nase zu tief in meine Angelegenheiten steckt. Ich brauche niemanden, der mir sagt, was ich tun soll. Das ist mein Job.

Ich gehe in die Defensive, weil ich mich der Grenze meiner Belastbarkeit nähere und nicht vor ihm weinen möchte. „Hey, hier geht's nicht um mich. Ich mache, was ich will und wann ich will."

„Vielleicht tut sie das auch", sagt er ruhig.

„Ich habe versagt", flüstere ich über den Kloß in meiner Kehle hinweg. „Und jetzt ist es zu spät. Sie ist erwachsen und braucht mich nicht mehr." Eine Stimme in meinem Kopf verspottet mich: *Jeder, den du liebst, verlässt dich.* Meine Augen sind heiß; mein Magen verknotet sich. Ich hasse das.

„Komm her", sagt er, legt seinen Arm um mich und zieht mich an seine Brust.

Es fühlt sich so gut an, dass ich nicht protestiere. Niemand nimmt mich je in den Arm.

„Du hast nicht versagt", sagt er. „Ihr geht es fantastisch. Sie ist klug, fähig und tut, was sie liebt. Sie ist so begeistert von all ihren Kursen und davon, Ärztin zu werden. Daran ist nichts auszusetzen."

„Aber ihr entgeht das echte Studentenleben."

„Das ist das Studentenleben, für das sie sich entschieden hat."

Er streicht mir die Haare aus dem Gesicht, und die Wärme und Zärtlichkeit der Geste lassen mich schmelzen.

Ich blicke zu ihm auf und der Drang, ihm näher zu sein, überwältigt mich. Ich muss ihm nahe sein. Ich presse meine Lippen auf seine. Ein Schock schießt durch mich hindurch. *Ja. Das ist genau das, was ich brauche, um mich in dem Gefühl zu verlieren und nicht an das zu denken, was ich bereue.*

Ich küsse ihn erneut, diesmal härter, und er beißt in meine Unterlippe. Der Kuss wird wild, heiß, feucht. Es gibt keinen

Zweifel, wohin das führt. Seine Hände sind überall. Ich verbrenne und will unbedingt auf seinen Schoß klettern, doch ich brauche mehr, als ich in einem Auto bekommen kann.

Ich reiße meinen Mund los. „Verbring die Nacht mit mir."

Seine Augen brennen sich in meine. „Wir gehen in mein Hotel." Er streicht mit dem Daumen über meine Unterlippe und schiebt ihn an meinen Zähnen vorbei in meinen Mund. Ich lutsche an seinem Finger und er stöhnt.

Er ruft dem Fahrer das neue Ziel zu. Wir tun das wirklich. Mein Herz donnert in meiner Brust.

Er dreht sich zu mir um, nimmt mein Gesicht in beide Hände und küsst mich noch einmal sanft. „Sara."

Mehr sagt er nicht. Ein Wort, doch er sagt es mit so viel Zuneigung, Wärme und Begierde. Ich schmelze trotz meiner normalerweise harten Schale.

„Adrian", seufze ich.

Von da an gibt es keine Worte mehr. Wir sind uns einig. Es war von Anfang an klar gewesen, dass es passieren würde. Es war so unvermeidlich wie der Sonnenuntergang oder unser Wiedersehen. Wir hatten einen Pakt.

8

Adrian

Ich habe die Penthouse-Suite mit privatem Aufzug. Mein Bodyguard geht in sein Zimmer im Stockwerk unter mir und ich nehme Saras Hand und verschränke unsere Finger, als wir zu meiner Suite fahren. Dieser Moment fühlt sich unvermeidlich an, als ob wir immer auf diese Weise zusammenkommen sollten. Wir mussten nur das magische Alter von fünfundzwanzig Jahren erreichen, damit alles Klick macht. Es war vorherbestimmt – unser jüngeres Ich wusste es bereits.

Sie sieht mich von der Seite an. „Ich hätte wissen sollen, dass du die Penthouse-Suite hast." Ihre Stimme klingt fest. Ist sie nervös?

Ich drücke ihre Hand. „Ein Prinz zu sein hat Vorteile. Das heißt aber nicht, dass ich immer bekomme, was ich will."

Sie wirft mir einen ungläubigen Blick zu. „Was hast du jemals nicht bekommen?"

„Dich."

Ihre Wangen werden rot, und sie ist für einen Moment still. „Naja, heute Nacht kannst du mich haben."

„Das werde ich auf jeden Fall." *Und danach auch*, füge ich wortlos hinzu. Ich küsse sie nicht, obwohl es mich umbringt. Mein Verlangen ist zu groß, und ich möchte keinen Sex im Aufzug oder Sex auf dem Sofa im Wohnzimmer. Ich möchte sie in einem großen Bett haben, wo ich mir Zeit mit ihr lassen kann.

Die Aufzugtüren öffnen sich direkt in meine Suite, die die gesamte oberste Etage einnimmt. Ich hebe sie in meine Arme und sie quietscht. „Was tust du da?"

Ich gehe durch das Wohnzimmer. „Ich trage dich zu meinem Bett."

Ihre grünen Augen sind riesig, ihre Wangen und ihr Hals gerötet. „Du bist ein heimlicher Romantiker?"

„Eigentlich bin ich äußerst praktisch veranlagt. Der schnellste Weg, dich ins Bett zu bringen, ist, dich zu tragen. Siehst du? Schon sind wir da." Ich setze sie in der Mitte des riesigen Doppelbettes ab.

Sie breitet Arme und Beine aus. „O mein Gott, das ist wie eine große, flauschige Wolke!"

„Gänsedaunen." Ich knöpfe mein Hemd auf, während sie zusieht.

Sie stützt sich auf die Ellbogen. „Ist das komisch? Wir beide nackt, nachdem wir so lange Freunde waren? Ich meine, wir haben uns als Kinder am besten gekannt."

Ich nicke ihr zu. „Zieh dein Top aus und ich werde es dich wissen lassen."

Sie zieht ihr V-Ausschnitt-Top aus und wirft es zur Seite. Lust durchströmt mich. Sie ist köstlich, ihre vollen Brüste in einem blassrosa Spitzen-BH. „Gut?", fragt sie.

Sie trägt immer noch ihre schwarze Jeans und Schuhe, doch die Aussicht ist so gut, dass ich es kaum erwarten kann.

Ich küsse sie und senke mich auf ihren Körper. Ihre Arme legen sich um meinen Hals und ihre Beine spreizen sich, um mich fest zu wiegen. Perfektion. Ich küsse und streichle sie, während ich sie ausziehe und alles liebe, was ich sehe, fühle und schmecke. Sie ist glatt, weich und schmeckt nach Vanille. Ich kann nicht genug bekommen.

Sie schiebt die Decke weg, bis sie auf den Seidenlaken liegt, und seufzt leise. Sie schätzt den Luxus des Bettes und ich schätze es, dass sie nackt unter mir ist. Ich lasse mich auf ihrem Körper nieder und küsse sie dabei.

„Adrian", haucht sie und ihre Finger streichen durch

meine Haare. „Es ist so lange her für mich." Sie zieht an meinen Haaren. „Ich will nicht warten."

Ich habe kaum angefangen. Ich erhebe mich über sie, greife nach ihren Händen und drücke sie aufs Bett. Ich senke meine Stimme zu dem tiefen Knurren, bei dem sie Gänsehaut bekommt. „So wie ich sehe, habe ich hier die Führung."

Sie erschauert und ihre Augen weiten sich. „Ich *liebe* dieses Knurren."

Ich lächle. „Ich weiß. Sag meinen Namen, wenn du kommst."

„Oh, das passiert nicht immer ..." Sie verstummt, weil ich eine Hand zwischen uns schiebe und anfange, sie zu streicheln.

Es dauert nicht lange, bis sie stöhnt. Dann mache ich es noch besser und rutsche ihren Körper hinunter und mache mit meinem Mund dort weiter, wo meine Finger aufgehört haben. Sie reckt mir ihre Hüfte entgegen, sucht nach mehr, und ich gebe ihr, was sie braucht, dringe mit meinen Fingern in sie ein und massiere sie von innen. Plötzlich schreit sie auf, windet sich, und dann zittert ihr ganzer Körper, als sie unter meinem Mund kommt. Einfach nur heiß. Ich bin so was von angetörnt.

Ich hebe meinen Kopf. Sie lässt sich schwer atmend auf die Matratze sinken und starrt mit weit geöffneten Augen an die Decke.

Ich arbeite mich wieder küssend ihren Körper empor und grinse. „Du hast vergessen, meinen Namen zu sagen." Ich küsse sie. „Sag meinen Namen."

„Adrian", flüstert sie und gräbt ihre Finger in meine Haare, ihr Blick ist konzentriert auf mich gerichtet. „Wunderbarer Adrian."

„Bereit für mehr?"

Sie nickt. „Ich sehne mich nach dir."

Ich stöhne, stehe auf und hole ein Kondom aus dem Nachttisch. Ich habe immer für alle Fälle ein paar dabei. Ich rolle es über und drehe mich wieder zu ihr um.

Sie ist auf allen vieren und sieht mich über die Schulter an. „Fick mich."

Mein Schwanz zuckt und ich verschwende keine Zeit, packe sie an den Hüften und stoße tief in sie hinein. Sie keucht und ich stöhne. Ich kann nicht langsam machen. Es ist intensive, pochende Hitze. Ihr Körper massiert mich rhythmisch; sie ist schon wieder kurz vor dem Kommen. Ich schiebe meine Finger zwischen ihre Beine und sie senkt den Kopf und stöhnt meinen Namen in einem Gesang, der meine Gedanken erfüllt. Ich möchte sie besitzen. Ich möchte, dass sie immer meinen Namen sagt.

Sie erstarrt, dann kommt sie und wiegt sich unter mir. Ich verliere die Kontrolle und stoße immer wieder tief in sie hinein, bis das Gefühl in einem feurigen Ausbruch in mir explodiert.

Fuck. So intensiv bin ich noch nie gekommen.

Ich streiche mit einer Hand über ihren Rücken und drücke ihren Nacken. Sie schnurrt beinahe, schmiegt ihre Wange in das Kissen und verzieht ihre Lippen zu einem Lächeln.

Ich ziehe mich aus ihr heraus, lege mich neben sie und streichle ihren Rücken.

Sie dreht den Kopf zu mir. „Das war Wahnsinn."

Ich kann mir das Lächeln nicht verkneifen. Es war fantastisch. „Das nächste Mal möchte ich dein Gesicht sehen."

„Ich mag es lieber mit dir hinter mir."

„Warum?"

„Ich denke, weil es dann nur um das Gefühl geht, nicht darum, einander anzusehen. Einfach und animalisch."

Ich küsse sie. „Daran ist im Grunde nichts falsch, aber ich würde gerne dein Gesicht sehen, wenn ich dich um den Verstand bringe."

„Da ist aber jemand selbstbewusst."

Ich rolle sie auf die Seite und ziehe sie an mich, schiebe mein Bein zwischen ihre und übe gerade genug Druck aus, um ihre Aufmerksamkeit zu erregen.

Sie stöhnt. „Gieriger Mann."

Ich streichle ihr weiches blondes Haar aus ihrem Gesicht. „Sara, das ist keine einmalige Sache. Das weißt du, oder?"

„Du willst über Beziehungen reden? Im Ernst?"

Ich beiße in ihre Lippe, weil sie sich über mich lustig

gemacht hat, und sie antwortet mit einem wilden, leidenschaftlichen Kuss. Das habe ich nicht erwartet, aber ich mache mit. Wie sollte ich auch nicht? Sie versucht, auf mich zu klettern, darum rolle ich mich auf den Rücken, und sie setzt sich rittlings auf mich.

„Schau, was du mit mir angestellt hast", sagt sie mit einem strahlenden Lächeln. „Ich will dich schon wieder."

Ich halte ihr Gesicht in meinen Händen und spüre, dass sie die Intensität dessen, was zwischen uns ist, zu meiden versucht. „Ich verlange kein Versprechen von dir, aber das hier, du und ich, das ist keine One-Night-Sache. Wir haben eine Geschichte. Du bist ein Teil von mir, genauso wie ich ein Teil von dir bin. Es ist gut, wirklich gut. Ich lasse dich diesmal nicht so einfach gehen."

Sie starrt mich einen Moment an, bevor sich ihre Miene verschließt. Sie hat einen verdammten Schutzwall um ihr Herz gezogen. Ich bin mir nicht sicher, ob sie jemals jemanden reinlässt, aber sie kann mir vertrauen.

„Sara."

Sie klettert von mir und lässt sich auf den Rücken fallen, fast vibrierend vor Anspannung. Ich ziehe die Decke über uns beide und warte dann. Ich spüre, dass sie versucht zu entscheiden, ob sie bleiben will, für was auch immer das zwischen uns ist, oder sich in ihr defensives Selbst zurückziehen soll. Ich fange an, sie zu verstehen.

Schließlich starrt sie an die Decke und sagt: „Ich lasse mich nicht auf irgendetwas Langfristiges ein und Beziehungen sind nicht mein Ding. Es ist nichts Persönliches. Ich kann das einfach nicht."

Ich stütze mich auf einen Ellbogen, um ihr in die Augen zu sehen. „Willst du mir etwa sagen, dass du noch nie eine Beziehung hattest?"

Sie schiebt ihr Kinn vor. „Ja. Ich wollte es so."

„Beziehungen sind eine schlechte Wette."

Sie entspannt sich. „Ja! Wenn du genauso denkst, können wir uns einfach gegenseitig genießen."

„Ich habe lange so gedacht, aber vielleicht habe ich nur auf dich gewartet."

„Adrian", sagt sie mit erstickter Stimme, und ich sehe Tränen in ihren Augen.

„Wir haben uns nahegestanden und es hat mich fertig gemacht, dich nicht in meinem Leben zu haben. Ich habe immer an dich gedacht und immer gehofft, dass es dir gut geht. Warum bist du nicht in Kontakt geblieben? Silvia und ich haben es beide versucht."

„Es tut mir leid", sagt sie und blinzelt die Tränen weg. „Ich konnte nicht. Ihr seid alle mit Erinnerungen an meine Sommer auf Villroy mit meinen Eltern verbunden, ich konnte einfach nicht daran denken. Es hätte mir das Herz gebrochen, aber ich musste für Chloe stark sein."

Ich küsse sie. „Silvia hat das vermutet."

Sie streichelt meine Haare. „Jetzt, da ich euch beide wiedergesehen habe, bedauere ich, dass so viel Zeit vergangen ist."

Ich streichle ihren Hals und inhaliere ihren Duft. „Das musst du nicht. Wir werden hier und jetzt neue Erinnerungen schaffen. Mehr als eine Nacht. Ich kann mich nicht so schnell wieder von dir verabschieden."

„Solange du in der Stadt bist. Am Freitag fliegst du nach Hause, oder?"

„Ja." *Und ich möchte dich mit mir zurückbringen,* füge ich lautlos hinzu. Es ist Mittwochabend, was bedeutet, dass sie mir noch zwei Tage gewährt. Ich brauche mehr Zeit.

Ich kann Villroy nicht verlassen. Sie zählen darauf, dass ich das Casino zu einem Erfolg mache und unserer Wirtschaft den letzten Schub gebe, den sie braucht, um sich nachhaltig zu entwickeln. Zum ersten Mal in meinem Leben braucht mich mein Königreich und ich kann und werde Villroy nicht im Stich lassen. Das ist mein Vermächtnis und ich möchte, dass Sara ein Teil davon wird. Ich weiß, dass sie nicht mit ihren Erinnerungen an Villroy umgehen konnte, als sie jünger war, aber diese Sara – so stark wie sie jetzt ist – kann definitiv damit umgehen. Sie kann ihre Schwester besuchen. Chloe braucht sie jetzt als Erwachsene nicht mehr so sehr.

Sie lächelt und sieht erleichtert aus. „Okay, wir haben bis Freitag Zeit und bleiben danach in Kontakt."

Das reicht nicht.

„Okay?", drängt sie und bittet mich praktisch einzuwilligen. Offensichtlich braucht sie mehr Zeit.

„Okay."

Sie kuschelt sich an mich und seufzt.

Für mich gibt es keinen Zweifel, dass wir eine Zukunft haben. Ich habe das Gefühl, ich habe mein ganzes Leben auf sie gewartet. Sie ist noch nicht bereit, das zu hören. Ich muss auf den richtigen Moment warten.

Sara

Adrian ist zwei Wochen länger geblieben als geplant und ich war einverstanden damit. Mehr als einverstanden. Er hatte recht mit uns. Es fühlt sich einfach an, als hätten wir dort angefangen, wo wir aufgehört haben. Morgen reist er ab und ich werde ihn wirklich vermissen. Ich hoffe, dass er regelmäßig zu Besuch kommen wird. Da er der Boss ist und Zugang zu einem Privatjet hat, ist das eine echte Möglichkeit. Das ist die Art von Bindung, mit der ich umgehen kann. Es gibt natürliche Grenzen, die sie ungezwungen bleiben lassen.

Es ist später Nachmittag am Donnerstag und ich muss mich auf das heutige Pokerspiel vorbereiten. Diesmal findet es in diesem coolen Hotel in einer von Künstlern geprägten Gegend statt. Ich habe eine Suite gebucht und etwas Essen von einem jüdischen Caterer bestellt – Käseplinze und Rugelach – und viel frisches Obst. Es ist wichtig, dass es immer eine Überraschung gibt, wenn die Jungs zum Spiel erscheinen.

Adrian stöbert in meinem Apartment herum. Wir haben die meiste Zeit in seinem Hotel oder in der Stadt verbracht. „Du hast hier zusammen mit Chloe gelebt?"

Ich lache. „Ich weiß, es ist winzig, aber wir hatten ein System. Alles hat gut geklappt, von der gemeinsamen Nutzung des Badezimmers bis zu den Mahlzeiten. Sie hat Frühstück gemacht und ich das Abendessen, oder ich habe es von der Arbeit mit nach Hause gebracht. Wir haben uns den Futon geteilt. Es klappt zu einem französischen Bett aus."

Er starrt auf den Futon, der irgendwie alt aussieht, und schaut mich dann an. „Es muss schwer sein, allein hier zu sein, nachdem du deiner Schwester so nahe warst."

Ich bin überrascht über seine Einsicht. „Ja. Es war schwer. Ich habe nie allein gelebt." Mein Hals schnürt sich zu. „Es ist, als hätte ich den besten Teil von mir verloren."

Er nickt. „Es war ähnlich, als Silvia und ich an verschiedene Universitäten gegangen sind. Zwillinge haben eine besonders enge Bindung. Sie ist hier in den USA nach Yale gegangen und ich nach Cambridge in England. Wir sind noch nie so weit voneinander entfernt gewesen. Natürlich sind wir in Kontakt geblieben und haben uns besucht, aber es war nicht dasselbe. Die Zwillingsbindung ist immer noch da, aber sie hat sich ausgedehnt und andere Menschen zwischen uns gelassen. Sie hat jetzt Cade."

Ich gehe auf ihn zu, angezogen von seiner Offenheit. Die meisten Männer reden nicht so mit mir. „Mir scheinst du so nah wie eh und je zu sein."

Seine haselnussbraunen Augen sehen mich an. „Wir sind uns nah, doch es ist anders. So ähnlich wie bei dir und Chloe. Sie ist auf dem besten Weg, die Frau zu werden, die sie sein will, und hat jetzt das nächste Kapitel ihres Lebens angefangen."

Ich umarme ihn, eine ungewöhnliche Geste für mich. Es ist einfach so gut, dass jemand wirklich versteht, was ich durch die Trennung von Chloe durchmache.

Er küsst meine Haare. „Ich denke, ich weiß, was du durchmachst."

Ich drücke meine Wange an seine Brust und höre dem stetigen Schlag seines Herzens zu. „Ja."

Seine Stimme rumpelt in seiner Brust. „Eine Zwillingsschwester zu haben, hat mir einen einzigartigen Einblick in den weiblichen Verstand gegeben."

Eine Welle der Zuneigung strömt durch mich hindurch und ich küsse ihn und kann nicht aufhören. Das Feuer entzündet sich erneut und wir reißen uns gegenseitig die Kleider vom Leib.

Als nächstes schiebt er mich an die Wand. Ich schlinge meine Beine um ihn und halte mich fest, während er mit seinem Mund an meinem Hals gierig saugt. Mein Kopf sinkt in meinen Nacken, meine Augen schließen sich, verzehrt vom Feuer zwischen uns. Seine Finger gleiten zwischen uns und erhöhen die Intensität. Ich stöhne. Ein Gefühl trübt meinen Verstand und das Vergnügen überwältigt mich. Sein Mund ergreift von meinem Besitz und ich explodiere, eine Supernova der Lust schießt durch meinen ganzen Körper. Er stößt immer wieder und wieder zu und ich will nicht, dass er aufhört. Ich komme gleich nochmal und zittere und diesmal kommt er mit mir, seine Lippen an meinen Hals gepresst.

Wir bleiben für lange Momente so ineinander verschlungen; schwer atmend. Wir sind Tiere – unser Sex animalisch und hemmungslos. Keine unangenehmen Gefühle, die einem wegen ihrer vorübergehenden Natur wehtun. Nur pure Körperlichkeit. Es ist genau das, was ich will.

Er hebt den Kopf und starrt meinen Hals an. „Ich habe dich markiert."

Ich lege erschrocken eine Hand an meinen Hals. „Du hast mir einen Knutschfleck gemacht?"

Er schiebt meine Hand weg und streicht mit seinem Finger über meinen Hals. „Und zwar ordentlich." Er klingt begeistert.

„Adrian! Ich sehe die Jungs heute Abend. Wie schlimm ist es? Kann ich ihn mit Make-up abdecken?"

„Lass es", knurrt er in einem Befehlston, auf den mein Körper sofort reagiert. Das Verlangen sammelt sich zwischen meinen Beinen und tränkt ihn, wo er immer noch tief in mir vergraben ist. Meine Lippen teilen sich. Ich bin in Empfindungen gefangen, die jeden rationalen Gedanken überwältigen.

Seine Lippen verziehen sich zu einem Lächeln, seine Augen wissen, was passiert. „Du bist *perfekt* für mich."

Ich bin sprachlos und schockierend gierig auf mehr.

Er hebt mich von sich, stellt mich auf die Füße und hält

mich an den Armen, um mich zu stützen, als ich schwanke. Meine Beine sind wie Gummi.

Endlich finde ich meine Stimme wieder. „Ist der Knutschfleck so eine Alpha-Sache? Du willst, dass sie wissen, dass ich mit dir zusammen war?"

Er hält meinen Kiefer mit einer Hand, seine Augen auf meine gerichtet. „Ich möchte, dass jeder weiß, dass du mir gehörst. Es ist keine Alpha-Sache. Es ist eine Tatsache. Ich habe meinen Anspruch auf dich geltend gemacht."

Ich werde heißer und feuchter, von der Art, wie er mich hält, seiner Worte, seiner erhitzten Augen. Ich will protestieren, dass ich nicht ihm gehöre, doch ein Teil von mir möchte genau das. „Ja."

Er stöhnt, sein Mund sinkt auf meinen, seine Zunge stößt in mich hinein. Adrian ergreift von mir Besitz, und ich gebe mich der Leidenschaft hin, die ich noch nie vor ihm erlebt habe. Ich kann dieses Wissen genießen, da wir uns einig sind, dass es nur eine vorübergehende, wahnsinnig leidenschaftliche Zeit ist, bevor er nach Hause zurückkehrt.

9
***

Adrian

Sara ist unter der Dusche und macht sich bereit für das Spiel. Ich würde mit ihr duschen, wenn die Duschkabine nicht so klein wäre. Ich glaube nicht einmal, dass ich mich umdrehen könnte, ohne meine Ellbogen gegen die Seiten zu stoßen. Ich sehe mich in ihrer Wohnung um. Es gibt einen winzigen Wandschrank. Darin befindet sich ihr kleiner Koffer mit Rädern, in dem sie die Utensilien für das Spiel aufbewahrt, einschließlich der Kasse für das Geld. Sie braucht entweder einen Bodyguard oder einen besseren, weniger riskanten Job. Zum Beispiel in meinem Casino. Doch zuerst muss ich sie dazu bringen, einem Besuch zuzustimmen.

Ich habe meinen Aufenthalt hier verlängert und wollte so lange wie möglich bei ihr sein, aber ich muss wirklich zurück ins Casino. Emma fragt mich immer wieder, wann ich zurückkomme. Sie ist es leid, mich zu vertreten. Und ich weiß, dass sie nicht mit dem Herzen dabei ist. Ich bin derjenige, der das Casino zum Erfolg führen kann, und ich möchte, dass Sara mir dabei hilft. Sie sagt, dass sie über mein Jobangebot nachdenkt, doch ich kann ihr Zögern spüren. Sie hält mich hin aus Angst, Villroy zu besuchen. Ich bin mir ziemlich sicher, dass das das Problem ist und nicht ich.

Sie taucht kurze Zeit später auf und trägt einen dunkelgrünen ärmellosen Rollkragenpullover und eine schwarze Hose. „Das einzige Kleidungsstück, das ich habe, das besser abdeckt als Make-up." Sie wirft mir einen triumphierenden Blick zu.

Ich gehe zu ihr und falte den Kragen herunter, um meinen Liebesbiss zu bewundern. „Spaßverderber."

Sie schlägt meine Hand weg. „Hör auf, dich wie ein Neandertaler zu benehmen."

„Warum? Es gefällt dir."

Ihre Wangen werden rot. „Im Bett ja, sonst nein."

Ich zeige dorthin, wo wir gerade Sex hatten. „An der Wand auch."

Sie hält einen Finger hoch und sieht mich tadelnd an. Ich nehme ihren Finger und halte ihn fest.

Sie klatscht gegen mich, ihr Mund kollidiert mit meinem, ihre Finger graben sich in meine Haare. *Gott im Himmel.* Ich bin steinhart und schon wieder bereit, sie zu nehmen. Ich habe noch nie eine Frau erlebt, die so auf mich reagiert, wie sie es tut. Sie hebt ihr Bein hoch und versucht, mich zu besteigen. Ich hebe sie hoch und sie schlingt ihre Arme und Beine um mich und stöhnt in meinen Mund. Wir sind von null auf hundert in einem gemeinsamen, sanften Biss.

Ich lasse sie auf den Futon sinken und lasse mich zwischen ihren Beinen nieder. Dann hebe ich meinen Kopf und grinse. Ich kann nicht anders. Sie will mich so sehr, dass sie kaum ihre Klamotten anbehalten kann. „Lass uns dich ausziehen."

Sie schließt die Augen und stöhnt. „Was ist nur los mit mir? Ich muss rüber, um mich einzurichten."

Ich küsse sie. „Du kannst mir nicht widerstehen."

„Ich bin normalerweise nicht so. Wirklich."

„Du hast auf mich gewartet." So fühle ich mich zumindest. Ich hoffe, es geht ihr genauso.

Ihre Augen weiten sich. „Du hast eine ganz schön hohe Meinung von dir."

Ich streiche ihr Haar zurück und streichle ihre Wange, jetzt ernst. „Genau wie ich auf dich gewartet habe. Deshalb haben wir den Pakt geschlossen zu heiraten, wenn wir fünfundzwanzig sind. Deshalb haben wir uns wiedergefunden. Du und ich. Es sollte so sein, nein, musste so sein, wie die letzte Karte, die ausgeteilt wird. Die einzig gute Wette."

Sie versucht, mich von sich zu schieben. „Ich muss gehen."

Ich lasse sie nicht los, denn ich brauche mehr. „Komm morgen mit mir nach Villroy. Ich möchte, dass du das Casino siehst." Ich küsse sie und sehe ihr dann in die Augen, um ihr zu zeigen, wie viel es mir bedeutet. „Ich möchte, dass du darüber nachdenkst, dort zu arbeiten. Ich möchte, dass du *uns* in Erwägung ziehst."

Sie blinzelt schnell, als würde sie versuchen, nicht zu weinen. „Adrian", flüstert sie. „Ich kann nicht."

Sie hat Angst vor Villroy und vielleicht hat sie Angst vor dem, was sie für mich empfindet. Ich weiß, es ist intensiv, aber nichts hat sich jemals besser angefühlt.

Ich streife meine Lippen über ihre. „Nur ein Besuch. Nur um zu sehen, wie es ist."

„Nein."

Ich steige von ihr herunter und ziehe sie hoch, um sie neben mich zu setzen. „Warum nicht?"

„Warum brauche ich einen Grund? Ich will nicht."

Ich atme scharf aus. „Ist es Villroy oder ich?"

Sie verschränkt die Arme vor ihrer Brust und umarmt sich. „Ist das wichtig?"

„Ja. Wenn es Villroy ist, kann ich damit arbeiten. Wenn ich es bin, lasse ich dich in Ruhe."

Sie wendet den Blick zur Seite, einer ihrer Tells. „Du bist es."

Ich bin es nicht. Sie ist genauso von dieser Sache zwischen uns eingenommen wie ich. Das sagt mir mein Bauchgefühl. Sie hat Angst, Villroy zu sehen, genauso wie sie Angst hatte, wieder ins Wasser zu kommen, nachdem sie ihren Fuß im Meer aufgeschnitten hatte. Doch damals bin ich bei ihr geblieben, habe Poker mit ihr gespielt, sie geküsst, bis sie sich genug entspannt hatte, um das Wasser wieder zu genießen. Ich bin damals ihr Held gewesen und ich werde jetzt wieder ihr Held sein.

„Okay", sage ich.

Ihr Kopf wirbelt überrascht zu mir herum. „Okay?"

„Mmm-hmm."

„Du wirst mich nicht an den Haaren dorthin schleifen?"

Ich senke meine Stimme auf das tiefe Knurren, das sie so heiß macht. „Ich glaube, ich würde dich eher fesseln und knebeln, dich über meine Schulter werfen und in meinen Privatjet setzen." Ihre Wangen werden pink, ihre Augen weiten sich. Ich kann sie lesen wie ein Buch und ich liebe, was ich sehe. „Aber nein. Ich respektiere deine Wünsche."

Sie sieht enttäuscht aus. „Oh. Danke."

Sie hört sich auch enttäuscht an. Gut. Ich reise erst morgen ab und ich möchte, dass sie freiwillig mitkommt. Ich muss sie nur dazu bringen, sich so wohl mit mir zu fühlen, dass sie sich der Angst, Villroy wiederzusehen, stellen kann. Wir werden dort neue Erinnerungen schaffen, so lange sie bereit ist, mir etwas zu geben. Ich erwarte nicht die Welt von ihr. Nur einen Besuch. Nur eine Chance.

Ein Risiko einzugehen ist das, was alle guten Spieler tun. Nur das ist die riskanteste Wette, die ich jemals eingegangen bin. Ich setze alles auf uns.

~

Sara

Adrian ist eine echte Versuchung, das ist er wirklich. Und mit dem Jet könnte ich nach Villroy fliegen und pünktlich zu meinem Pokerspiel am Dienstagabend zurück sein. Meine brennende Angst, von der Trauer in ein neues Tief gezogen zu werden, hat mich dazu gebracht, mich mit aller Kraft zu sträuben. Ich meine, wenn ich nur an meine Eltern denke, schmerzt meine Brust. Und oft vergesse ich einfach zu atmen. Ich fürchte, dass es mich zerreißen wird, wenn ich unser Cottage oder den Strand sehe, an dem wir so viele glückliche Tage verbracht haben. Die Panikattacken werden zurückkommen. Es hat so lange gedauert, wieder normal zu funktionieren. Ich habe abgelehnt und bleibe dabei.

Wir sind in der Hotelsuite, die ich für das Spiel gebucht

habe. Ich kann spüren, wie er mich beobachtet, als ich Karten-mischer und Chips auf dem Tisch aufbaue.

„Wann kommt Gustavo?", fragt er beiläufig. Das ist mein Dealer.

Ich schaue zu ihm hinüber. „Warum?"

Er wackelt mit den Brauen.

Ich lache und schüttle den Kopf. „Wir machen das nicht hier kurz vor dem Spiel."

„Die Suite hat ein Schlafzimmer. Warum nicht?"

Ich stemme eine Hand in meine Hüfte. „Ist das deine neue Lieblingsfrage, *warum nicht?*"

„So lebe ich mein Leben. Du willst was ausprobieren? Warum nicht? Tu's einfach." Er deutet auf das Schlafzimmer.

Ich schüttle lächelnd den Kopf. Dann fällt mir auf, dass er furchtlos ist. Er nimmt sich, was er will. „Du hast Glück, dass du diese Einstellung hast. Ich bin sicher, der Jüngste der Familie und ein Prinz zu sein, hat dir viel Selbstvertrauen und Unterstützung gegeben. Ich hatte niemanden außer mir, auf den ich mich stützen konnte."

Er kommt zu mir und zieht mich in seine Arme. „Jetzt hast du mich." Er drückt meinen Kopf an seine Brust. „Genieß es, dich anzulehnen oder auf mich zu stützen."

Ich lache, aber dann lege ich meine Arme um ihn und seufze. Es ist der Himmel, von Adrian gehalten zu werden. Warmer, würziger, sexy Himmel.

„Ist es schlimm, dass ich dich schon wieder will?", fragt er.

Ich lächle ihn an. „Es ist sehr schmeichelhaft. Und es beruht auf Gegenseitigkeit, aber wir können nicht immer nur Sex haben."

„Warum–"

„Nicht", beende ich für ihn. „Siehst du, ich beende schon deine Sätze." Ich ziehe mich zurück. „Weil ich was zu tun habe."

Er zieht an meinen Haaren. „Wie ich."

Ich lache. „Du bist unverbesserlich."

„Danke."

Als die Jungs ankommen, bin ich wirklich gut gelaunt.

Alles sieht gut aus und ich fühle mich innerlich wie äußerlich großartig. Das liegt an Adrian, ich weiß.

Ich kann seine Augen auf mir spüren, als ich meine Spieler begrüße. Ich fange seinen Blick auf und mein Atem stockt bei der schwelenden Hitze darin. Ich werde heiß und verliere meinen roten Faden, als ich das Buy-In-Geld mit einem Lächeln auf meinem Gesicht wegpacke. Wem versuche ich etwas vorzumachen, wenn ich behaupte, das zwischen uns ist locker und unverbindlich? Es ist viel zu intensiv, um es als locker bezeichnen zu können.

Die Jungs nehmen sich Essen und Getränke und nehmen Shotgläser mit Wodka mit an den Tisch, wo Gustavo darauf wartet, die Karten auszuteilen. Adrian nimmt Sergeis Platz am Tisch ein, wie er es bei den letzten Spielen getan hat. Die Jungs mögen ihn. Ich muss meine Warteliste durchgehen und einen anderen Spieler für das Spiel am Dienstag finden, sobald Adrian geht. Bei dem Gedanken dreht sich mir der Magen um. Ich weiß, es wird schwer sein, sich zu verabschieden, aber ich habe beschlossen, ihn für ein paar Wochen näherkommen zu lassen, also muss ich mich jetzt mit den Konsequenzen auseinandersetzen. Es ist kein Goodbye für immer, rede ich mir ein. Wir bleiben in Kontakt.

Die Jungs fangen mit ihrem üblichen Geplänkel an und ich lächle vor mich hin, stecke die Geldkassette weg, setze mich auf einen Sessel nicht weit vom Tisch und tue so, als wäre ich mit meinem Handy beschäftigt, während meine Ohren am Tisch bleiben. Immer, wenn sie mich ansprechen, habe ich eine fröhliche Antwort parat. Dieses Spiel muss einfach weiter gut laufen. Sergeis Ausfall abzudecken, hat mich fast meinen ganzen Profit gekostet. Jetzt habe ich nicht einmal genug Geld für Chloes Januar-Studiengebühr. Hoffentlich kommt heute Abend jemand so richtig in Fahrt und treibt den Topf in die Höhe. In letzter Zeit haben die Jungs nicht hoch gespielt. Ich bin mir nicht sicher, was los ist. Liegt es daran, dass Sergei nicht mehr da ist? Sind sie böse auf mich, weil ich ihren Freund aus dem Spiel geworfen habe? Vielleicht behauptet er, er habe seine Schulden bezahlt und ich sei nachtragend. Doch ich will es nicht ansprechen. Ich bin

Sara, ihr Sonnenschein, die Quelle ihres Vergnügens, nicht der Missstimmung.

Ein paar Minuten später fragt Ivan Yuri nach dem Queens-Projekt und das Spiel gerät ins Stocken, als die Männer eine Frage nach der anderen stellen. Scheiße. Ich denke, sie haben sich alle darauf eingelassen. Ich kann nur hoffen, dass sie nicht alle wie Sergei ihre Reserven benutzt haben, um zu investieren.

Es ist erst Mitternacht, als Ivan das Spiel beendet. „Schluss für mich für heute Abend."

Neiiin! Das Spiel dauert normalerweise viel länger, und das Geld sitzt viel lockerer, je länger es geht.

„Es ist noch früh", sage ich. „Wie wäre es, wenn wir den Wodka mit ein bisschen Red Bull aufgießen?" Energy Drink und Wodka, ein Mix, der einen hellwach und betrunken hält. Nur dass diese Jungs den Wodka quasi mit der Muttermilch getrunken haben, darum sind sie nicht betrunken, sondern eher entspannt. Ehrlich, was sie vertragen, ist verrückt.

„Ein andermal", sagt Ivan und steht auf.

Die anderen murmeln zustimmend und verabschieden sich nacheinander. Ich gerate in Panik und überlege gerade, ob ich das verrückte Angebot machen soll, höhere Einsätze abzudecken, als Adrian sich zu Wort meldet.

„Hey, ihr solltet alle in mein Casino auf Villroy Island kommen. Ich fliege morgen mit meinem Privatjet rüber. Kommt mit. Ihr fliegt und seid versorgt — kostenlose Getränke, Essen und ihr könnt im Palast übernachten. Und ihr könnt ins nahegelegene Monte Carlo jetten, um das Casino da zu besuchen. Sowohl auf Villroy als auch in Monte Carlo hängen jede Menge Promis rum. Schon mal was von Jackson Walker gehört? Er tritt in meinem Casino auf."

Die Jungs sind begeistert und reden vor Aufregung durcheinander.

„Jackson Walker!"

„Er ist ein Rockgott."

„Eine Legende."

Yuri spielt sogar Luftgitarre und rockt.

Adrian sieht zu mir herüber. „Sara, du solltest auch

mitkommen und alles für ein cooles Pokerspiel in einem unserer privaten Räume einrichten."

Ich nicke knapp, meine Lippen zu einer dünnen Linie zusammengepresst. Er zwingt mich. Ich muss gehen. Die Jungs werden erwarten, mich dort zu sehen, und sie müssen denken, ich sei der Schlüssel zu ihrem Spaß, nicht irgendeine dahergelaufene Casino-Angestellte. Ich kann dieses Spiel nicht verlieren. Verdammt. Ich auf Villroy, dem einzigen Ort, von dem ich gehofft hatte, ich nie wiederzusehen.

Adrian wendet sich wieder der Gruppe zu. „Und Sonntagabend seid ihr alle wieder zu Hause."

„Verdammt ja!", ruft Ivan begeistert. „Ich wollte mich schon immer in Monte Carlo versuchen und ich würde auch gerne dein Casino sehen."

„Großartig", sagt Adrian. „Ihr werdet es lieben. Und nebenan gibt es ein Spa für die entspannende Massage zwischendurch. Das geht auch auf mich." Er gibt ihnen seine Handynummer und die Adresse des privaten Flughafens in New Jersey und sagt ihnen, dass wir alle morgen früh um zehn Uhr abfliegen. „Wir können Freitagabend in Villroy ein paar Stunden spielen, dann könnt ihr in den Gästezimmern des Palastes übernachten, den Samstag auf Villroy verbringen und dann nach Monte Carlo fliegen, um am Samstagabend dort zu spielen."

Die Jungs sind begeistert und ich zwinge mich, mich ihrer Begeisterung anzuschließen. Sie verabschieden sich in bester Stimmung, klopfen Adrian auf die Schulter und danken ihm. Und mein Trinkgeld ist besser als beim letzten Spiel.

Sobald alle weg sind, setze ich mich auf das Sofa, beuge mich vor und lasse meinen Kopf in meine Hände sinken. Ein Teil von mir ist dankbar, dass Adrian die Nacht gerettet hat, die nach einer Reihe wenig erfolgreicher Spiele schnell bergab gegangen ist. Der andere Teil von mir ist wütend und hat Angst. Aber ich muss mit. Ich muss mich der Vergangenheit stellen, die ich bisher so erfolgreich gemieden habe.

Aber was ist, wenn die Jungs nicht zu meinem Spiel hier zurückwollen, sobald sie erst einmal erstklassige europäische Casinoluft geschnuppert haben?

Adrian setzt sich neben mich und reibt meinen Rücken. „Bist du mir böse, weil ich sie eingeladen habe?"

Ich hebe meinen Kopf. „Ich bin mir nicht sicher."

„Dann bist du nicht böse."

Ich richte mich auf. „Du nötigst mich mitzukommen. Und du willst sie wirklich im Palast übernachten lassen? Ich dachte, der wäre nur für die königliche Familie."

„Wir haben Gästezimmer aus der Zeit, als wir Flitterwochengäste und Mädelswochenenden vor Eröffnung des Spas beherbergt haben. Wir lassen nur Leute übernachten, mit denen wir befreundet sind. Es ist kein Problem. Du wohnst bei mir in meiner Suite im Westflügel. Die Jungs werden im Ostflügel übernachten."

Ich balle meine Hände zu Fäusten. „Ich habe das Gefühl, dass ich gehen muss. Ich mag es nicht, mich dazu gezwungen zu fühlen."

„Du musst nicht."

„Doch, ich muss! Wenn ich meine Spieler behalten will, muss ich gehen. Sie müssen mich als Schlüssel zum Spaß betrachten."

Seine haselnussbraunen Augen ruhen ruhig auf meinen. „Und was ist mit mir? Willst du mich auch behalten?"

Ich wende den Blick ab. „Ich habe dir gesagt, dass ich keine Beziehung will."

„Das liegt daran, dass du auf mich gewartet hast."

Ich stöhne. „Warum sparst du uns nicht einfach ein bisschen Zeit und übernimmst beide Teile dieser Konversation? Sag mir, wie ich mich fühle, weil du es so viel besser zu wissen scheinst."

„Okay. Du hast Angst vor Villroy und Erinnerungen an deine Familie, die dort in dir hervorgerufen werden könnten."

Ich starre ihn an, überrascht, dass er den Nagel auf den Kopf getroffen hat.

„Du willst, dass ich dein Held bin, und das will ich auch. Du hast genauso Gefühle für mich wie ich für dich und du hast Angst, dein Herz zu riskieren. Du bist dir nicht sicher, ob wir eine gute Wette sind. Und ich werde dir die Zeit sparen, das herauszufinden, denn die Antwort lautet ja. Wir sind eine gute Wette."

Ich bin sprachlos und kann ihn nicht ansehen. Zwischen uns ist alles so gut, aber es gibt immer noch ein ganzes Meer, das uns trennt. Ich weiß, dass er sein Casino niemals verlassen würde, und ich kann meine Schwester und mein Leben hier nicht aufgeben. Chloe glaubt nicht, dass sie mich jetzt braucht, aber das könnte sich jeden Moment ändern. Ich möchte nah genug sein, um zu ihr gehen zu können, wenn sie anruft. Das sage ich allerdings nicht. Ich kann mich immer nur mit einem emotionalen Problem befassen, und das Wichtigste für mich im Moment ist, was Villroy für mich repräsentiert – die glücklichsten Zeiten, die meine Familie hatte, oder besser, den Verlust davon. Meine Eltern – ich bekomme keine Luft. Mein Herz rast. Panikattacke. Die Letzte ist Jahre her. *Nein*, ich werde *nicht* zusammenbrechen. *Einatmen. Ausatmen.*

Er streicht meine Haare zurück und hält dann mein Kinn, wobei er mein Gesicht leicht anhebt, sodass ich ihn ansehen muss.

Ich begegne seinem Blick und beruhige mich ein wenig. „Adrian, wenn ich gehe, muss es anders sein. Ich möchte das Cottage, das wir immer für den Sommer gemietet haben, nicht sehen. Ich möchte den Nordstrand nicht sehen und nichts, was wir früher gemacht haben."

„Das kann ich dir nicht versprechen. Es ist eine Insel. Du wirst sicher irgendwann irgendetwas sehen, das dich an sie erinnert. Aber ich *kann* dir versprechen, dass du eine so schöne Zeit haben wirst – mit Insider-Tour durch das Casino, ein Spiel an einem unserer High Stakes-Tische und mit mir –, dass du Villroy mit ganz neuen Erinnerungen assoziieren wirst. Erwachsenen Erinnerungen, die dich glücklich machen werden." Er schmunzelt verschmitzt. „Ich schwöre, du wirst es lieben, oder du bekommst dein Geld zurück."

Ich lächle ihn wässrig an. „Du hast mich eingeladen, du Knalltüte."

Er küsst mich, kaum mehr als die Andeutung eines Kusses auf meinen Lippen, die mich nach mehr lechzen lässt. „Ich hätte da eine Idee, wie du mich bezahlen kannst."

Ich habe immer noch Angst vor dem, was vor mir liegt, aber er lenkt mich mit seinen Küssen ab, zieht mich auf seinen Schoß und hält mich fest. Ich sage mir, solange ich mich auf Adrian konzentriere, wird alles gut werden.

Er steht mit mir in seinen Armen auf und trägt mich ins Schlafzimmer.

Ich schmiege mich an seine warme Brust. „Wenn ich einen Nervenzusammenbruch bekomme, bist du schuld." Ich sage es, als würde ich scherzen, doch ich habe Angst, dass genau das passieren wird.

„Das wirst du nicht."

„Das kannst du nicht wissen."

„Du bist stark, Sara. Du schaffst das."

Er legt mich sanft auf das Bett und lässt sich zwischen meinen Beinen nieder. Ich halte mich an ihm fest.

Er küsst mich, wiegt mein Gesicht in seiner Hand und sieht mir in die Augen. „Danke, dass du bereit bist, ein Risiko für mich einzugehen."

Meine Stimme ist zittrig. „Du bist eine gute Wette." Ich möchte, dass es wahr ist.

Er lächelt und seine Augen leuchten. „Jetzt hast du's begriffen."

Er küsst mich wieder und ich lasse mich gehen, verliere mich in den Gefühlen und lasse meine dunklen Gedanken verblassen. Sie werden früh genug zurück sein.

10

___

Sara

Adrian und ich verbringen die Nacht in der Hotelsuite, denn sie ist bereits bezahlt. Er schläft. Es ist 1 Uhr und ich schlüpfe aus dem Bett, um das Spiel im Wohnzimmer aufzuräumen. Ich schicke Chloe eine kurze Nachricht, um sie wissen zu lassen, dass ich mit Adrian und den Jungs für ein paar Tage nach Villroy fliegen werde. Ich erwarte nicht, dass sie wach ist, doch sie antwortet sofort.

Chloe: *Wann fliegt ihr?*

Ich: *Warum bist du so spät noch auf?*

Chloe: *Lesen.*

Ich: *Wenn du mich brauchst, kann ich absagen.*

Chloe: *Ich würde gerne mitkommen. Es wäre schön, wenn Villroy meine Erinnerungen an Mom und Dad zurückbringen könnte. Ich habe nur undeutliche Erinnerungen – Dad, der mit seiner Laptoptasche zur Arbeit geht, und Mama schreit mich an, ich solle aufhören, auf dem Sofa zu hüpfen. Ich erinnere mich nur daran, weil ich meinen Kopf am Kaffeetisch aufgeschlagen habe und wir in die Notaufnahme gefahren sind. Danach hat sie mir ein Eis gekauft.*

Ironischerweise habe ich Angst, Erinnerungen an unsere Eltern auszulösen, und sie sehnt sich nach ihnen. Das ist mir nicht bewusst gewesen.

Chloe: *Außerdem könnte es schwierig für dich sein, dort zu sein. Ich möchte, dass wir das gemeinsam tun.*

Ich kann nicht leugnen, dass es leichter wäre, sie bei mir zu haben, und ich habe es so vermisst, Zeit mit ihr zu verbringen. Sie hat einen Reisepass, seit sie im vergangenen Sommer für ein Freiwilligenprojekt nach Nicaragua gereist ist. Damals habe ich mir auch einen machen lassen, damit ich sofort hätte hinterherfliegen können, wenn sie mich gebraucht hätte.

Ich: *Was ist mit deinen Vorlesungen?*

Chloe: *Ich kann mir die Aufzeichnungen zu den Vorlesungen am Freitag geben lassen. Ich bin am Ball, was das Lernen angeht. Mach dir keine Sorgen.*

Ich lächle vor mich hin. Darüber mache ich mir nie Sorgen.

Ich: *Wir fliegen um zehn Uhr. Ich werde ein Auto bestellen, das dich zum Flughafen bringt.*

Chloe: *Ich freu mich drauf.*

Ich wünschte, mir ginge es auch so. Doch ich fürchte es mehr als alles andere. Ich schreibe schnell. *Gut. Freue mich, dass du mitkommst. Das wird unser Miniurlaub.*

Dann pack ich mal. Gute Nacht.

Gute Nacht. Hab dich lieb.

Ich dich auch.

Ich atme tief durch. Ich schaffe das. Ich werde Chloe an meiner Seite haben. Adrian auch, obwohl ich weiß, dass er mit Arbeiten beschäftigt sein wird. Außerdem werde ich selbst wahrscheinlich so beschäftigt mit den Jungs sein, dass ich keine Zeit habe, mich auf etwas anderes zu konzentrieren. Ich muss das Cottage mit den zwei Schlafzimmern nicht sehen, in dem meine Familie jeden schönen, glücklichen Sommer gewohnt hat. Da wohnen wahrscheinlich sowieso neue Sommermieter. Es hat immer nur wenige Ferienhäuser auf der Insel gegeben und der einzige Grund, warum wir unseres immer bekommen haben, war, dass das ältere Ehepaar, dem es gehört hat, die Familie meines Vaters in Frankreich kannte. Die Eigentümer sind jeden Sommer nach England gereist, um ihre Tochter und deren Familie zu besuchen. Ich werde Chloe von dem Cottage erzählen, falls sie ihrem Gedächtnis auf die Sprünge helfen will, doch ich werde nicht dorthin gehen.

Während ich aufräume, fluten Erinnerungen meinen Verstand –

Der Duft von Schokoladenkeksen, frisch aus dem Ofen. Mom hat in der Hütte immer Kekse gebacken. Das hat sie immer nur in den Sommerferien gemacht. Während des Schuljahres war sie nach der Arbeit immer zu müde dafür.

Mein Vater saß mit seinem Kaffee auf der kleinen Terrasse hinter dem Haus und bewunderte die Aussicht auf die Insel und das Meer. Das Haus war am Hang unterhalb des Palasts und wir hatten eine spektakuläre Aussicht.

Mein Vater hat immer mit den Einheimischen Französisch gesprochen. Er stammte ursprünglich aus Frankreich und hatte Villroy als Junge jeden Sommer besucht. Zu Hause hat er nie Französisch gesprochen. Villroy brachte diese Seite in ihm hervor.

Lange Tage mit Sonne, Sand und Salzwasser. Meine Eltern, die sich an den Händen hielten und überall hin zu Fuß gingen. Und dann jener Sommer, als sie aufhörten, sich an den Händen zu halten, und ich befürchtete, sie würden sich scheiden lassen.

Ich hätte nie gedacht, dass sie sterben würden. Das wäre mir nie in den Sinn gekommen. Sie würden für immer leben.

Plötzlich schluchze ich und presse meine Hand auf meinen Mund. Ich will nicht, dass Adrian es hört, darum gehe ich ins Bad, schließe die Tür ab, stelle die Dusche an und lasse begleitet vom Rauschen des Wassers und des Abluftventilators alles raus. Es ist so lange her, dass ich sie beweint habe. Ich wusste, dass die Erinnerungen Folter sein würden. Besser als eine Panikattacke, doch es tut trotzdem weh.

Ich trockne mich erschöpft ab, wickle mich in einen flauschigen Bademantel, öffne die Badezimmertür und stoße einen Schrei aus.

Adrian steht da, sein Blick ist mitfühlend.

Er zieht mich wortlos in seine Arme und umarmte mich. Dann führt er mich ins Bett und zieht mich an sich. Ich gewöhne mich zu sehr daran, von ihm festgehalten zu werden, doch ich habe nicht die Kraft, die Krallen auszufahren und Abstand zu halten. Stattdessen schließe ich meine Augen und schlafe ein.

Die Jungs sind am nächsten Morgen begeistert. Sie lieben den Privatjet und sobald wir an Bord sind und auf den Runway rollen, wetten sie auf fast alles – wann wir ankommen werden, wie viele Pokertische es im Casino geben wird und wer bis zum Ende des Wochenendes den besten Vollbart haben wird. Ich habe die Besatzung Vorkehrungen für das Essen treffen lassen, sodass wir neben Champagner, Wodka und frischem Obst auch reichlich Kaviar an Bord haben – zu dem, was es üblicherweise an Bord gibt. Ich hatte vor, Sonderwünsche auf meine Kreditkarte belasten zu lassen, doch Adrian bestand darauf, dass er sich um alles kümmern würde.

Vorne sind vier Sitzreihen und hinten ein paar Sitzbereiche mit jeweils vier Sesseln. Ich bleibe im Gang stehen und warte darauf, dass Chloe an Bord kommt. Der Jet wartet immer noch auf dem Runway.

Als Sergei auftaucht, bin ich überrascht. Einer der Jungs muss ihn eingeladen haben. „Ich hoffe, es macht dir nichts aus, Sara, meine Sonne. Ich konnte diesem Trip nicht widerstehen." Er greift nach meiner Hand und gibt mir einen gefalteten Scheck.

Ich wehre mich gegen den Drang, ihn mir anzusehen. „Natürlich bist du immer willkommen. Ich freue mich, dich zu sehen."

In dem Moment, als er seinen Platz einnimmt, werfe ich einen Blick auf den Scheck. Es ist die Hälfte dessen, was er mir schuldet. Ich wusste, dass er das Geld hatte! Er war nur angepisst gewesen, dass so viele Leute seine Schmach miterlebt hatten. Ganz zu schweigen von der Tatsache, dass ich ihm einen Korb gegeben habe. Die Hälfte ist ein guter Anfang. Jetzt habe ich die Januar-Studiengebühren für Chloe *und* auch die für den nächsten Sommer. Ich werde seine

Einsätze jedoch erst wieder abdecken, wenn er vollständig bezahlt hat.

Chloe ist die letzte, die an Bord kommt, und die Männer verstummen. Sie trägt ihre übliche weiße Strickjacke, weißes Tanktop und Jeans. Sie sieht süß aus. Wenn sie lächelt, leuchtet sie und ist wirklich hübsch, doch sie lächelt selten, nur wenn sie über etwas begeistert ist, das sie lernt, oder aus Höflichkeit, doch das ist dann aufgesetzt.

Ich eile zum Eingang und umarme sie, dann wende ich mich den Jungs zu. „Das ist meine kleine Schwester, Chloe."

Chloe hebt eine Hand. „Hi!"

Ich stelle sie ihnen allen persönlich vor, als wir an ihnen vorbeikommen.

„Gar nicht so klein, kleine Schwester Chloe", sagt Ivan. „Ganz Frau."

Ich versteife mich. Sie sollten besser nicht einmal daran denken, sie anzubaggern. Aber bevor ich etwas sagen kann, geht Adrian zu ihr, begrüßt sie herzlich und bietet ihr an, ihren Rucksack für sie zu verstauen. Sie lehnt ab, denn sie möchte während des Fluges lernen.

Ich wende mich Ivan zu. „Sie ist erst achtzehn. Denk nicht einmal daran."

„Das ist alt genug, um zu heiraten."

„Ich ...", beginnt Chloe.

Ich beende den Satz für sie. „Chloe ist meinetwegen hier", sage ich in fröhlichem Ton. „Und du bist sowieso zu alt für sie."

„Komm, setz dich zu mir, kleine Chloe", schnurrt Sergei von einem der Sessel weiter hinten.

„Nein, danke", sagt sie. „Ich sitze bei Sara."

Sergei deutet auf mich. „Sara, komm setz dich zu uns. Damit wir uns alle besser kennenlernen."

Adrian dreht sich zu Sergei um. „Lass sie in Ruhe."

„Du kannst nicht beide haben", sagt Sergei. „Sei nicht so habgierig."

Adrians Stimme ist ein Beinahe-Knurren. „Im Casino auf Villroy oder in Monte Carlo herrscht kein Frauenmangel. Das alles wird viel angenehmer werden, wenn du Saras Wünsche respektierst. Ich möchte niemanden vor dem Start rauswerfen müssen."

Alle schweigen.

Ich setze mich in die erste Reihe neben Chloe. Sie schnallt sich an, öffnet ihren Rucksack und holt ein Statistiklehrbuch heraus.

Ich schnalle mich auch an. „Ich bin mir nicht sicher, wie viel du lernen kannst, so, wie ich die Jungs kenne."

„Sara", zischt sie. „Du hast mich in Verlegenheit gebracht. Du behandelst mich wie ein Kind."

Ich bin überrascht. Ich? Ich bin total gechillt. „Diese Männer sind zu alt für dich."

„Sie sehen aus wie Mitte zwanzig, höchstens dreißig."

„Und du bist erst achtzehn."

Sie kneift ihre Augen zusammen. „Du weißt schon, dass ich erwachsen bin, oder? Ich habe lange auf mich selbst aufgepasst."

„Ich habe auf dich aufgepasst."

„Wenn du nicht arbeiten warst."

Ich hole scharf Luft. „Ich musste arbeiten. Jemand musste Geld verdienen."

Die Stewardess fängt mit dem Sicherheitsbriefing an.

„Ich weiß das", sagt sie sanft, sobald das Briefing endet. „Ich sage nur, dass ich allein war, wenn du arbeiten warst, und dass ich zurechtgekommen bin."

„Du brauchst jemanden, der dir ähnlicher ist. Einen Akademiker. Süß und sanft."

Sie verdreht die Augen.

„Was soll das denn? Seit wann verdrehst du deine Augen, wenn ich was sage?"

Sie senkt ihre Stimme. „Weil du mich wie eine Jungfrau behandelst, die keine Ahnung hat. Ich kann gut mit Männern umgehen."

Mir bleibt der Mund offenstehen. Sie ist keine Jungfrau mehr? Wann ist das denn passiert? Warum hat sie es mir nicht gesagt? Sie erzählt mir alles. Naja, zumindest dachte ich das. Dann konzentriere ich mich auf das Wichtigste. „Bist du okay?"

„Ja, ja. Das war vor zwei Sommern."

„Vor zwei Sommern!"

Sie gestikuliert beschwichtigend.

Ich senke meine Stimme. „Warum erfahre ich erst jetzt davon?"

Sie spricht durch die Zähne. „Weil ich ein Privatleben führen darf."

Ich lehne mich in meinem Sitz zurück. Ich kann es nicht fassen. Ich bin diejenige, die ihr den Vortrag über Sex gehalten hat, und ich war gründlich – wie man sich schützt, wie wichtig es ist, auf den Richtigen zu warten, was man tun muss, um nicht schwanger zu werden. Ich habe ihr sogar Kondome besorgt. Ich habe ihr gesagt, dass sie jederzeit mit Fragen oder Bedenken zu mir kommen kann. Sie hat es nie getan. Tatsächlich schien sie reichlich desinteressiert zu sein und war so in ihre Schule vertieft, dass ich nie gedacht hätte, dass sie einen Freund hatte.

„Wer war es?", frage ich. „Jemand aus der Nachbarschaft? Von der Schule?" O Gott. Was, wenn es jemand Unangemessenes wie ein Lehrer war?

„Erinnerst du dich, als ich zu diesem dreiwöchigen Biomed-Sommercamp an der Penn war?"

Sie hatte ein Stipendium gewonnen, um im Sommer an der University of Pennsylvania mit anderen begabten Schülern zu forschen.

„Da gab es Aufsichtspersonen", sage ich zwischen zusammengebissenen Zähnen. Was für ein Camp haben die da veranstaltet, dass sie Jungfrauen im Teenageralter Amok laufen lassen?

Sie winkt ab. „Es gibt immer einen Weg, die zu umgehen."

Ich erschaudere. „Bitte sag mir, dass es keiner der Professoren war."

„Es war Michael, ein Student da."

Adrian nimmt auf meiner anderen Seite Platz und erschrickt mich. „Nervös beim Fliegen?"

„Nein, ich bin nur ... alles okay."

Der Jet schießt den Runway hinunter und mein Inneres holpert mit. Ich kann nicht fassen, dass ich dieses Gespräch mit Chloe zwei Jahre nach dem *Ereignis* führe. Ich dachte, wir wären uns so nah. Ich habe mich so sehr bemüht, die Kommunikationswege offen zu halten. Was hat sie mir sonst nicht gesagt? Ich will sie verhören, kann es aber nicht, weil Adrian neben mir sitzt. Wie auch immer, ich bin mir nicht sicher, ob sie noch etwas zugeben würde. Anscheinend bin ich nicht länger ihre Vertraute. Ich sehe sie an, sobald wir Reiseflughöhe erreicht haben, doch sie hat sich wieder dem Lesen zugewandt.

„War er nett?", flüstere ich.

Sie lächelt. „Er war der heißeste Typ da."

Mir bleibt der Mund offenstehen. Schon wieder.

„Und brillant."

„Also war er dein erster Freund?"

„Nicht ganz. Eher ein Kollege, und wie hat er es genannt? Fuckbuddy."

Adrian drückt meine Hand und flüstert mir ins Ohr: „Du bist viel mehr als ein Fuckbuddy für mich."

Ich erstarre. Er hat mitgehört. Ich schäme mich für Chloe. Sie hat Fickfreunde. Ich meine, ich auch, aber ich bin die Erwachsene hier. Vor zwei Jahren ist sie erst sechzehn gewesen! Das ist viel zu jung. Ich habe gewartet, bis ich achtzehn war. Zugegeben, das lag hauptsächlich daran, dass ich bis dahin keinem Mann genug vertraut habe, um es überhaupt zu versuchen, aber trotzdem. Sechzehn? Gott im Himmel! Warum wusste ich das nicht? Ich hätte bemerken sollen, dass sie verändert war, als sie aus dem Camp zurückgekommen ist.

Adrian küsst mich auf die Wange und stoppt vorübergehend meine dunklen Gedanken. „Ihr geht's gut", flüstert er. „Du hast deinen Job gut gemacht."

Ich lasse meine Schultern hängen. Ich habe mich so sehr bemüht und trotzdem hat sie nicht das Gefühl, mit wichtigen Dingen in ihrem Leben zu mir kommen zu können. Doch ich kann gerade nicht mit ihm darüber reden. Chloe ist hier und es ist sowieso nicht der richtige Zeitpunkt.

Ich nicke knapp.

Der Pilot gibt die voraussichtliche Ankunftszeit bekannt,

und mein Magen sackt in meine Kniekehlen. Ich denke daran
zurück, wo alles begann. Mein glücklicher Ort, an dem die
Sonne immer scheint, meine Eltern lächeln und halten Händchen, meine Schwester ist ein kleiner Teufelsbraten und ich
habe eine beste Freundin, die zufällig eine Prinzessin ist, und
einen süßen Freund, der mein Held ist.

Ich bereite mich auf den Schmerz einer Realität vor, die
niemals mit den Erinnerungen mithalten kann.

~

Adrian

Sobald wir gelandet sind, bringe ich alle direkt ins Casino.
Es ist kurz nach 22 Uhr Ortszeit, aber wir sind auf New
Yorker Zeit, und für uns fühlt es sich eher wie Spätnachmittag
an. Ich bin gespannt darauf, was ich bei der Arbeit verpasst
habe, und die Jungs wollen unbedingt spielen. Sie sind alle
schon gut angetrunken. Auf dem Weg hierher haben sie russische Volkslieder gesungen. Ich habe ihr Gepäck schon in den
Palast schicken und ihre Zimmer vorbereiten lassen. Das habe
ich vorab mit Gabriel und Anna geklärt und unsere Sicherheitsleute haben wie üblich einen Backgroundcheck für uns
unbekannte Gäste durchgeführt. Keine Vorstrafen. Saras
Instinkt war gut und ihr informelles Informationsnetzwerk
korrekt. Ich habe ihr versprochen, ein ruhiges Zimmer für
Chloe zu finden, weit weg von den Männern. Ich möchte
nicht, dass sie sich durch ihr Flirten belästigt fühlt. Sie will
lernen, wenn sie nicht gerade Villroy erkundet. Sie hat kein
Interesse am Casino oder am Spa. Sara wird bei mir bleiben.
Ich muss ihr zeigen, wie sie sowohl ins Casino als auch in
mein Leben passen kann.

Ich habe für die Jungs einen Pokertisch ohne Buy-In mit
unbegrenzten, kostenlosen Getränken in einem privaten
Spielbereich im zweiten Stock vorbereitet. Sara bleibt bei
ihnen, entschlossen, dafür zu sorgen, dass sie Teil des
Spaßes ist. Ich verstehe es. Sie tut ihr Bestes, um ihre
Bedürfnisse im Voraus zu kennen und das Erlebnis zu
managen und das Spiel am Laufen zu halten. Wenn sie hier

als meine Personalleiterin anfangen würde, würde sie dasselbe in größerem Maßstab tun und Gäste und Angestellte beaufsichtigen. Ich werde abwarten, bevor ich das Thema anspreche. Schritt eins hat sie hierher gebracht. Meine Einladung der Jungs war eine spontane Idee, die mir gekommen ist, als ich bemerkt habe, dass sie nicht den üblichen Spaß an ihrem Spiel hatten. Ich bin meinem Bauchgefühl gefolgt und wusste, dass es Sara einen Grund geben würde, sich ihrer Angst vor Villroy zu stellen. Ich habe es für uns getan. Sie hätte immer noch nein sagen können und dann hätte ich gewusst, dass das das Ende der Sache zwischen uns war. Ich kann mein Casino nicht verlassen, und wenn sie nicht einmal gewillt gewesen wäre, das Risiko einzugehen, Villroy und mein Casino zu besuchen, wäre alles klar gewesen.

Doch sie ist hier und ich bin mit einem langfristigen Plan einverstanden, der viel weiter geht. Wenn er fehlschlägt und sie nach Brooklyn und zu ihrem Spiel zurückkehrt, ist meine einzige Sorge, dass sie sicher ist, wenn sie so viel Geld mit sich herumschleppt. Wenn es sein muss, werde ich ihr einen Bodyguard besorgen, aber ich möchte nicht, dass es dazu kommt. Ich will sie für immer hier bei mir haben.

Ich gehe in mein Büro und finde es verschlossen vor. Seltsam. Ich klopfe an. „Hallo? Ist jemand drin? Ich bin's, Adrian."

Die Tür schwingt auf und meine Schwester Emma steht vor mir. Ihr langes dunkelbraunes Haar ist zerzaust, als hätte sie es sich gerauft. Ihre haselnussbraunen Augen sind weit aufgerissen. „Gott sei Dank! Du bist wieder da. Ich konnte es einfach nicht mehr ertragen! Ich musste die Tür abschließen, weil ich einfach nicht mehr konnte. All die Angestellten, Telefonanrufe, E-Mails und SMS – da hätte ich fast mein Handy aus dem Fenster geworfen! Den Computer auch!"

Ich unterdrücke ein Schmunzeln und freue mich insgeheim, dass sie den Job für anstrengend hält. Ich hatte schon fast geglaubt, dass ich das Problem war. „Wo ist Jackson?"

„Er ist im Restaurant und kümmert sich um einen Gast, der darauf bestanden hat, wegen eines angeblich verkochten

Fischs mit dem Manager zu reden. Ich hoffe, der Schock, Jackson zu treffen, stellt ihn ruhig."

„Danke, dass du mich vertreten hast." Sie hat Kontakt mit mir gehalten und E-Mails und SMS zu verschiedenen Themen geschickt. Irgendwas war immer, doch ich hatte keine Ahnung, dass sie *so* gestresst war.

Sie geht zum Schreibtisch und holt ihre Handtasche aus einer Schublade. „Ich bin so froh, dass ich nur ein stiller Investor bin. Das war definitiv die richtige Entscheidung. All diese Leute zu managen, ist ein Alptraum!"

„Haben sie dich seltsam behandelt, weil du eine Prinzessin bist?"

„Sie haben Jackson mit Glacéhandschuhen angefasst, weil er ein Rockstar ist. Ihre Probleme haben sie alle bei mir abgeladen. Und nicht nur Arbeitsprobleme. Ich habe mir regelmäßig Geschichten von undichten Dächern und bösen Schwiegermüttern anhören dürfen." Sie wirft eine Hand in die Luft. „Viel zu viele Leute für mich. Ich kehre zurück in mein nettes kleines Musikstudio und mein Musikerleben."

„Hm. Ich frage mich, warum sie ihren Ballast bei dir abladen. Bei mir macht das niemand."

„Keine Ahnung. Vielleicht liegt es daran, dass du so reserviert bist."

„Du bist auch reserviert." In dieser Hinsicht kommen wir nach unserer Mutter.

Sie lächelt. „Nicht mehr so wie früher. Die Musik hat mich befreit. Es muss an dir liegen. Irgendwas an deinem Verhalten scheint sie nicht dazu zu animieren, Privates preiszugeben." Sie drückt meinen Arm. „Sei froh."

„Irgendwie beleidigt mich das. Warst du besonders süß zu ihnen?"

„Ich weiß nicht. Ich war ich selbst und jetzt bin ich fertig. Du musst jemanden für das Management einstellen, vielleicht sogar zwei Leute. Dieser Job ist viel zu viel für einen. Ich weiß nicht, wie du es so lange alleine geschafft hast."

„Ich habe jemanden im Sinn. Ich habe Sara Travers mitgebracht."

„Sara ist hier? Oh wow. Das ist großartig! Ich habe sie so

lange nicht gesehen. Ich glaube, das letzte Mal war sie zehn Jahre alt. Danach war ich ein paar Sommer mit Mutter in Italien, um Italienisch zu lernen. Ich hole jetzt Jackson und dann verschwinde ich hier. Aber vorher bringst du mich zu Sara."

Wir gehen nach oben in den Spielraum gegenüber des Restaurants. Ich winke Sara vom Tisch weg. Sie spielt nicht, sie ist im Hintergrund der Party.

„Emma wollte dich wiedersehen", sage ich, als sie zu uns kommt. „Erinnerst du dich an meine ältere Schwester?"

Sara lächelt. „Natürlich erinnere ich mich. Ich habe Fotos von all deinen vielen Wohltätigkeitsveranstaltungen gesehen und gehört, dass du Jackson Walker geheiratet hast. Herzlichen Glückwunsch!"

Ich starre sie an. Sie hat sich über Emma auf dem Laufenden gehalten? Sie haben nicht einmal viel Zeit miteinander verbracht. Emma ist zwei Jahre älter als wir, was damals viel war. Hat sie sich auch über mich informiert? Sie wusste, dass ich Cambridge mit Auszeichnung abgeschlossen habe, doch sie hat behauptet, dass Silvia das erwähnt hat. Für mich besteht keine Frage mehr – Sara wollte diese Bindung immer. Meine Brust weitet sich vor Stolz, eine Welle der Zuneigung weckt den Wunsch in mir, sie zu packen und zu umarmen. Ich muss warten, aber das ist ein fantastisches Zeichen.

„Ist deine Schwester auch hier?", fragt Emma. „Sie war …" Sie blinzelt für einen Moment. „Drei, denke ich, als ich sie das letzte Mal gesehen habe."

„Chloe", füge ich hinzu.

Sara lächelt stolz. „Sie ist im Palast und lernt für die Uni."

„Du meine Güte", entfährt es Emma. „Ich fühle mich alt. Ich bin sicher, sie erinnert sich nicht einmal an mich."

„Sie kann sich nicht an viel von Villroy erinnern", sagt Sara. „Deshalb ist sie mitgekommen, in der Hoffnung, ein paar Erinnerungen zu wecken – an die Insel und an unsere Eltern."

„Dass ihr eure Eltern verloren habt, tut mir immer noch sehr leid", sagt Emma.

Sara nickt, die Lippen fest aufeinander gepresst. Ich bin sicher, sie hat das viel zu oft gehört.

„Jackson ist hier", sagt Emma. „Möchtest du ihn kennenlernen?"

Saras Miene hellt sich auf. „Oh ja, das wäre schön."

Die Jungs legen ihre Karten auf den Tisch und stehen begeistert auf.

Emma wirft einen Blick auf den Tisch. „Ich hole ihn. Spielen Sie ruhig weiter. Es kann ein bisschen dauern."

Kurze Zeit später kommt Jackson herein, oder besser, er tritt auf. Er kann nicht anders, er ist ein Rockstar.

Die Jungs flippen aus, springen vom Tisch auf und drängen sich um ihn. Zwei Sicherheitsmänner nähern sich, nur um sicherzugehen, dass sie nicht ganz durchdrehen.

„Ich bin ein großer Fan!", ruft Sergei aus.

„Du bist fantastisch!"

„Deine neusten Songs sind noch besser als die alten!"

„Spielst du immer noch mit deiner Band?"

Jackson ist liebenswürdig und antwortet höflich – oder es ist nur sein britischer Akzent, der ihn höflich klingen lässt? Sein dunkelblondes Haar ist kurz geschnitten, ebenso wie sein Bart. Ich stelle ihn Sara vor und er lächelt herzlich. „Schön, dich kennenzulernen, Sara."

Sie errötet. „Wenn es nicht zu peinlich ist, kann ich ein Autogramm von dir bekommen?"

Die Jungs schließen sich sofort an, bitten selbst um Autogramme und wedeln ihm einen Haufen Servietten ins Gesicht. Er nimmt am Pokertisch Platz und bittet um einen Stift. Emma holt einen aus ihrer Handtasche. Pflichtbewusst schreibt er seine Autogramme.

Schließlich steht er auf und streckt sich. „War schön, euch kennenzulernen. Emma und ich müssen jetzt los. Amüsiert euch gut!"

Sie gehen zur Tür hinaus und alle Jungs starren ihm begeistert nach. Sie sind beeindruckt. Ich hoffe, allein das war die Reise für sie wert. Jackson ist ein international bekannter Rockstar. Offensichtlich haben sie von ihm gehört.

Ich nehme Sara beiseite. „Komm bitte in mein Büro, wenn

du einen Moment Zeit hast. Ich möchte dir einen Blick hinter die Kulissen geben und dir zeigen, wie ich die Arbeit von zwei Leuten mache." Ich grinse. „Zumindest sagt Emma das. Sie war so froh, dass ich wieder da bin."

„Da bin ich mir sicher", nickt sie. „Okay. Ich schicke dir eine SMS, wenn ich hier weg kann."

Ich kehre in mein Büro zurück und stürze mich in den Papierkram. Emma hat die Rechnungen für mich liegenlassen, da sie sich nicht mit Geldangelegenheiten befassen wollte. Das ist meine erste Aufgabe auf einer langen Liste.

Eine Stunde später pingt eine Nachricht auf meinem Handy auf. Es ist Sara. Sie sagt, die Jungs gehen ins Restaurant für einen Snack. Ich schreibe ihr, wo sie mich finden kann.

Als sie einige Minuten später mein Büro betritt, sieht sie sich um. „Hier passiert also die Magie."

„Keine Magie, eher eine Menge Arbeit. Ich bin Verstand, Geld und Kundenbeziehungen in Personalunion. Weißt du, in welchem Teil ich nicht gut bin?"

„Verstand."

„Ha-ha. Kundenbeziehungen. Mitarbeiterbeziehungen. Du kennst mich, ich beschäftige mich lieber mit Zahlen."

„Du hast hier einen wirklich schönen Laden. Du solltest stolz sein."

„Das bin ich auch, aber du hast bisher kaum was davon gesehen."

Sie zeigt auf die Tür. „Ich habe die Lobby, den Hauptspielbereich, dein Büro, das Restaurant und den privaten Raum gesehen, in dem das Spiel läuft."

Ich stehe auf und komme hinter meinem Schreibtisch hervor. „Okay, ich möchte dich dem Personal vorstellen, dann gibt es noch mehr zu sehen. Noch ein paar Räume, die Kasse und eine Überraschung im Obergeschoss."

„Eine sexy Überraschung?"

Ich schmunzle, nehme ihre Hand und verflechte unsere Finger miteinander. „Das ist für später." Dann führe ich sie aus dem Büro.

„Chloe sagt, ich habe dich vor ihr geheim gehalten."

„Wie das? Wir haben uns als Kinder gekannt."

„Sie sagt, du bist mein Freund, und ich habe es ihr nie erzählt. Sie versucht nur, mir zu verstehen zu geben, dass wir uns nicht alles Private erzählen."

„Jeder hat seine Geheimnisse, denke ich, aber wir sind nicht wirklich ein Geheimnis. Du hättest ihr sagen können, dass wir zusammen sind."

Sie wird still und ich habe das unangenehme Gefühl, dass ich alle Karten auf den Tisch gelegt habe, während sie sich bedeckt hält. Ich kann nicht glauben, dass ich tatsächlich derjenige bin, der über unsere Beziehung reden will. Früher habe ich immer alles beendet, bevor das Wort *Beziehung* überhaupt ausgesprochen werden konnte. Karma, Mann.

Ich bringe sie in den Kassenraum mit seinen vielen Tresoren und dem nötigen Sicherheitspersonal.

„Wow!", staunt sie. „Das ist wirklich schick."

Ich zeige ihr im Vorbeigehen das Büro meines Assistenten, jetzt leer, und bringe sie in den Raum mit den Spielautomaten.

Sie geht die Gänge auf und ab. „Laut, aber schön gestaltet. Was ist der höchste Jackpot?"

„Fünfhundert Euro."

Sie pfeift leise. „Sehr schön."

Ich führe sie hinaus, meine Hand auf ihrem Rücken. „Wir arbeiten hart daran, High Roller anzuziehen. Wir haben auch günstigere Optionen, aber es soll interessant sein für die High Roller, dass sie zu uns kommen wollen."

„Clever."

Ich weise sie auf einige der Sicherheitsleute und Croupiers hin, doch ich möchte sie nicht unterbrechen, während sie arbeiten. Wir beenden den Rundgang im Restaurant und der Bar, wo ich ihr einen Drink anbiete.

„Absolut!", sagt sie und setzt sich auf einen Barhocker. Ich bin froh, dass sie sich bisher amüsiert.

„Sara! Komm rüber zu uns!" Die Jungs winken sie zu einem Tisch, auf dem sich Hummer und Krabbenbeine türmen.

„Nach meinem Drink!", ruft sie mit einem sonnigen Lächeln. Sara, der Sonnenschein. Nein, sie ist *meine* Sara.

„Wie lange habt ihr geöffnet?", fragt sie.

„Wir öffnen von elf Uhr morgens bis zwei Uhr nachts. Das Personal arbeitet in Schichten. Ich bin normalerweise die ganze Zeit hier."

„Dann ist das Casino also dein ganzes Leben." Sie macht eine ausladende Geste. „Du arbeitest, schläfst, arbeitest."

„Im Grunde ja. Aber ich bin mir sicher, dass das bei den meisten neuen Unternehmen so ist."

Ihr Drink kommt, ein Martini, zusammen mit meinem Bier. Sie saugt an der Olive und meine Hose wird eng.

Ich trinke einen Schluck Bier und versuche, mich abzukühlen.

„So läuft mein Job nicht", sagt sie und nippt an ihrem Martini. „Ich habe viel Freizeit. Es ist toll."

„Und was machst du mit deiner Freizeit?"

„Ich networke und suche immer nach neuen Spielern, insbesondere nach Fischen mit tiefen Taschen. Und ich suche in Restaurants nach neuen Ideen für Snacks und interessante Locations. Ich versuche, es frisch zu halten."

„Also ist deine Freizeit eigentlich deine Arbeitszeit?"

„Ich mache auch Sport. Gehe jeden Tag joggen."

„Wann hast du Zeit für deine Freunde?"

Ihr Blick wandert zur Seite. „Ich schiebe sie hier und da ein." Ich vermute, dass sie privat die Gesellschaft anderer meidet. Chloe ist die einzige wirkliche Beziehung, die sie hat, und Chloe ist erwachsen.

„Du solltest hier arbeiten", sage ich.

Sie lächelt nervös und nippt an ihrem Martini.

Ich beuge mich vor. „Ich könnte deine Hilfe wirklich gebrauchen."

Sie schüttelt den Kopf.

„Warum nicht?"

„Adrian! Wieder dieses *warum nicht.* "

„Es ist eine berechtigte Frage."

„Weil ich zu Hause ein Leben habe. Ich habe Chloe. Und

ich bin mir nicht sicher, ob ich mich hier jemals wohlfühlen könnte."

„Das wirst du. Du fühlst dich doch bisher wohl, oder?"

„Ja, aber wir sind spät angekommen. Ich habe nur die Yacht, das Auto und das Casino gesehen."

„Später wirst du den Palast sehen."

„Im Dunkeln. Außerdem habe ich deine Suite noch nie gesehen, darum weiß ich, dass das kein Trigger für mich sein wird."

„Das ist doch gut. Es wird eine neue Erinnerung für dich sein. Ich möchte mit dir neue Villroy-Erinnerungen schaffen."

Sie leert ihren Martini. „Morgen wird es schwierig sein, alles bei Tageslicht zu sehen."

„Ich werde dich überallhin begleiten. Denk in der Zwischenzeit darüber nach, meine rechte Hand zu werden. Wir können das Casino zusammen führen. Ich arbeite im Hintergrund an der Finanz- und Marketingstrategie, du kümmerst dich um Mitarbeiter und Kundenbeziehungen. Ich zahle dir ein ausgezeichnetes Gehalt. Du kannst mit mir im Palast wohnen, oder wir können dir ein Haus in der Nähe suchen, wenn du noch nicht bereit bist, mit mir zu leben. Ich kann sehr geduldig sein, solange du in meinem Leben bist."

Sie blinzelt und schüttelt dann den Kopf, als könnte sie mein Angebot nicht recht fassen. „Hältst du das, was ich zu Hause mache, immer noch für so gefährlich?"

„Wie du mit dem Geld durch die Gegend rennst, ist gefährlich, dass du alleine agierst, ist gefährlich und dazu das persönliche finanzielle Risiko, das du eingehst, um die Einsätze abzudecken … Bei so viel Geld kann man leicht die Falschen anziehen. Was ist, wenn dir was zustößt? Wer wird dann für Chloe da sein?"

Ihre Augen werden wässrig und sie blinzelt schnell. „So habe ich es nie betrachtet. Ich tue das für sie. Es ist ein kalkuliertes Risiko."

Mein Blick fällt auf die Jungs und ich nicke in ihre Richtung. „Deine Spieler scheinen harmlos zu sein."

Wir beobachten, wie zwei der Jungs mit Krabbenbeinen zu fechten beginnen, und lachen.

Ich werde wieder ernst. „Du wärst perfekt für diesen Job."
Sie sieht argwöhnisch aus.

„Das ist kein Heiratsantrag. Ich bitte dich nur, über das Jobangebot nachzudenken." Ich streiche eine Strähne hinter ihr Ohr und streichle ihre Wange mit meinem Daumen. „Und ich möchte, dass du mit mir zusammen bist, nur für den Fall, dass dieser Teil nicht klar ist."

Ihre grünen Augen erforschen mein Gesicht, als ob sie versucht, meine Aufrichtigkeit einzuschätzen. Ich meine, was ich sage, und ich bin in sie verliebt. Ich weiß, dass sie noch nicht bereit ist, das zu hören. Ein Schritt nach dem anderen. Ich darf sie nicht verlieren, nachdem ich so viele Jahre darauf gewartet habe, sie wiederzufinden.

11

———————

Sara

Am nächsten Nachmittag sind wir alle wieder im Casino, bis auf Chloe, die in ihrem Zimmer geblieben ist, um zu lernen. Ich habe heute Morgen kurz das Day Spa gesehen, aber ich fühle mich mit der Intimität einer Massage nicht wohl, daher gab es dort nicht viel für mich. Alle Jungs hatten Massagen, einige sogar Gesichtsbehandlungen. Ich war schockiert. Während sie das taten, habe ich Adrian bei seiner Arbeit beobachtet und mir verschiedene Probleme angesehen, die aufgetaucht sind. Ich muss zugeben, dass es eine interessante Arbeit ist. Es ist wie das, was ich mache, nur in einem Casino, in dem alles miteinander verbunden ist. Ich kann mir vorstellen, mich in dieser Umgebung wohlzufühlen. Es ist wie eine eigene kleine Welt. Die Angestellten arbeiten an einem gemeinsamen Ziel – der Unterhaltung der Gäste. Das ist das Geschäft, in dem ich bin.

Die Jungs fliegen heute Abend zum Dinner und mehr Glücksspiel nach Monte Carlo. Ich habe vor, mit ihnen zu gehen, auch wenn Adrian möchte, dass ich hier bei ihm bleibe. Er versteht nicht, dass ich immer in den Köpfen meiner Spieler mit dem Spiel verbunden sein muss. *Ich* bringe den Spaß. *Ich* mache die Arrangements. Ich bin Sara, ihr Sonnenschein im Hintergrund, diejenige, an die sie sich jederzeit mit jedem Anliegen wenden können. Na ja, fast jedem Anliegen.

Jetzt sind alle auf der Dachterrasse für Poker mit Aussicht aufs Meer, als Adrian kommt. Er kommt zu unserem Tisch, beugt sich vor und küsst mich auf die Wange. Ich erröte vor Hitze angesichts seiner ungezwungenen Zuneigung und merke plötzlich, dass ich lächle. Er geht mir mit seiner entspannten Sicherheit, dass wir zusammen gehören, unter die Haut. Ich fange an, ihm zu glauben. Mein Adrian, mein Held.

Er wendet sich den Jungs zu. „Ist hier jemand ein Yankees-Fan?"

Ein ehemaliger Yankees-Spieler erscheint auf der Terrasse, und nichts hält meine Jungs mehr auf ihren Plätzen. Sie stürmen praktisch zu ihm hinüber und dann tauchen noch ein paar andere Baseballspieler auf. Alle im Ruhestand, einige Yankees, einige von anderen Teams. Es gibt nichts Besseres als Profisportler, um selbst aus einem erwachsenen Mann wieder einen kleinen Jungen zu machen.

Kurz darauf haben wir zwei gemischte Tische von Baseballspielern und meinen Jungs. Die Pokerspieler tauschen nach einer Runde die Plätze, damit jeder die Chance hat, jeden Spieler zu treffen. Ich stelle mich allen vor und lasse sie wissen, dass ich tolle Spiele in Brooklyn organisiere. Meine Jungs amüsieren sich prächtig und das macht mich glücklich.

Als Adrian verkündet, dass der Jet bereit ist, sie nach Monte Carlo zu bringen, sind alle Freunde.

Ivan nimmt mich beiseite. „Danke für diese Reise. Diese Spieler sind unglaublich."

Ich schenke ihm mein sonniges Sara-Lächeln. „Gern geschehen. Adrian war eine große Hilfe. Es lohnt sich, gute Verbindungen zu haben."

„Das stimmt. Hör zu, Mario hat uns nächste Woche zu seinem Spiel nach Manhattan eingeladen. Es sind alles ehemalige Yankees-Spieler und ein paar Mets, sogar ein paar aktive Spieler. Sie wechseln sich ab, je nachdem, wer in der Stadt ist. Sie meinten, sie hätten Platz für uns. Sie spielen in einem Raum mit mehreren Tischen. Das ist okay für dich, oder? Es ist eine zu gute Gelegenheit, um sie sich entgehen zu lassen.“

Mein Magen verknotet sich. „Klar, viel Spaß. Nur ein Spiel, oder?“

Seine Augen sind wieder auf seine neuen Freunde gerichtet. „Hängt davon ab. Wir werden sehen.“ Er sieht mir in die Augen. „Ich will nur offen zu dir sein.“

Scheiße. Ich verliere sie. Profisportlerpoker. Größere Einsätze, mehr Fan-Boy-Aufregung. Damit kann ich nicht mithalten und ich weiß das. Mir ist zum Weinen zumute. Das Spiel bricht vor meinen Augen auseinander. Der beste und lukrativste Job, den ich je hatte.

„Doch das Spiel in der darauffolgenden Woche steht noch, oder?“, frage ich und versuche, nicht verzweifelt zu klingen.

„Ich werde es dich wissen lassen“, murmelt er, bevor er sich wieder den anderen anschließt.

Ich habe mein Spiel verloren. Ich kann es nicht fassen. Ein zufälliges Treffen mit ein paar Baseballspielern und alles ist vorbei? Alles lief fast drei Monate lang großartig. Ich hatte endlich das Gefühl, aufatmen zu können. Meine Geldprobleme waren gelöst. Jetzt muss ich von vorne anfangen. Manhattan wird von Lee Tran geführt. Mein Ruf wäre ruiniert, wenn ich versuchen würde, Spieler abzuwerben. Ich muss es in Brooklyn schnell noch einmal versuchen, bevor jemand anderes ein attraktiveres Spiel aufbaut. Oder nach Long Island weiterziehen, was im Grunde so ist, als würde man von vorn anfangen und versuchen, Kontakte herzustellen und die besten Veranstaltungsorte zu finden. *Fuck!*

Adrian erscheint an meiner Seite. „Willst du immer noch mit nach Monte Carlo? Sie scheinen ziemlich glücklich mit ihren neuen Freunden zu sein.“

Die Jungs unterhalten sich, lachen und klopfen sich gegenseitig auf den Rücken.

Ich bin frustriert angesichts ihres offensichtlichen Glücks. „Musstest du Baseballspieler hierherbringen?“

„Es ist das erste Mal, dass sie hier sind. Ich war begeistert, sie auch zu sehen. Jackson ist derjenige, der die Verbindung hat und sie eingeladen hat. Er wusste nur nicht, wann sie auftauchen würden."

Ich seufze, als die Jungs mit ihren neuen Freunden gehen und so beschäftigt sind, dass sie nicht einmal bemerken, dass ich nicht bei ihnen bin. Meine Augen brennen. „Ich habe sie verloren", sage ich leise. „Es hat keinen Sinn mehr, mit ihnen zu gehen."

Adrian legt einen Arm um meine Schultern. „Ich bin sicher, du hast sie nicht für immer verloren. Sie wollen heute Abend einfach nur Spaß haben. Und das Beste daran ist, dass ich dich ganz für mich allein habe."

Ich schüttle den Kopf. „Ivan hat mir erzählt, dass sie nächste Woche zu einem neuen Spiel mit den Baseballspielern nach Manhattan gehen. Sie werden natürlich so oft und so lange wie möglich dort spielen – größere Einsätze, prominente Athleten. Ich kann da nicht mithalten und ich kann mich auch nicht in das Spiel drängen. Jemand anderes organisiert alle Spiele in Manhattan."

„Hast du das in Brooklyn gemacht?"

„Ich war fast so weit. Das war der nächste Schritt. Es gibt noch ein paar andere private Pokerspiele, aber meins war das Beste." Ich blicke zum Himmel und versuche, die Tränen zurückzuhalten.

„Sara, ich hatte nicht die Absicht, dein Spiel zu ruinieren. Ich wollte, dass deine Jungs noch mehr Spaß haben, indem ich die Baseballspieler auf die Terrasse gebracht habe."

Ich blinzele und wische entschlossen eine entfleuchte Träne weg. „Oh, den haben sie."

Er drückt meine Schulter. „Willst du mich wieder bei der Arbeit begleiten? Samstagabend ist unsere geschäftigste Nacht."

„Ich glaube, ich würde lieber zurück in den Palast gehen und Zeit mit Chloe verbringen." Ich atme tief ein. „Wenn ich sie vom Lernen loseisen kann. Das Mädchen hört nicht auf."

„Okay. Viel Glück dabei. Ich rufe dir einen Wagen, der dich zum Palast bringt. Ich sehe dich dann später."

Ich nicke steif.

„Bist du okay?"

„Nein, aber es wird schon wieder." Das bin ich, immer bemüht sicherzustellen, dass alles in die richtige Richtung geht.

„Du kannst in meinem Büro warten, bis der Wagen hier ist."

„Ich warte draußen." Ich versuche zu lächeln, bekomme aber keins zustande.

Ich schaffe es, mich bis zum Ausgang des Casinos zu beherrschen, bevor ich in Tränen ausbreche.

Mist. Ich wische mir wütend die Tränen weg. Tränen bringen nichts. Ich muss meinen Kopf frei halten und über die nächsten Schritte nachdenken. Ich gehe um das Gebäude herum, um aufs Meer hinaus zu blicken. Es ist kurz vor Sonnenuntergang. Die Aussicht ist wunderschön, aber sie gibt mir gerade nichts. Und weil ich mich sowieso schon beschissen fühle, blicke ich zum Nordstrand hinunter, wo die meisten meiner Erinnerungen liegen, doch der Blick wird vom Spa blockiert. Ich erinnere mich, dass es in der Bucht diesen schwarzen Felsen gab. Er schien immer so weit draußen zu sein. Adrian hat mich angestachelt, mit ihm dorthin um die Wette zu schwimmen. Natürlich habe ich es getan. Ich erinnere mich, wie ich ihm draußen von den Streitigkeiten meiner Eltern und meiner Angst vor einer Scheidung erzählt habe. Als wir dann zurückgeschwommen sind, habe ich mir den Fuß aufgerissen, wahrscheinlich an einem Felsvorsprung unter Wasser.

Diese Erinnerung ist nicht allzu belastend. Adrian ist bei mir geblieben, bis meine Mutter in der Klinik übernommen hat. Zu Hause haben mich dann alle mit Aufmerksamkeit überschüttet, alle habe sich Sorgen um mich gemacht, und sogar die fünfjährige Chloe hat mir Snacks gebracht, damit ich nicht auf meinem verletzten Fuß herumhumpeln musste. Vielleicht *könnte* ich wieder an den Nordstrand gehen. Ich wette, er hat sich nicht verändert. Adrian hat gesagt, das einzige auf der Insel, was seit meinem letzten Besuch neu gebaut wurde, sind das Spa und das Casino.

Ich werde warten, um mit Chloe dorthin zu gehen. Es ist erst gegen fünf Uhr. Wir sollten Zeit haben.

Der Wagen, den Adrian für mich angefordert hat, fährt kurze Zeit später vor und bringt mich die kurvenreiche Straße hinauf zum Palast. Auf dem Weg kommen wir an unserem alten Feriencottage vorbei. Es ist das erste Mal, dass ich es bei Tageslicht sehe. Als ich heute Morgen mit Adrian zum Casino gefahren bin, habe ich mich bewusst auf ihn konzentriert, anstatt aus dem Fenster zu blicken, und habe so getan, als hätte ich es nicht bemerkt. Jetzt, da ich bereits geweint habe, habe ich nicht das Gefühl, an meiner Beherrschung festhalten zu müssen. Als wäre es nicht so ein plötzlicher Ansturm von Emotionen, der mich überwältigen würde, sondern eher eine weitere Welle. Ich bin so oder so schon erschüttert. Ich weiß, ich muss von vorne anfangen. Ich glaube nicht, dass ich mich schlechter fühlen könnte, und vielleicht würde ich mich dadurch besser fühlen. Vielleicht sogar ein bisschen heilen.

Oh! Da ist es! Es ist genau so, wie ich es in Erinnerung habe – weiß mit einer blauen Tür, blauen Blumenkästen und blauen Fensterläden. Es ist ein einstöckiges Cottage mit zwei Schlafzimmern. Dahinter eine Terrasse mit Aussicht. Ich frage mich, ob das ältere Ehepaar noch dort lebt. Plötzlich möchte ich das Innere sehen, aber ich will zuerst Chloe abholen.

Adrian hatte recht. Als Erwachsene kann ich damit umgehen. Ich hätte definitiv einen Zusammenbruch gehabt, als ich noch ein Teenager war, der verzweifelt versucht hat, unsere kleine Familie zusammenzuhalten, aber jetzt ist es machbar. Ich fühle mich tatsächlich schon stärker. Meine Eltern haben dieses Cottage geliebt und wollten, dass meine Schwester und ich unbeschwerte Sommer in der Natur mit frischer Luft und Meer verbringen, weg vom erdrückend heißen Sommer in der Stadt. Ich habe Glück, dass ich Villroy in meiner Kindheit erleben durfte. Das war ein Geschenk, das sie mir mitgegeben haben, und dadurch habe ich auch Adrian und Silvia in meinem Leben. Ich hatte so lange Angst vor Villroy und den damit verbundenen Erinnerungen, doch es war immer nur ein Geschenk.

Ein Gefühl des Friedens überkommt mich. Ich möchte das wirklich mit meiner Schwester teilen.

Ich gehe zurück zum Palast und direkt zu Chloes Zimmer. Sie ist nicht dort. Ich schreibe ihr. *Wo bist du?*

Keine Antwort.

Mein Herz pocht mir bis zum Hals. Okay, keine Panik. Sie schaltet ihr Handy oft aus, wenn sie lernt. Ich finde eine Palastangestellte und frage, ob sie weiß, wo sie ist, doch sie weiß es nicht. Dann frage ich nach dem Weg zur Palastbibliothek, doch da ist sie auch nicht. Ich versuche es in den Gärten. Auch kein Glück. Ich schreibe ihr noch einmal und sage ihr, sie soll sich bei mir melden, damit wir uns zusammen Villroy ansehen können. Ich bin jetzt bereit dafür.

Ich wandere durch die Gärten, die ich vorher noch nie besucht habe, und finde mich unten am Strand wieder. Ich sitze eine Weile da und denke nach. Ich werde meine Warteliste mit Spielern durchgehen und ein neues Spiel anfangen. Das Problem ist, dass die meisten auf meiner Warteliste Freunde meiner Jungs sind, die wahrscheinlich von dem anderen Spiel in Manhattan hören werden und da mitspielen wollen. Ich könnte wieder zum Kellnern zurückkehren und mir eine Stelle als Büromanagerin suchen, aber das war so anstrengend. Dann ist da noch Adrian. Er hat mir einen Job hier angeboten einschließlich kostenloser Unterkunft. Es ist in vielerlei Hinsicht ideal, aber es ist auch eine Verpflichtung für ihn. Was, wenn es nicht funktioniert? Dann sitze ich hier fest und er ist mein Boss. Das könnte unangenehm werden.

Und dann ist da noch Chloe. Ich kann nicht so weit von ihr entfernt leben. Ich weiß, dass sie mich immer noch braucht, auch wenn sie denkt, dass dem nicht so ist.

Ich werfe einen Blick auf mein Handy. Immer noch keine Antwort von ihr. Ich stehe auf und klopfe den Sand ab. Wo ist sie nur? Es ist eine Insel, also kann sie nicht weit weg sein. Ich bin zu aufgewühlt, um länger sitzenzubleiben, also entscheide ich mich, die Tour durch die vergangenen Sommer alleine zu machen. Vielleicht ist es besser so. Wenn ich in Tränen ausbreche, muss es niemand miterleben. Ich habe immer versucht, stark für Chloe zu sein.

Sobald ich wieder im Palast bin, bitte ich den ersten Angestellten, den ich sehe, mir einen Fahrer zu rufen. Es dauert nicht lange, bis ein Mercedes in den Innenhof fährt und ich auf dem Beifahrersitz Platz nehme. Ich lächle den Fahrer an, einen hageren Mann um die fünfzig, der eine Mütze auf dem kahlen Kopf trägt. „Hallo, danke, dass Sie mich fahren. Ich bin Sara."

„Sehr gern, Ma'am. Wir alle wissen, wer Sie sind. Ich bin Antoine."

Wirklich? Alle wissen, wer ich bin? Vielleicht hat Adrian meinen Besuch vorher genehmigen lassen müssen und alle informiert. „Schön, Sie kennenzulernen, Antoine. Ich würde gerne den Nordstrand sehen."

Er nickt und fährt los. Auf dem Weg dorthin kommen wir an unserem alten Cottage vorbei. Drinnen brennt Licht. Ich stelle mir vor, wie das ältere Ehepaar gerade vielleicht den Tisch für das Abendessen deckt.

Sobald der Strand in Sicht kommt, sehe ich den schwarzen Felsen. Er ist genauso groß und furchteinflößend weit weg, wie ich ihn in Erinnerung habe. Wow. Wir sind wirklich weit geschwommen, wenn man bedenkt, dass wir erst zwölf waren. Er ist weit draußen vor der Bucht.

„Dauert nicht lange", sage ich Antoine.

„Nehmen Sie sich Zeit, Ma'am."

„Danke."

Ich steige aus und gehe den langen Weg zum Strand hinunter. Ich halte an, um meine Schuhe und Socken auszuziehen, grabe meine Zehen in den weichen Sand und schließe für einen Moment meine Augen, während Erinnerungen in meinem Kopf aufsteigen – Sandburgenbauen, nach Krabben graben und Stellen für die perfekte Platzierung der Picknickdecke glätten, der Pavillon und unsere Sandspielfläche für unser Pokerspiel. Ich öffne die Augen und atme tief durch. Alles ist gut. Mir geht's gut.

Ich habe hier die meiste Zeit mit Adrian, Silvia, Chloe und einem Gefolge von Sicherheitsleuten und einem Kindermädchen verbracht. Meine Eltern haben sich manchmal zu uns gesellt, aber ich denke, sie haben es genossen, Zeit allein zu haben. Ich habe sie nie gefragt, was sie unternommen haben, wenn wir hier waren. Vielleicht sind sie an einen anderen

Strand gegangen und haben ein paar Liegen eingerichtet, um die Ruhe abseits der Stadt und ihrer beiden lauten Töchter zu genießen. Chloe war das laute, kleine Monster. Ich war einfach lebensfroh und begeisterungsfähig. Ich möchte wieder dieses Mädchen sein, anstatt die Last der schweren Verantwortung auf meinen Schultern zu spüren.

Ich gehe weiter in Richtung Meer und lasse die Wellen über meine Füße schwappen. Es ist Anfang Oktober, das Wasser ist kühler als im Sommer, aber nicht zu kalt. Ich bücke mich und streiche mit meinen Fingern auch durch die winzigen Wellen. Ich sehe mich um. Der Strand ist leer, doch ich kann meinen letzten Sommer hier sehen – Adrian und ich beim Pokerspielen im Pavillon. Chloe und Silvia, die eine kunstvolle Sandburg bauen. Radfahren. Schwimmen. Und Silvia, die im Schatten liest.

Adrian und Silvia haben sich zu voll erblühten Versionen der Kinder von damals entwickelt. Silvia hat sich vom Bücherwurm zur Verlegerin gemausert und Adrian vom pokerspielenden kleinen Jungen zu einem Profispieler, der sein eigenes Casino betreibt. Nur Chloe und ich passen nicht ins Bild. Der Bruch auf unserem Weg ins Erwachsenenalter war zu hart, um uns genauso aufblühen zu lassen wie sie. Chloe hätte ein Freigeist werden sollen, vielleicht für Greenpeace oder so was demonstrieren sollen, anstatt eine strebsame, spaßbefreite Studentin zu werden. Und ich? Ich habe das Gefühl, dass ich gerade erst anfange, zu dem zurückzukehren, was mir wirklich Spaß macht – Poker –, nachdem ich endlos gegen widrige Umstände gekämpft habe.

Die Brise fühlt sich an wie eine Liebkosung auf meiner Haut und zerzaust mir die Haare. Das war gar nicht so schlimm, wie ich befürchtet habe. Tatsächlich fühle ich mich wirklich gut, wenn ich mein Leben mit einer neuen Klarheit betrachte. Ich gehe zurück zum Fahrer und bitte ihn, zu unserem Cottage zu fahren. Ich hoffe, dass das Paar, das dort lebt, nichts dagegen hat, mich einen Blick hineinwerfen zu lassen. Ich habe sie nur ein paarmal getroffen, als sie es uns für den Sommer übergeben haben, aber ich werde ihnen sagen, wer ich bin. Sie waren immer freundlich und kannten die Familie meines Vaters in Frankreich.

Es ist nicht weit und ich bin überraschend ruhig, als ich zur Haustür gehe und klingele. Im Wohnzimmer brennt Licht und in der Einfahrt steht ein alter Renault.

Ich drücke erneut den Klingelknopf. Diesmal höre ich schwere Schritte. Die Tür öffnet sich dank eines jungen Mannes in Jeans, ohne Hemd und mit beeindruckenden Muskeln. Sein blondes Haar ist kurz geschnitten, seine kantigen Gesichtszüge ein wenig einschüchternd. Ein harter Typ. Was ist aus dem älteren Ehepaar geworden?

Ich platze heraus: „Hallo, ich bin Sara Travers. Meine Familie hat dieses Cottage immer im Sommer gemietet, als ich noch klein war, und ich hatte gehofft, um der alten Zeiten willen einen Blick hineinwerfen zu dürfen."

„Sara?", ruft eine vertraute weibliche Stimme.

„Chloe?!"

12

———

Sara

Ich traue meinen Augen nicht. Chloe ist nackt, abgesehen von einem hellblauen Betttuch, das sie um sich gewickelt hat. Meine Augen schießen zurück zu dem Typen. Eine mörderische Wut pumpt durch meine Adern. „Was zum Teufel geht hier vor? Wie alt sind Sie? "

Er blickt zurück zu Chloe. „Ich überlasse dich deiner Besucherin", sagt er und geht zurück ins Schlafzimmer. Ich hoffe, um sich anzuziehen.

Was zum …? Ich betrete die Hütte. „Was geht hier vor?" Ich weiß es, aber ich möchte nicht, dass es wahr ist. Sie ist achtzehn! Sie kennt diesen Mann nicht!

Chloe seufzt. „Entspann dich. Es ist keine große Sache."

Ich blicke finster drein und verschränke die Arme. „Ich dachte, du lernst."

„Habe ich auch, aber dann dachte ich, wie oft werde ich auf Villroy sein? Ich sollte mehr davon sehen."

„Ja, Villroy! Nicht–" Ich gestikuliere in Richtung Schlafzimmer „–wer auch immer das ist! Wir hätten die Hütte zusammen ansehen sollen."

Das Laken rutscht und sie zieht es fester. Ich kann es nicht fassen. „Ich weiß, aber du warst mit deinem Spiel beschäftigt und ich wollte nicht warten."

Ich starre auf seine Jeans, als der Mann, der meine Schwester besudelt hat, aus dem Schlafzimmer kommt, diesmal mit einem eng anliegenden grauen T-Shirt, und ganz selbstverständlich in die Küche geht.

„Wer ist der Typ?", flüstere ich scharf.

„Michael. Er ist eine Wache im Palast."

„Schläfst du dauernd mit Leuten namens Michael?" Das war der Name ihres Fickfreundes aus dem Nerd-Camp.

Sie lächelt und neigt den Kopf zur Seite. „Wie witzig. Das ist mir noch gar nicht aufgefallen. Nein, das ist zufällig."

„Also bist du hier aufgetaucht, hast ihn gebeten, dir das Haus zu zeigen, und dich nackt ausgezogen?"

„Als ich ihn gebeten habe, das Haus besichtigen zu dürfen, war er so freundlich, es mir zu zeigen, doch ich habe mich nur an die Küche erinnert. Da haben wir uns hingesetzt und Tee getrunken."

„Und dann hat er dir die Kleider vom Leib gerissen?" Ich bin sicher, dass Michael derjenige gewesen ist, der den ersten Schritt gemacht hat. Er strotzt vor Testosteron. Ich werde ihm in den Arsch treten oder zumindest mit seinem Boss reden. Adrian wird definitiv davon hören. Palastwachen sollten unschuldige Besucherinnen beschützen und nicht verführen.

„Laufen deine Dates etwa so ab?", fragt Chloe amüsiert.

„Das ist nicht lustig! Und es geht nicht um mich. Was soll ich denken? Du bist in ein Bettlaken gewickelt."

„Ich weiß nicht, warum ich mich vor dir rechtfertigen muss, aber hier ist die ganze schmutzige Geschichte. Bereit?"

Ich nicke und versuche, einen neutralen Ausdruck zu bewahren, während ich mich auf das Schlimmste vorbereite. Die Kommunikationswege sind offen.

Sie fährt fort. „Ich habe Michael erklärt, dass ich hier bin, um mich an unsere Eltern zu erinnern. Er hat mir erzählt, dass er selbst auch ein Waisenkind ist. Wir haben uns eine Weile unterhalten und dann hat er mich zum Abendessen eingeladen. Ich habe ihm stattdessen einen Kuss vorgeschlagen und er hat den Wink verstanden. Von da an hat es sich sehr angenehm entwickelt."

Den Wink. Ich fahre mir mit der Hand durch die Haare.

Kein Urteil. Sie hat es mir erzählt – Kommunikation ist gut —
und das ist der wichtige Teil. „Okay, zieh dich an. Dann
kannst *du* mir das Haus zeigen und wir gehen zum Abendessen zurück in den Palast."

Sie blickt in die Küche, wo Michael steht. „Ich möchte
noch ein bisschen länger hier bleiben. Er sagt, er bringt mich
zurück zum Palast, wann immer ich will. Ich schick dir eine
SMS, wenn ich unterwegs bin."

„Ich habe dir vorhin mehrere SMS geschrieben."

Sie lächelt und ihre grünen Augen funkeln. „Da war ich
beschäftigt."

Ich beiße die Zähne aufeinander. Meine kleine Schwester
hat Fickfreunde. Ich wollte das nicht für sie. Ich wollte, dass
sie feste Freunde hat, Jungs, die sie behandeln, als wäre sie
etwas Besonderes. Ich wollte, dass sie alles hat, was ich nicht
haben konnte. Ich bin die, die kaputt ist. Ich habe alles daran
gesetzt, dass sie *ganz* bleibt.

„Sara, du hast gesagt, dass du willst, dass ich Spaß habe,
während ich studiere, und den habe ich jetzt."

„Das ist nicht die Uni!" Ich bemühe mich um einen ausge-
glichenen, vernünftigen Ton. „Und ich meinte nicht *diese* Art
von Spaß."

Sie zuckt mit den Schultern sodass ihr Laken rutscht und
den Blick auf ihre Brüste frei gibt. Da ist eine Bissspur. Ich
wende abrupt den Blick ab.

„Ups", sagt sie. „Bin gleich zurück."

Ich stehe mit verschränkten Armen da und koche vor
Wut. Wer ist diese Frau?

Und dann wird es mir bewusst. Chloe ist eine erwachsene
Frau. Sie muss jetzt ihre eigenen Entscheidungen treffen, ihre
eigenen Fehler machen. Ich muss aufhören, sie zu bemuttern.

„Möchten Sie einen Tee, Sara?", fragt Michael und lehnt
sich lässig in den Durchgang zwischen Küche und
Wohnzimmer.

„Nein, danke", sage ich durch meine Zähne.

Er richtet sich auf. „Um Ihre Frage von vorhin zu beantworten – ich bin sechsundzwanzig. Ich habe das Cottage von
der königlichen Familie zugewiesen bekommen, da ich

Captain der Wache bin. Ich leite das Ausbildungsprogramm."

Das Cottage gehört jetzt den Rourkes? Haben sie es aus Respekt vor meinen Eltern gekauft? Ist das ältere Ehepaar gestorben oder weggezogen? Es ist seltsam, dass die königliche Familie ausgerechnet dieses Cottage gekauft hat.

„Haben sie noch andere Cottages, die von ihren Angestellten genutzt werden?", frage ich.

„Das ist das Einzige, vom dem ich weiß."

Seltsam. Ich muss Adrian danach fragen.

Chloe kehrt in einem Tanktop und Jeans mit ihren üblichen weißen Turnschuhen zurück. „Bereit für die Besichtigung?", fragt sie fröhlich. Sie ist gut gelaunt, nachdem er sie *... Denk nicht darüber nach.*

„Sicher", murmle ich, immer noch geschockt, dass meine Schwester den ersten Schritt bei einem Typen gemacht und mit ihm geschlafen hat. Ich atme tief durch. Ich muss sie ihr Leben zu ihren Bedingungen leben lassen.

Sie sieht mich mitfühlend an. „Tut mir leid. Ich habe nicht dieselben Erinnerungen wie du. Ich nehme deine Gefühle ernst. Denkst du, es ist gut für dich, wenn du dich umsiehst? Ich kann dir auch später erzählen, woran ich mich erinnere. Was auch immer für dich funktioniert."

Meine Augen werden feucht, weil sie ein wirklich mitfühlender Mensch ist, und ich weiß, dass ich etwas damit zu tun habe. Ich drücke ihren Arm. „Danke. Ich denke, mir geht's gut. Ich bin hierhergekommen, weil mir nach meinem Besuch am Nordstrand klar geworden ist, dass Mom und Dad wollten, dass wir diese wunderschönen Sommer hier außerhalb der Stadt verbringen. Villroy war ein Geschenk, das sie uns mitgegeben haben."

Sie nickt. „Wir müssen dankbar sein, dass sie uns hierher gebracht haben. Es ist wunderschön und ich meine, was für ein Glück hatten wir, mit einem Prinzen und einer Prinzessin befreundet zu sein? Ich habe nicht verstanden, was das bedeutet, als ich klein war. Ich dachte, sie wären nur einheimische Kinder mit vielen Babysittern."

Ich lächle. „Ja, ihre Wachen und ihr Kindermädchen

waren immer bei uns. Adrian und Silvia waren auch ein Geschenk. Sie sind so nett zu uns beiden gewesen, außerdem warst du nicht einfach, als du klein warst. Du warst ein echter Teufelsbraten, immer irgendwelchen Unsinn im Kopf."

Ihre Augen leuchten. „Was denn?"

„Nackt über den Strand ins Meer zu rennen, zum Beispiel."

Sie lacht. „Daran erinnere ich mich nicht."

„Du hast gerne Godzilla gespielt und die Sandburgen zerstört, die Silvia dir gebaut hat, oder unser Mittagessen den Möwen zugeworfen oder Krabben Beine ausgerissen. O mein Gott, einmal hast du einen winzigen Fisch in deinen Mund gesteckt und ihn runtergeschluckt!"

Sie rümpft die Nase. „*Iihhh*. Warum das denn?"

Ich lache. „Du warst überzeugt, du könntest ihn mit dem Speichel in deinem Mund am Leben erhalten und als Haustier mit nach Hause schmuggeln. Du warst wirklich traurig, als wir dir gesagt haben, dass er für immer weg ist."

Sie lächelt. „Ich bin froh, dass du über diese Erinnerungen reden kannst. Ich habe mir Sorgen gemacht, weil du dich von dem abgeschottet hast, an was ich mich nur vage als sonnige, glückliche Tage erinnern konnte."

Ich seufze. „Genau so habe ich diese Tage auch in Erinnerung. Ich denke, wieder mit Adrian und Silvia in Kontakt zu sein, hat es leichter gemacht, hierher zurückzukehren. Ich habe Mom und Dad beweint, als ich mich entschlossen habe, hierher zu kommen, und ich denke, das hat tatsächlich geholfen. Ich habe Frieden mit der Vergangenheit geschlossen."

Sie umarmt mich. „Ich bin so froh." Sie lässt mich los und zeigt auf den Raum. „Das Wohnzimmer hast du ja gesehen, und das hier ist die Küche."

Michael erscheint wieder im Durchgang und tritt absichtlich nicht aus dem Weg, als Chloe versucht durchzugehen. Sie lächelt ihn an, die Hände auf seinen beeindruckenden Armmuskeln, als sie sich an ihm vorbei schiebt. Er grinst auf sie hinunter und tritt dann aus dem Durchgang, damit ich eintreten kann.

Ich gehe mit Chloe in die kleine Küche. „Oh! Daran erinnere ich mich! Sie hat sich kaum verändert." Der schwarz-weiße Fliesenboden, der glänzende Holztisch und die Stühle mit den Kissen darauf. Ich drehe mich um. Das Spülbecken und der Wasserhahn sind auch noch wie früher. „Sie haben die Geräte ausgetauscht und die Muscheltapete und die weißen Spitzenvorhänge entfernt."

Ich stehe vor dem Spülbecken und blicke aus dem Fenster. Ich sehe das nächste Cottage, doch wenn man den Hals ein wenig streckt, hat man einen Blick auf das Meer.

Ich wende mich wieder Chloe zu. „Woran erinnerst du dich hier?"

„Seltsamerweise an den Boden. Am besten erinnere ich mich aber daran, wie ich am Strand gespielt habe."

Ich folge ihr den kurzen Flur entlang in Richtung Schlaf-zimmer. Unterwegs werfe ich einen Blick ins Bad. Sie haben es mit einem neuen Waschtisch und Fliesen modernisiert. Alles weiß. „Ich denke, das war früher beige", sage ich.

Ich bleibe in der offenen Tür des Schlafzimmers stehen, in dem meine Eltern geschlafen haben, und wende mich ab, doch nicht, weil es mich an sie erinnert. Der Grund ist das große Doppelbett mit den zerwühlten hellblauen Laken. Dasselbe hellblaue Laken, in das meine Schwester vor wenigen Minuten gewickelt war.

Noten. Auf dem Bücherregal liegt eine Mundharmonika.

„Dein Captain der Wache ist Musiker", sage ich über-rascht. Ich dachte, er würde zum Spaß an Telefonmasten-Weitwurfwettbewerben teilnehmen. Oder sonst was Barba-risches.

Chloe nickt. „Er hat viele Talente. Er hat versprochen, nach dem Abendessen für mich zu spielen. Möchtest du zum Abendessen bleiben?"

„Nein, nein, schon okay. Ich überlasse dich deinem Date."

Sie schnaubt. „Das ist kein Date. Es ist nur ein One-Night-Stand."

Ich presse meine Lippen aufeinander. „Hat er dir das gesagt?"

„Nein, das habe *ich ihm* gesagt. Ich fliege morgen nach

Hause und er gehört hierher. Das ist perfekt für alle Beteiligten."

„Bleibst du mit ihm in Kontakt?"

Sie zuckt mit der Schulter. „Ich wüsste nicht, warum."

Habe ich ihr das auch nicht richtig vorgelebt? Mein Mangel an Beziehungen zu anderen Menschen war ein schlechtes Beispiel und jetzt hat sie Angst, bedeutende Beziehungen einzugehen. Ich möchte nicht, dass sie so ist wie ich. Ich möchte, dass sie alles hat, was ich nicht hatte – Uni, Partys, Freunde, Beziehungen.

Ich lege meine Hand auf ihren Arm. „Es mag furchteinflößend sein, aber manchmal lohnt es sich, ein Risiko für jemanden einzugehen. Jemanden in dein Herz zu lassen."

Sie lächelt mich sanft an. „Versuchst du mir zu sagen, dass du hier bei Adrian bleiben willst?"

Ich lasse meine Hand von ihrem Arm sinken und mein Herz pocht. „Ich habe über dich gesprochen."

„Mir geht's gut. Ich habe dir gesagt, dass ich auf etwas hinarbeite. Die Harvard Medical School ist mein Traum und du hast mir beigebracht, hart für meine Träume zu arbeiten."

„Nicht unter Verzicht auf dein Leben."

„Das ist mein Leben. Im Moment brauche und will ich nichts anderes. Ich werde nach einer Beziehung suchen, wenn ich Zeit und Energie habe, mich einer zu widmen, okay? Du kannst dich entspannen, was mich angeht. Aber jetzt lass mich dir was sagen. Wenn du Gefühle für Adrian hast, und das glaube ich, hast du meinen Segen, hier auf Villroy zu bleiben und zu sehen, wohin es führt. Ich werde dich in den Semesterferien besuchen." Sie lächelt. „Es ist wirklich keine Last für mich, dich in einem Palast auf einer wunderschönen Insel zu besuchen. Es ist Zeit, dass *du* jemanden in *dein* Herz lässt."

Ich starre sie an und bekomme durch den Kloß in meinem Hals kein Wort heraus. Alles, was ich mir für sie gewünscht habe, wünscht sie sich auch für mich. Und vielleicht ist es Zeit, dass ich mir das erlaube.

Sie drückt meinen Arm. „Ich möchte, dass du glücklich bist."

Gah! Ich wische mir über die Augen und lache gleichzeitig, als ein Gefühl der Unbeschwertheit in mir erwacht. „Bist du sicher? Du kommst wirklich zurecht?"

„Mehr als das. Ich bin glücklich mit meinem Leben, so wie es ist."

Ich schniefe. „Adrian hat mir einen Job im Casino angeboten."

„Dann nimm ihn an."

Ich umarme sie und Tränen fließen über mein Gesicht. Als ich sie wieder loslasse, sind ihre Augen trocken. Es macht ihr wirklich nichts aus. „Ich hab dich lieb, Chloe."

Sie strahlt und ihr Gesicht leuchtet auf. „Ich dich auch."

Wir gehen zurück ins Wohnzimmer.

„Auf Wiedersehen, Michael!", rufe ich. „Danke, dass wir die Hütte sehen durften."

„Überhaupt kein Problem", sagt er amüsiert. Ah ja, für ihn war es eine erfolgreiche Besichtigung. *La-la-la, nicht darüber nachdenken.*

Chloe begleitet mich zur Tür.

Ich blicke zu Michael hinüber, der hinter ihr wartet, um … was auch immer fortzusetzen, und wende mich wieder ihr zu, mein Pokerface in Aktion. „Also sehe ich dich heute Abend? Oder morgen für den Heimflug?"

Sie lächelt. „Wahrscheinlich morgen." Sie beugt sich vor und flüstert: „Er ist viel besser als der erste Michael. Ich fahre mit ihm zurück zum Palast, wenn er morgen zur Arbeit geht."

Ich setze ein Lächeln auf. „Schön. Bis dann."

Ich gehe zurück zu meinem wartenden Wagen. Es gibt nur einen Menschen, mit dem ich gerade zusammen sein möchte. Ich bin bereit für das, was er mir anbietet, bereit, den Sprung zu wagen. Ich wette auf uns.

13

———

Sara

Als ich Adrian eine SMS geschrieben habe, um mich mit ihm zu treffen, hat er mich gebeten, zum Abendessen mit ihm ins Casino-Restaurant zu gehen. Er sitzt schon an einem Tisch für zwei, als ich dort ankomme, und winkt mir mit einem herzlichen Lächeln zu.

Eine Welle der Zuneigung strömt durch mich hindurch. Mein Prinz, mein Held, meine *Liebe*. Ich liebe ihn. Vielleicht habe ich das schon immer getan.

Mein Herz pocht und ich habe das Gefühl, dass ich schwebe, als ich den Raum durchquere. Ich bin dabei, mein verletzlichstes Ich preiszugeben, einen gigantischen Schritt zu machen und ihm zu sagen, dass ich hier mit ihm leben werde. Es ist das Furchteinflößendste, was ich je in meinem Leben getan habe, aber ich bin bereit. Nur mit Adrian ist das möglich. Unsere Bindung hat Meilen und Jahre überdauert und ist immer noch stark geblieben. Dass wir jetzt hier zusammen sind, war vorherbestimmt.

Er steht auf, um mich zu küssen, bevor er mich zu meinem Stuhl führt und ihn für mich zurechtrückt. Ich erlaube mir, diese zuvorkommende Behandlung zu genießen. Mein Adrian ist ein Prinz nicht nur durch Blut, sondern auch durch seine Handlungen. Ich bin so glücklich, dass ich ihn kennengelernt habe, als wir noch Kinder waren. In gewisser Weise kann ich meinen Eltern dafür danken, dass sie mir diese Verbindung geschenkt haben. Er ist ein Teil von mir, genauso wie ich ein Teil von ihm bin.

Er lächelt mich über den Tisch an. „Du siehst viel glücklicher aus als vorhin."

„Das bin ich auch. Ich habe mich so beschissen gefühlt, dass ich dachte, zum Teufel damit, und bin auf eine Tour in die Vergangenheit gegangen. Es war wirklich nicht so, wie ich befürchtet hatte. Ich habe mich vor allem daran erinnert, mit dir und Silvia am Strand gewesen zu sein, und meine Erinnerungen an das Cottage haben sich für immer verändert, als ich Chloe dort nackt mit einem fremden Mann angetroffen habe." Ich hebe eine Hand, bevor er etwas sagen kann. „Keine Sorge. Es war völlig einvernehmlich."

Er lacht. „Michael lebt jetzt dort, der Captain unserer Wache. Guter Kerl, ich kenne ihn gut. Also er und Chloe …?"

„Ja, aber ich möchte wirklich nicht darüber reden."

„Verstanden."

„Wusstest du, dass das Haus jetzt deiner Familie gehört?"

„Ja. Silvia und ich haben hier um deine Familie getrauert. Wir haben unsere Eltern gebeten, das Cottage zu kaufen, nachdem wir von der Beerdigung zurückgekommen sind, damit du und Chloe wieder zu Besuch kommen könnt, auch wenn ihr nicht das Geld hättet, es für den Sommer zu mieten. Meine Eltern haben dem Paar, das dort gelebt hat, ein Angebot gemacht, und sie haben es gerne angenommen, damit sie in die Nähe ihrer Tochter ziehen konnten." Er beugt sich über den Tisch und nimmt meine Hand in seine. „Silvia hat gesagt, sie hat dich mehrmals gebeten zu kommen. Sie hat dir geschrieben, dass es kostenlos ist."

Mir bleibt der Mund offen stehen. „Ich wusste nicht, dass sie es so gemeint hat. Ich dachte, sie bietet an, für uns zu bezahlen, und deshalb war es kostenlos."

Er drückt meine Hand. „Wir haben dich vermisst."

Tränen steigen mir in die Augen. Ich bin seit Jahren nicht mehr so oft den Tränen so nahe gewesen. Villroy, nein, *Adrian* hat etwas in mir geöffnet, von dem ich dachte, es sei für immer geschlossen – mein Herz. Es ist alles so neu und empfindsam, aber es lohnt sich. Das war es wert. Ich kann endlich die Liebe hereinlassen.

„Ich war damals noch nicht soweit", presse ich über die Enge in meinem Hals heraus. „Aber danke dir und deiner wunderbaren Familie."

„Und wie du ja schon weißt, haben wir Michael einziehen lassen, nachdem es so aussah, als würdest du nicht zurückkommen. Du kannst immer bei mir wohnen, wenn du hier bist."

Ich lächle. „Das würde mir gefallen." Ich atme tief ein, um ihm zu sagen, dass ich bereit bin zu bleiben, doch die Worte bleiben mir im Hals stecken. In mir brodeln die Gefühle und es ist schwer, sie in Worte zu fassen.

Die Kellnerin kommt, um unsere Bestellung aufzunehmen, und der Moment vergeht.

Während des Abendessens ist Adrian ungewöhnlich gesprächig und erzählt mir von den Besonderheiten des Casinos. Ich habe das Gefühl, dass er mich einweiht, in der Hoffnung, dass ich sein Jobangebot annehmen werde. Er will wirklich, was ich seinem Casino zu bieten habe. Ich mag es, dass er meinen potenziellen Beitrag zum Casino schätzt.

Als wir mit dem Abendessen fertig sind, bin ich bereit, meinen Schritt zu wagen. „Lass uns zurück in dein Büro gehen."

Er zieht die Brauen hoch. „Arbeit oder Vergnügen?"

„Arbeit", sage ich lachend.

Wir machen einen kurzen Spaziergang zu seinem Büro und ich nehme den Platz gegenüber seinem Schreibtisch ein. „Okay, lass es uns offiziell machen. Ich werde einen Arbeitsvertrag unterschreiben und deine Personalleiterin und rechte Hand sein."

„Großartig", sagt er knapp und setzt sich hinter den Schreibtisch. „Lassen Sie mich nur die Unterlagen ausdrucken, dann machen wir Nägel mit Köpfen."

Das ist alles? Ich dachte, er wäre glücklicher, wenn ich bereit wäre, auf Villroy zu leben und zu arbeiten. Mit ihm.

Hat er den Teil verpasst, dass ich hier bin, um nicht nur im Casino zu helfen, sondern um mit ihm zusammen zu sein?

Scheinbar ja. Er geht gerade aus dem Zimmer zum Drucker im Büro seines Assistenten.

Ich glaube, ich habe das nicht richtig gemacht. Ich muss mich wirklich öffnen und zugeben, dass ich so in ihn verliebt bin, dass ich bereit bin, mich auf eine wirklich langfristige Beziehung einzulassen, auch wenn ich verdammt nochmal Angst habe, dass er irgendwann gehen könnte. Genau genommen würde ich diejenige sein, die gehen müsste, da wir auf seiner Insel sind. Soll ich es einfach sagen? *Ich liebe dich*, oder vielleicht, *Adrian, wir haben einen Pakt*. Ich zapple mit dem Knie. Ist das zu direkt? Würde er es für einen Antrag halten? Den Zweiten, genau genommen? O Gott!

Ich bin dabei, meinen Kopf vor Verzweiflung über meine Unerfahrenheit mit Beziehungen und all dem Gesprächsbedarf, der damit einhergeht, auf den Schreibtisch sinken zu lassen, als er zurückkommt.

Er gibt mir die Papiere, bittet mich, sie zu lesen, zu unterschreiben, wenn ich bereit bin, und erinnert mich daran, meinen Pass für die Personalunterlagen mitzubringen. Es ist alles sehr professionell.

Ich ziehe Tausende von Kilometern hierher, um mit dem Mann zusammen zu sein, den ich endlich in mein Herz gelassen habe, und er benimmt sich wie … mein Boss?

Ich blicke von den Unterlagen auf. Er ist wieder hinter seinem Schreibtisch und starrt auf seinen Computer. „Denkst du, es könnte unbehaglich sein, dich als meinen Boss zu haben? Die Leute werden wissen, dass ich mit dem Boss schlafe."

Ein kleines Lächeln umspielt seine Mundwinkel. „Du und ich arbeiten auf derselben Ebene, Co-Manager. Daher bin ich theoretisch nicht dein Boss. Und ich bin mehr als fähig, bei der Arbeit professionell zu sein."

Ich bin irritiert, stelle mich aber der Herausforderung. „Ich auch."

„Großartig."

„Es *ist* großartig."

„Sobald du die Papiere unterschrieben hast, können wir uns sofort an die Arbeit machen."

Und das tun wir tatsächlich.

Ich bin verwirrt. Ich dachte, es bedeutet mehr als Arbeit. Mein Herz liegt frei – exponiert und verletzlich – und es ist zu spät, um es wieder wegzuschließen. Es streckt sich ihm entgegen.

~

Als wir zurück zum Palast fahren, habe ich meine alberne romantische Fantasie aufgegeben, dass Adrian von Freude überwältigt sein könnte. Er brauchte mich als Co-Manager, er will mich in seinem Bett haben und ich habe zu viel hineininterpretiert. *Dringend die Erwartungen runterfahren.*

Als wir zu seiner Suite kommen, dreht er sich zu mir um. „Setz dich. Ich habe etwas, das ich dir zeigen möchte." Er deutet auf einen bequemen Fernsehsessel im Wohnzimmer.

„Gerne. Ich liebe diesen Sessel." Ich setze mich und lehne mich so weit zurück, dass ich fast liege.

„Ich besorge dir auch einen", sagt er und nimmt einen gerahmten Escher-Druck von der Wand.

Ich setze mich abrupt wieder auf. „Na, das ist ein perfektes Versteck für einen Safe."

„Shh, nicht verraten", sagt er, während er die Kombination einstellt.

„Hast du da deinen Bargeldvorrat versteckt?", frage ich.

„Alle meine Wertsachen." Er nimmt etwas heraus.

Ich sitze an der Kante des Sessels. Was will er mir zeigen?

Er geht zu meinem Sessel und präsentiert mit einer theatralischen Geste zwei Karten. Ich seufze. Es sind die beiden Fünfer aus seinem Drachenkartenset – ein Herz und ein Diamant.

„Du hast sie wirklich behalten", flüstere ich.

Er sieht mir in die Augen. „Wir hatten einen Pakt."

„Hast du immer daran geglaubt, dass wir uns mit fünfundzwanzig wiedersehen werden?"

„Das habe ich gehofft."

Ich springe auf und werfe meine Arme um seinen Hals. „Ich auch. Ich habe immer insgeheim gehofft, aber ich war zu feige, es zuzugeben."

Er hebt mein Kinn. „Wenn es eines gibt, das du noch nie warst, dann feige."

Meine Augen brennen. „Das war ich. Ich habe dich und Silvia und Villroy gemieden, weil ich Angst hatte, dass es zu schwer sein würde, mich den Erinnerungen zu stellen. Wenn du nicht bei mir zu Hause aufgetaucht wärst ..."

„Es war unvermeidlich. Ich bin dein Held. Der Held kommt immer dann, wenn er gebraucht wird."

„Aber ich habe dich nicht angerufen."

„Wir haben gesagt, wenn wir beide fünfundzwanzig sind, und wir beide sind fünfundzwanzig." Er gibt mir die Karten. „Das sind deine."

Ich halte sie fest und starre sie an. „Meine sind immer noch im Safe bei mir zu Hause." Ich sehe ihm wieder in die Augen. „Ich habe sie in einem feuerfesten Safe aufbewahrt, genau wie mein Herz, fest verschlossen, und du hast dich dort hindurchgebrannt. Nur du konntest das."

Er lächelt. „Und du hast sie noch dazu in einem Ofen aufbewahrt."

Wir lachen.

„Ich wünschte, ich hätte meine Karten hier, um sie zusammenzubringen." Ich lege sein Paar auf den Beistelltisch.

„Das ist okay. Wir bringen sie mit, wenn wir deine Sachen holen."

„Also machen wir das wirklich? Zusammen leben und arbeiten?"

Er küsst mich. „Unter anderem, hoffe ich. Erinnerst du dich, was wir am Tag unseres Paktes noch gesagt haben?"

Ich nicke. „Passende Paare, Herzen und Diamanten, Zweien und Fünfen wie bei einer Hochzeit. Zwei Herzen, zwei Diamanten. Und du hast gesagt, Jungs tragen keine Diamanten."

Er geht auf ein Knie. „Genau das habe ich gesagt. Und dass ich dir zwei Diamanten schenken würde." Er hält einen Diamant-Verlobungsring mit zwei großen runden Diamanten hoch, die auf einem Platinring angeordnet sind und von kleineren Diamanten umgeben sind.

„Ich glaube, ich hyperventiliere.“

Er grinst. „Du kannst nicht hyperventilieren, wenn du sprichst.“

„Wann hast du den besorgt?“

„Als ich in New York war. Ich wusste, dass es unvermeidlich war, und ich wusste genau, was ich für dich wollte.“

Meine Knie werden weich und ich setze mich langsam wieder hin.

„Sara Travers, wirst du den Pakt, den wir vor so langer Zeit geschlossen haben, einhalten und meine Frau werden?“

„Ja!“ Tränen fließen über mein Gesicht – Freudentränen –, als er den Ring an meinen Finger steckt.

Er steht auf und zieht mich in seine Arme. „Ich liebe dich. Ich habe dich immer geliebt und werde es immer tun.“

„Ich liebe dich auch. Es tut mir wirklich leid, nicht früher Kontakt zu dir aufgenommen zu haben. Wir haben so viel Zeit verschwendet.“

„Du hast nichts zu bereuen. Wir haben uns genau zur richtigen Zeit wiedergesehen. Du musstest Chloe großziehen und jetzt ist sie erwachsen und kommt wunderbar allein zurecht.“

„Du hast recht. Chloe hat mich gebraucht, aber ich hätte den Kontakt halten sollen.“ Ich drücke ihn an mich.

Er streichelt meine Haare. „Lass uns nicht mehr zurückblicken. Wir sind zusammen. Jetzt und hier.“ Er hebt meine Hand und betrachtet meinen Verlobungsring. „Und ich habe dich für immer.“

Ich küsse ihn. „Ja! Ich bin glücklich. Ich hoffe, es macht dir nichts aus, wenn Chloe in ihren Semesterferien zu Besuch kommt.“

Er nimmt mein Gesicht in seine Hände und streichelt die empfindliche Stelle direkt unter meinem Ohr. „Natürlich nicht. Sie gehört zur Familie. Ich erwarte, dass sie zu uns kommt. Sie ist jederzeit willkommen, solange sie möchte. Ich werde ihre Studiengebühren übernehmen. Ich möchte nicht, dass du dir darüber Sorgen machst.“

Ich bin so gerührt von seinen Worten, dass ich nichts sagen kann. Schließlich bringe ich es mit heiserer Stimme heraus: „Danke für dein Verständnis, aber du musst ihr Studium nicht finanzieren. Das liegt in meiner Verantwortung."

„Sie gehört zur Familie", wiederholt er. „Ich kümmere mich um meine Familie und ich werde dich zum Partner im Casino machen. Du, ich, Emma und Jackson haben jeweils ein Mitspracherecht beim Betrieb des Casinos und erhalten jeweils einen Teil des Gewinns."

Ich starre ihn fassungslos an. „Hast du für mich einen Teil ihres Anteils zurückgekauft?" Das muss eine Menge gekostet haben.

„Das wollte ich, aber sie sagten, dass es nicht notwendig sei. Sie verstehen jetzt, wie viel Arbeit es für uns ist, und ich habe ihnen gesagt, was du zum Casino beitragen kannst. Sie sind froh, im Hintergrund bleiben zu können und gelegentlich aufzutreten, doch ansonsten sind sie lieber stille Teilhaber."

Ich blinzele. „Das ist zu viel."

Seine Stimme ist warmer Honig und ich schmelze, meine Knie werden schwach. „Es ist mein Hochzeitsgeschenk für dich, Liebes."

Ich kann es nicht fassen. Ich, Teilhaber eines Casinos? Das übertrifft meine kühnsten Träume. Natürlich ist es das, denn es kommt von Adrian Rourke, dem Mann, der alle meine kühnsten Träume übertrifft.

„Nimmst du es an?", fragt er.

„Ja! Um Himmels willen, ja! Danke!" Ich umarme ihn und lehne mich dann zurück, um ihn anzusehen. „Ich bezahle Chloes Studiengebühren aus meinen Casino-Einnahmen. Das ist einfach mehr als … Oh, Adrian." Meine Stimme bricht. „Ich möchte dir auch ein wunderbares Hochzeitsgeschenk machen. Jetzt muss ich mir etwas wirklich Tolles einfallen lassen."

„Das hast du bereits, als du zugestimmt hast, mich zu heiraten und hier mit mir zu leben. Es ist alles, was ich immer wollte."

„Da muss es was geben. Was wünschst du dir in deinen kühnsten Träumen?"

Er streicht meine Haare aus meinem Gesicht, seine Augen sind auf meine gerichtet. „Karten auf den Tisch?"

„Absolut."

„Ich möchte eine Familie mit dir, sobald du dazu bereit bist."

Ich nicke und Tränen steigen mir in die Augen. „Das möchte ich auch, aber das ist ein Geschenk für uns beide. Was wünschst du dir sonst noch?"

Er lächelt mich sexy an und nickt in Richtung Schlafzimmer. „Ich habe da ein paar Ideen."

„Was immer du willst."

Er knurrt mit der tiefen Stimme, die mich heiß erschauern lässt, in mein Ohr. „Du bist nicht nur ein wahr gewordener Traum, du bist dabei, jede Fantasie wahr werden zu lassen."

EPILOG

Drei Monate später ...

Adrian

Es ist offiziell! Sara und ich sind verheiratet. Wir sind auf dem Weg zum Ballsaal für unseren Hochzeitsempfang, nachdem der Fotograf direkt nach der Zeremonie eine Million Bilder geschossen hat. Es ist ein paar Tage nach Weihnachten. Wir wollten nicht lange warten, um zu heiraten, nachdem wir so viele Jahre auf unsere Wiedervereinigung gewartet haben. Wir wollten es zu einer Zeit tun, von der wir wussten, dass ein Großteil unserer Familie Zeit haben würde, um für die Feiertage nach Villroy zurückzukehren.

Sie war von Anfang an eine große Hilfe für mich im Casino, doch dessen war ich mir auch vorher schon sicher.

Nach ein paar Monaten haben wir jemanden eingestellt, der das Casino öffnet und die Routinekontrollen durchführt, bevor sie und ich in der Spätschicht zusammenarbeiten, ich meistens in meinem Büro, Sara meistens draußen unter den Gästen. Manchmal tauschen wir die Rollen, doch so funktioniert es am besten. Wir sind beide Nachteulen. Sie kann besser mit Menschen umgehen und ich bin besser mit Zahlen und Gesamtstrategien. Es war wahrscheinlich die einfachste und beste Entscheidung, die ich je getroffen habe. Ich meine, außer, sie zu heiraten.

Als wir uns dem Ballsaal nähern, rechne ich mit demselben Jubel und Applaus wie in der Palastkapelle, gleich nachdem wir *ja* gesagt haben, gefolgt von viel fröhlichem Beisammensein. Ich brauche sie nur noch einen Moment länger für mich allein. Ich ziehe sie um die Ecke in einen ruhigen Flur.

„Wohin gehen wir?", fragt sie.

„Nirgendwohin", sage ich, bevor ich meine Arme um sie lege und meine Lippen auf ihre senke.

Sie schlingt ihre Arme um meinen Hals und küsst mich leidenschaftlich. Das Feuer entzündet sich zwischen uns und ich sehne mich plötzlich nach mehr. Ich dränge sie an die Wand und presse meinen Körper gegen ihren. *Jaaa*. Ich verteile Küsse ihren Kiefer entlang bis zu ihrem Ohr, wo ich auf die Weise knurre, die sie heiß und gierig macht: „Lass uns hochgehen."

Sie blickt mir in die Augen. „Ich habe ein Hochzeitsge-schenk für dich."

„Du hast bereits unseren Pakt eingehalten und die Karten rahmen lassen. Das ist das beste Geschenk, das du mir machen kannst." Die Karten hängen an der Wand direkt über unserem Bett, um uns ständig daran zu erinnern, dass unsere Liebe vorherbestimmt war. Unser jüngeres Ich wusste es.

Ich küsse sie wieder und fordere mehr. Sie schmilzt so an mich, wie ich es liebe.

Einige Momente später reißt sie den Mund weg und atmet schwer. „Adrian, hör zu. Ich möchte es dir geben, bevor wir reingehen, okay?"

„Und ich will dich. Du siehst in diesem Kleid so sexy aus. Es war eine Qual, dich nicht zu berühren." Ihr Kleid ist ärmellos und ihre nackten Schultern und ihr Dekolleté bringen mich um den Verstand.

„Erinnerst du dich, als wir bei der Arbeit …?"

Ich reiße meinen Blick von ihrem Dekolleté los. „Ich liebe es, wenn das passiert."

„Adrian, mein Mann, mein Held, du kannst dieser Liste jetzt offiziell einen weiteren Titel hinzufügen."

„Dein Boss, ich weiß."

Sie lacht. „Und Prinz, Hai und Alpha. Du hast viele Titel." Sie strahlt. „Ich hoffe, dass dir dieser jedoch am besten gefallen wird – Daddy."

„Daddy", wiederhole ich.

„Ja. Ich bin schwanger. Du wirst Daddy. Magst du dein Hochzeitsgeschenk?"

Ich starre sie geschockt an. „Du bist schwanger." Es ist nicht so, dass wir keine Kondome benutzt haben … Abgesehen von diesem einen Mal. „Ist das passiert, als ich dich über meinen Schreibtisch gebeugt habe?"

„Schhh, ja! Als wir uns haben mitreißen lassen …"

Schließlich macht es Klick. Ich werde eine Familie mit Sara haben, meiner Frau, der Liebe meines Lebens. Ich packe sie, umarme sie und wirble sie herum.

Sie lacht. „Darf ich davon ausgehen, dass dir dein Hochzeitsgeschenk gefällt?"

„Ich liebe es! Ich liebe dich!" Ich bücke mich und küsse ihren Bauch. „Und ich liebe dich, kleines Baby."

Sie berührt meine Wange. „Alles ist gerade so perfekt. Ich wünschte, ich könnte die Zeit einfrieren."

„Ich auch." Ich küsse sie wieder zärtlich. „Ich bin so glücklich."

Wir lächeln uns einen langen Moment an und genießen unser Glück, unsere wunderbare Reise zur Ehe und Familie gemeinsam anzutreten. Plötzlich wird mir bewusst, dass es im Palast ungewöhnlich still ist.

Ich neige meinen Kopf und horche. Seltsam. Wir sind nicht weit vom Ballsaal entfernt. Warum höre ich unsere Familie und Freunde nicht? „Wir sollten wahrscheinlich zum Empfang gehen. Ich wette, sie warten schon auf uns."

„Okay, aber lass uns die Babynachrichten für uns behalten. Es ist noch früh. Ich habe es selbst erst vor ein paar Tagen herausgefunden."

„Es wird schwer sein, das geheim zu halten."

„Du kannst es einem Menschen sagen, aber nur einem."

„Das sagst du nur, damit du es Chloe erzählen kannst."

„Absolut, aber bitte erzähl es keiner Tratschtante."

„Ich werde es meiner Mutter erzählen. Sie liebt es, Großmutter zu sein, und sie wird dich die ganze Zeit wie ein Kronjuwel behandeln."

„Deal", sagt sie.

Ich öffne die Türen des Ballsaals und schiebe sie vor mir hinein. Es ist immer noch totenstill. Ich gehe hinein und sehe etwas, wovon ich nie gedacht hätte, dass ich es sehen würde:

Meine Cousins aus Brooklyn – alle sechs – stehen auf der einen Seite des Ballsaals und starren meine Familie auf der anderen Seite an. Sechs Männer zwischen zwanzig und dreißig und ich muss sagen, wenn ich sie wie meine Brüder in schwarzem Smoking sehe, ist die Familienähnlichkeit stark. Groß, breite Schultern, dunkelbraunes Haar, scharfe Wangenknochen und kantige Kiefer. Mein Onkel und meine Tante scheinen nicht bei ihnen zu sein. Ich denke, es ist an der nächsten Generation, Frieden zu schließen.

„O mein Gott, sie sind tatsächlich gekommen", flüstert Sara.

Wir haben sie eingeladen, nachdem wir es mit meiner Familie abgesprochen hatten, doch sie haben nicht auf die Einladung geantwortet. Ich habe sie bei der Zeremonie nicht gesehen. Silvia strahlt mich an. Ich bin sicher, dass sie ihre Hand im Spiel hatte.

Der Zeremonienmeister verkündet: „Prinz Adrian und Prinzessin Sara Rourke."

Der Bann ist gebrochen, alle applaudieren.

Sara lacht. „Ich habe vergessen, dass ich eine Prinzessin sein werde. Küss mich, damit ich weiß, dass ich nicht träume."

Ich küsse sie und beiße ihr auf die Unterlippe. Sie lehnt sich an mich. „Du träumst nicht."

Sie nimmt meine Hand und wir gehen zu unserer Familie, die jetzt mit meinen Cousins und unserem Baby noch größer geworden ist.

Ich habe alles auf eine Karte gesetzt und den Jackpot gewonnen.

Verpassen Sie nicht das nächste Buch der Serie: *Abtrünniger Prinz*! Lernen Sie die Cousins aus Brooklyn kennen – Rourke-Männer, die nicht die Absicht haben, sich häuslich niederzulassen. Dylans Geschichte ist die nächste, in der er mit seiner langjährigen Freundfeindin und einmaligen Liebhaberin aneinandergeraten wird.

Dylan

Ich bin der Kronprinz von Villroy, doch anstatt den Thron zu besteigen, wie ich es hätte sollen, hat mein Vater uns alle ins Exil geschickt. Ich würde mich ja beschweren, doch er hatte gute Gründe. Jetzt lebt unsere einst königliche Familie in Brooklyn, und ich bin im Begriff, ein neues Königreich zu erben: das Baugeschäft meines Onkels. Es ist meine Gelegenheit, ein Immobilienimperium aufzubauen und etwas aus mir zu machen. Alles, was ich brauche, ist jemand mit Erfahrung, um das nächste Level zu erreichen. Und dann taucht das Mädchen, das im Haus nebenan aufgewachsen ist, auf – jetzt ganz Frau –, mit genau der Geschäftserfahrung, die ich brauche.

Zu dumm, dass Ariana Bianchi mich hasst. Ich dachte immer, es sei unverdient – Spätfolgen der langjährigen Fehde unserer Familien –, doch da war dieses eine Mal ...

Ariana

Ich bin frisch geschieden und kehre ins Haus meiner Eltern zurück, bis ich mein Leben auf den richtigen Weg bringen kann, um mit Hilfe einer Samenbank ein Baby zu bekommen. Das ist der Grund für meine Scheidung – er wollte keine Kinder – und mit einunddreißig tickt meine biologische Uhr. Als das atemberaubend attraktive Schwein von einem Mann Dylan Rourke bei meinen Eltern auftaucht und mich bittet, als Beraterin für sein Unternehmen zu arbeiten, sehe ich eine Chance. Er will was von mir? Ja, also im Gegenzug will ich auch was zurück.

Nur, dass Dylan es viel komplizierter macht, als es sein muss.

WEITERE BÜCHER VON KYLIE GILMORE

Die Clover Park Reihe

Das Gegenteil von wild (Buch 1)

Daisy schafft alles (Buch 2)

In den Falschen verguckt (Buch 3)

Ein Weihnachtsmann zum Küssen (Buch 4)

Vermieter küsst man nicht (Buch 5)

Nicht mein Romeo (Buch 6)

Bring mich auf Touren (Buch 7)

Clover Park Braut (Buch 7.5)

Gewagte Verlobung (Buch 8)

Retter in der Not (Buch 9)

Eine verführerische Freundschaft (Buch 10)

Ein Geschenk zum Valentinstag (Buch 11)

Raus aus der Tretmühle (Buch 12)

Die Clover Park STUDS Reihe

Almost Over It (Book 1)

Almost Married (Book 2)

Almost Fate (Book 3)

Almost in Love (Book 4)

Almost Romance (Book 5)

Almost Hitched (Book 6)

Happy End Buchblub Reihe

Hollywood Inkognito (Buch 1)

Gefahr im Anzug (Buch 2)

Gefährliches Spiel (Buch 3)

Förmliche Vereinbarung (Buch 4)

Wenn der Bad Boy keiner ist (Buch 5)

Ein Störenfried zum Verlieben (Buch 6)

Schicksalsbegegnungen (Buch 7)

Eine Romantische Chance (Buch 8)

Ein sündhafter Flirt (Buch 9)

Ein unbequemer Plan (Buch 10)

Eine Happy End Hochzeit (Buch 11)

Die Rourkes Reihe

Königlicher Fang (Buch 1)

Königlicher Hottie (Buch 2)

Königlicher Darling (Buch 3)

Königlicher Charmeur (Buch 4)

Königlicher Playboy (Buch 5)

Königlicher Spieler (Buch 6)

Abtrünniger Prinz (Buch 7)

Abtrünniger Gentleman (Buch 8)

Abtrünniger Schlitzohr (Buch 9)

Abtrünniger Engel (Buch 10)

Abtrünniger Fratz (Buch 11)

Abtrünniger Beschützer (Buch 12)

ÜBER DIE AUTORIN

Kylie Gilmore ist die USA Today Bestsellerautorin der Rourkes Reihe, der Happy End Buchclub Reihe, der Clover Park Reihe und der Clover Park STUDS Reihe. Sie schreibt unterhaltsame Romanzen, die die LeserInnen zum Lachen und zum Weinen bringen und zu einem Glas Eiswasser greifen lassen.

Kylie lebt mit ihrer Familie, zwei Katzen und einem verrückten Hund in New York. Wenn sie nicht gerade schreibt, Kinder bändigt oder bei Autorenkonferenzen pflichtbewusst Notizen macht, findet man sie beim Stretching – bis ganz nach oben ins oberste Regal, um dort ihren geheimen Schokoladenvorrat zu erreichen.